英雄豪傑縱橫謀，一統江山夢幾重

洪秀全與天國風雲

錦繡江山血染紅

黃世仲——著

洪秀全領導太平天國燃起希望之火
李秀成等眾將領巧妙出擊重塑戰局
韋昌輝等人慷慨就義展現革命氣節

HONG XIUQUAN AND THE TAIPING REBELLION

太平軍內外夾攻，搶占城池，志在必得！
英雄人物的故事在民間流傳，成為不朽——

目錄

石達開詩退曾國藩　李秀成計破胡林翼……007
韋昌輝刎頸答錢江　李鴻章單騎謁曾帥……015
譚紹洸敗走武昌城　錢東平遁跡峨眉嶺……023
李秀成一計下江蘇　林鳳翔十日平九郡……033
林鳳翔大破訥丞相　李開芳再奪衛輝城……041
李秀成出師鎮淮郡　林鳳翔敗走陷天津……049
完大節三將歸神　拔九江天王用武……059
陳英王平定江西地　劉麗川計取上海城……069
取桐城陳其芒鏖兵　奉朝旨左宗棠拜將……077

向軍門敗死丹陽鎮　胡林翼窺復武昌城……085
羅澤南走死興國州　羅大綱夜奪揚州府……097
李忠王定計復武昌　陳玉成棄財破勝保……107
守六合溫紹原盡忠　戰許灣鮑春霆奏捷……115
金陵城大開男女科　李秀成義葬王巡撫……129
張國梁投歿丹陽河　周天受戰死寧國府……141
陳玉成大戰蘄水城　楊制臺敗走黃梅縣……153
李秀成義釋趙景賢　林啟榮大破塔齊布……163
曾國藩會興五路兵　林啟榮盡節九江府……173
龍虎戰大破陳玉成　官胡兵會收武昌府……191
救九江曾國荃出身　戰三河李續賓殞命……207

戰桐城忠王卻鮑超　下浦口玉成破勝保……223
何信義議獻江蘇城　石達開大戰衡州府……235
李孟群戰死廬州城　左宗棠報捷浮梁縣……245
雷正琯密札訪錢江　楊輔清匿兵破慶瑞……255
破金陵歸結太平國　編野史重題懊儂歌……263

石達開詩退曾國藩　李秀成計破胡林翼

話說林鳳翔進攻淮北，清將琦善既逃，勝保亦退，便率軍進城。一面出榜安民；然後一面差人報捷到南京再議進兵。朱錫琨道：「吾軍並未疲憊，已破兩淮，正宜乘勝進兵。老將軍何故頓兵於此？」林鳳翔道：「孔子有雲：『日行百里者，蹶上將。』吾不欲中勝保以逸待勞之計也。」朱錫琨默然。

退謂曾立昌道：「何老將軍一旦畏勝保如是耶！」曾立昌笑道：「非畏之也。彼以東王有罪，唯全家不應受戮；久懷不滿，故欲擁兵以待北王之傳首耳。」朱錫琨嘆道：「以老將軍之英雄，猶不免重私仇，而忘公事，怨毒之於人甚矣哉！然吾惜其未嘗讀書也。倘諸君亦爾，漢事危矣。」說罷嘆息一番，即密將此事函告錢江而去。

再說翼王石達開，即拔隊起程，本意由安徽過荊襄，望夔慶而去。時清將曾國藩，正駐浦口，屢次發兵，往攻九江。奈天國大將林啟榮死守，不能得志。故屯駐浦口，分顧南北岸。忽聽得石達開入川，道經皖、鄂，即與諸將商議，對待石達開之計。因謂諸將道：「吾甚愛石達開為人。若能降之，則諸將不足道矣。」羅澤南道：「達開世之虎將，善能馭眾，甚得人心。錢江倚之為命。若能羅而致之，固是吾長策，然吾料彼不來也。彼以百萬家財的縉紳，棄之如遺；一旦從秀全以起事，其志可知矣。」塔齊布道：「彼一時，此一時也。當初洪秀全君臣一德，故達開樂於同事。今互相殺戮，達開因謀高舉遠引，則其志灰矣。我因而用之，彼得回性命，又加之以官爵，何患其不來？」曾國華道：「二君之言，皆有至理。招降納順，固是軍中要著。彼若不來，而大志又灰，恐軍無鬥志。不如求與一戰，有何不可？」曾國藩道：「三君之言如此，吾乃執中而行之：先之以禮；如其不從，即出其不意，而截擊之。有何不可？」眾人聽罷，皆鼓掌稱善。

正議論間，忽報胡林翼遣曾國葆至。曾國藩忙請至裡面，問以來意。國葆道：「撫軍胡公，聞石達開將經此地，請問以何法待之？」國藩聽罷，躊躇未答。原來國藩生平最忌胡林翼。誠恐以謀告之，彼反先行一著也。國葆道：「兄長，有何疑慮而不言乎？」國藩道：「非也，因議未決；有主招之者，有主擊之者，未審胡公有何主意？」國葆道：「胡公言，達開必不能為我用。若招之，則宜先準備以防其襲擊。若兄長這裡欲截而攻之，則胡公願以全軍為公後援也。」國藩道：「胡公軍當武昌漢陽之衝，何能遽動？想戲言耳。」國荷道：「此說不然。胡公為人慮深謀遠，且現以分軍牽制李秀成；而以本軍之半，收回荊州附近各郡縣，聲勢甚銳，未可輕視。」國藩道：「既是如此，吾當招降石達開。若不獲命，必出於一戰。請胡公相助一臂可也。」曾國葆遂拜辭而退。曾國藩笑道：「胡詠芝其有意於石達開乎！然曾某斷不放過也。吾聞石達開為桂省有名文士，吾當為書以動之。」便令左右，取過筆硯來，立揮一函。早見前派的探子回報導：「達開人馬不下五萬，旌旗齊整，隊伍甚嚴，已離此不遠矣。」國藩聽得，面色一變。顧左右道：「石酋擁五萬之眾，整隊面來，其意殆求戰也。此函恐不能為力矣。」羅澤南道：「事已如此，仍當招之；招之不來，戰仍未晚也。」曾國藩從之，遂令三軍準備應敵，另派一人往迎石達開軍，投遞書函，不在話下。

且說石達開自離了金陵，盡統老萬營大軍合共五萬，浩浩蕩蕩，本擬直取武昌，與李秀成合兵下荊州，望四川而去。忽軍行之間，前軍探子報導：「有清將曾國藩，飭人帶書到此。」石達開聽罷，便問多少人同來？探子道：「只一人耳，並無軍馬。」達開便令引帶書人進帳裡。那人把曾國藩書函呈上，石達開就在案前拆閱。書道：

大清禮部侍郎、節制湖廣江西軍務曾國藩，書侯天國翼王麾下：某聞識時務者，呼為俊傑。今將軍以蓋世之雄，舉兵湘、桂，為天下倡；奇略雄才，縱橫萬里，寧不偉歟！然時世不可不審也。當洪秀全奮袂之初，廣西一舉，湖南震動：進踞武昌，下臨吳會，聲勢之雄，亙古未嘗有也。然以區區長沙，且不能下；使南北隔截，聲氣難通：故馮逵隕命於全州，蕭王亡身於湘郡；曾天養失事於漢口，楊秀清受困於武昌。以至盛之時，而不免於險難，則天意亦可知矣。歷朝開創，皆君臣一德，以圖大事。乃事功未竟，殺戮相仍，君王以苟安延旦夕，貴胄以私憤忌功臣。以建大功，行大志，如將軍者，且不安其身，此則將軍所知矣。夫范增失意於鴻門，姜維殉身於蜀道，此非智勇之缺乏，則以其所遇者非人也。尋將軍去就之故，則以恃才智而昧時機；遂至沉迷猖獗，而有今日耳。國朝七葉相傳，號為正統；深仁厚澤，禮士尊賢，如將軍者，一登廟堂之上，方過冀北而群馬皆空。英雄世用，只求建白，將軍寧不知作退一步想耶？彼秀全以草茅下士，鋌而走險，窮蹙一隅，行將焉往？將軍窮而他徙，倘再不得志，甚非吾所敢言也。弟忝主軍戎，實專征伐，將軍或失志迷途，或回開覺岸，實在今日，唯將軍圖之。

石達開看罷，顧左右道：「彼深知我也。然以天王為草茅下士而輕之，非也；且種族不辨，非丈夫也。吾知所以卻之矣。」乃立同一書，令來人回覆曾國藩。書道：

滌生大帥足下：僕與足下各從事於疆場，已成敵國。忽於戎馬倉皇之際，得大君子賜以教言，得無慕羊祜之風，不以僕為不肖，故以陸抗相待耶！今謹以區區之意，用陳左右：夫僕一庸材耳！漢族英雄，雲龍風虎，如僕者烏足以當大君子之過頌？然足下以一時之勝負，即為天意，則謬矣。漢高履險被危，方成大業；劉備艱難奔走，始定偏安。苟其初亦諉以為天意，誰與造後來之事業？又試問兩年之間：洪王收復天下之半；揮軍北上，淮揚底定，此則天意又何在乎？歷來開國元勛，皆捨命效力，西、南二王之死亦常矣！且足下之意，有為僕所不解者：豈茅草下士，遂不足以圖大事哉？秦楚雖雄，而天命所歸，乃在泗上屠狗之輩；蒙古一弱，而大業所就，即在皇覺寺之僧徒，此足下所知也。足下固曾讀中國聖賢書者：春秋夷夏之辨，當亦熟聞之。自昔王猛輔秦，猶未至彰明寇晉；許衡滅宋，死後猶不欲請謚立碑，蓋內疚神明，不無慚德。而足下喜勛名，樂戰事，猶或可為；若以虜廷七葉相傳，頌為正統，此則僕所深為詫異者，誠以不料足下竟有此言也。辱承錦注，欲以名器相假，然則足下固愛我而猶未知我也。曩者軍抵三湘，直趨鄂嶽，足下高摟廣謝，巍然無恙，凡鳥過門，未敢留刺。今幸賜教言，且慚且感。僕不知：如反其道以施之，設僕等所事不成，若他日足下辱過敝廬，曾能再動今日之情愛否也？既蒙錯愛，謹以函謝。今當西征，席不暇暖，無從把晤。謹附俚詞五首，以塵清聽，足下觀之，當笑曰：孺子其自負哉！

書詞之後，又有律詩五首。再看下去，詩道：

曾摘芹香入泮宮，更探桂蕊趁秋風。少年落拓雲中鶴，塵跡飄零雪裡鴻。聲價敢雲超冀北，文章昔已遍江東。儒林異代應知我，只合名山一卷中。

不策天人在廟堂，生慚名位掩文章。清時將相無傳例，末造乾坤有主張。況復仕途皆幻境，幾多苦海少歡腸。何如著作千秋業，宇宙常留一瓣香。

投鞭慷慨蒞中原，不為仇讎不為恩。只覺蒼天方憒憒，莫憑赤手拯元元。三年攬轡歸羸馬，萬眾梯山似病猿。我志未成人亦苦，東南到處有啼痕。

若個將才同衛霍，幾人佐命等蕭曹。男兒欲畫麒麟閣，夙夜當嫺虎豹韜。滿眼河山罹異劫，到頭功業屬英豪。遙知一代風雲會，濟濟從龍畢竟高。

虞帝勛華多美頌，皇王家世盡鴻濛。賈人居貨移神鼎，亭長還鄉唱大風。起自布衣方見異，遇非天子不為隆。醴泉芝草無根脈，劉裕當年田舍翁。

曾國藩看罷，不覺詫異道：「達開有文事，而兼有武備，其志不凡，吾甚敬之。以大敵當前，而雍容整暇，其殆風流儒將乎。」遂傳令退軍二十里，讓石達開過去。塔齊布道：「達開窮而他竄，我復讓之，朝廷其謂我何？」曾國藩道：「彼眾而我寡。且達開虎將也。其部下皆能征慣戰，實不易勝之。戰如不勝，貽天下笑矣。況彼去金陵而入西川，正洪秀全失其羽翼，因而縱之，不亦可乎？」羅澤南亦以為然。遂拔寨退軍而去。早有細作報導：「石達開軍裡左右皆喜道：『清軍避我矣，長驅而進可也。』石達開道：『不然。彼自料勢不如我，故示之以禮讓；但吾軍若到荊襄，則胡林翼諸軍，必合而謀我。此其時，曾軍將繞吾後矣，蓋彼懼清廷之責罰也。我軍若三面受敵，勝負之數，固不可知。我不如亦示之以禮；轉由江西貫湖南，繞道入川，有何不可』。遂令大小三軍改道；入九江而去也。」按下不表。

且說洪天王自石達開去後，彷徨無措。因思石達開上表時，力言李秀成可用，便降詔李秀成，入南京辦事。秀成得了天王之旨，謂譚紹洸道：「弟自替守武昌、漢陽無恙者，恃智不恃力也。今胡林翼、曾國藩龍驤虎視，以窺武昌，此四戰之地，誠不易守。現在東王已死，翼王已去，天王召我，大局關係，弟不得不往。但天王未言及以何人替守此處，想亦量才而用耳。足下意中究有何人，足當此任？」譚紹洸道：「再請由南京調人到此何如？」李秀成道：「黃文金在安慶，陳玉成入江西，林鳳翔、李開芳、羅大綱各統兵北伐，眼見南京無人矣。若安、福兩王短於才略，而桀驁不馴。此無用之輩，不足以當大任也。」譚紹洸道：「然則足下將委何人？」李秀成道：「胡以晃老成持重，深識大體，不幸去年身故，吾甚惜之。若以武昌人才，恐弟去而足下不能卸責矣。足下將以何策守之？」譚紹洸道：「以漢陽之眾，攻吳、胡二軍；而以武昌精銳，截擊曾國藩可乎？」李秀成道：「如此則危矣。」譚紹洸道：「然則足下之意若何？」李秀成道：「弟昔日在此，彼三軍齊舉，吾則守以防之；彼一路來攻，吾則戰而破之。足下謹記斯言可也。弟去後，必不能再到武昌，今而後，金陵大局，將在弟身上矣。且吾一去，則清軍必來攻擊，吾有一密計遺下，可以破胡林翼，而退曾國藩者。待清兵來攻之時，足下即依計而行，切記切記。」說罷以密函交付譚紹洸。並囑道：「破敵之策，全在於此。將軍善藏之。」譚紹洸拜受。並答道：「受國家重任，而又得將軍重託，敢不自勉。請將軍放心。」李秀成道：「足下審慎有餘，而機變不足，只此可慮耳。願將軍自愛！」說著又以兵符印信，交付譚紹洸。隨布告各營，以應詔入金陵。譚紹洸道：「將軍四處布告，恐敵人知將軍已去，來攻益速矣。」李秀成附耳道：「正唯如此，而後所遺之計乃可用也。」譚紹洸乃不言。次日李秀成起程，譚紹洸又為之祖餞，秀成珍重一番而別。慢表秀成入金陵。且說譚紹洸繼守武昌，所有法度，皆依秀成舊制，傳令不許更易。這點訊息傳到胡林翼軍中，林翼大喜。即謂諸將道：「曩者以三路之兵，不能得志於漢陽者，以李秀成在也。今秀成去矣，吾等窺漢陽，正在此時。不可失此機會。」部將褚玖躬道：「秀成詭計極多，但恐非真去耳。」林翼道：「不然。金陵空虛，即秀成不往，洪秀全當召之，吾決其必行矣。」遂一面知照曾國藩，請攻武昌；而自以大軍攻漢陽。兩路會合，殺奔前來。

譚紹洸聽得，忙取李秀成遺計拆閱，不勝之喜。便令軍中嚴整旌旗。一面令義勇軍晏仲武，副將洪春魁，領五千人馬出城埋伏洪山要道；又令陸順德、蘇招生，以水師屯守沙河。以武昌與漢陽，大江相隔，又用破舟纜鐵索，為浮橋相通，互相接應。自與諸將謹守漢陽，以待清兵。安排既定，只見胡軍先出，蜂擁而來。少時又接得曾國藩攻武昌之耗。譚紹洸顧左右道：「果不出秀成所料也。」

當下胡林翼大軍已到漢陽。以李續賓、李孟群分攻西南兩路；以曾國葆為前軍，自為各路接應。軍到城下，只見漢陽城上旌旗嚴整，不敢遽攻。回稟林翼道：「漢陽守衛嚴整，李秀成尚在軍中也。」胡林翼不信，遂微服雜在軍中，前來觀看。果見守衛甚嚴，幾乎無懈可擊。看罷悶悶不樂。回至營中，沉思一會，時日已傍晚，傳令軍中安扎，待明日攻城。軍士得令，各自安排。忽然到了三更時分，三軍正在安寢：忽東南角上鼓聲大震，金角亂鳴，胡軍在夢裡驚起。只道洪軍來攻，倉促準備應敵。久之寂然。夜裡又不敢亂進，只得各自安息。才到四更，又喊聲動地，漢陽城上復吶喊助威，驚得胡軍亂竄。久之仍無聲息。不覺將近五更，鼓聲又起。自漢陽城至洪山一帶，如千軍萬馬之聲，攪得胡軍一夜不曾安息。胡林翼此時已料洪山地方，必有天國人馬埋伏。欲分兵攻之，又恐漢陽洪軍衝出，心甚憂慮。

忽報羅澤南已得曾國藩之令，會攻武昌，時正與塔齊布駐東路。林翼接見之下，正欲開言，不料羅澤南早說昨夜洪軍驚擾，原來囉軍亦是如此，一夜不曾安睡。少頃又報曾國藩至，所說皆同。曾國藩道：「沙河一帶，已有天國水軍埋伏。自漢陽至武昌，又用鐵索纜浮橋，互相聯繫，守禦極嚴，無從下手。」胡林翼道：「三軍在此，不能遽退，拚與一戰，不亦可乎。」就發令先請曾國藩以本軍分為兩隊，以前隊先燒浮橋，直抵武昌；以後隊阻截沙河，使彼首尾不能相應。林翼以本軍直圍洪山，兼接應曾軍。李續賓、曾國葆、李孟群各統大軍，分攻漢陽。各人得令，回去準備。時譚紹洸見清軍各營，隱隱移動，料不久必來攻城，亦傳令各依計行事。當下曾、胡各軍，以部署方定，天色已晚，夜裡不便交戰，姑待明天。只恐仍如昨夜一般，軍士被其驚擾，便略退數里，分兩班輪換巡邏。無奈天國軍中，是夜鼓角之聲，較前益甚，清軍仍不能安心寢息。又到天明，胡林翼自引一軍，會合各軍，進攻漢陽；改令曾國葆阻截洪山要道，以防伏兵。一面打聽曾國藩訊息。

原來曾軍令塔齊布引軍，冒險來燒浮橋。誰想漢陽一支軍衝出，反截塔齊布軍後路，塔軍阻厄河濱，不能成列，中槍落水者，不計其數。塔軍正在倉皇，忽沙河一帶，伏兵齊起。水師船如箭而下。船中所藏陸軍，皆渡過右岸，夾擊曾軍大營。賴羅澤南死力支撐，怎奈前軍既敗，後軍無心戀戰，各自逃竄。胡軍圍攻漢陽未得手。因林翼本意欲用藥線，炸陷城垣，誰想李秀成遺計，都在城垣外預通濠道，以故不能施其計。正在納悶，忽探馬馳報導：「曾軍水陸二路皆敗。曾國葆圍阻洪山，未敢遽進。又不知洪山天國人馬多少？更不知此外更有多少埋伏？現在敵軍正將衝進來也。」胡林翼聽得，又見軍士一連兩夜受驚，皆疲倦無鬥志。不覺嘆道：「吾今番進兵，又成畫餅矣。」管教：

智勇能謀，巧授錦囊摧大敵；聲威所播，頓收金甲退雄師。

畢竟胡林翼進退如何？且聽下回分解。

韋昌輝刎頸答錢江　李鴻章單騎謁曾帥

話說胡林翼因聽得曾國藩兵敗，曾國荃又進攻洪山，不能得手，正在進退兩難之際，本欲退兵；又恐漢陽城內，洪軍衝出。想了一會，即照請曾國藩先退東路之兵，自己好緩緩而退。不想曾國荃因圍洪山，自辰至申，軍心漸漸懈怠，忽然洪山裡面，鼓聲大震，把曾國荃軍士嚇得手足無措，不戰自亂。胡林翼就乘勢退兵。

這時譚紹洸與馮雲山之子文炳，由漢陽分兩路衝出；義勇隊統領晏仲武，副將洪春魁，又由洪山殺將下來。胡軍無心戀戰。譚紹洸率各路人馬，奮力追殺，如入無人之境。胡林翼死力支援一陣，折了些人馬，領餘軍奔回岳州而去。時曾國藩亦以兵敗，奔回九江。譚紹洸大獲勝捷，收兵回漢陽，大犒三軍。令洪春魁、晏仲武仍守漢陽；自與馮文炳回守武昌。大修戰備，以為戰守之計。一面寫表申奏洪天王，不在活下。

且說李秀成離了武昌城，星夜往南京出發，一路沿安慶而下，繞道先入廬州。聽得鮑超為壽春鎮總兵，便對胡元煒說道：「鮑超如許仲康，所謂虎痴；勇而好鬥，樂功名而輕於所就。今清廷縻以好爵，彼更為清廷效死力矣。當慎防之！」胡元煒領諾。李秀成便巡視水陸各營而去。到了金陵，先報知洪天王。天王聽得李秀成已到，便請到殿上想見。天王面有憂色，料為東王被殺，翼王已去之事，不覺流淚道：「臣弟在武昌，聽得東王之變，本欲趨朝，只以任重，未敢擅離。今奉詔諭趨朝，聽候差委。」洪天王道：「自得賢弟鎮守武昌，朕免西顧之慮。唯軍師近來稱病，不出任事；翼王又去，眼見金陵無人任事。故促賢弟回轉。近來北伐之軍，林鳳翔雖疊得勝仗，李開芳卻久無訊息，朕甚憂之。是以欲與賢弟一決。」李秀成道：「臣弟行時，曾授計與譚紹洸，必能依計破敵。然此後武昌亦危矣！至於北伐之師，雖勝，勢孤力單，不可恃也。宜詔令李開芳、羅大綱、吉文元與林鳳翔，合軍再起，錢軍師為四路都督，以臨北京，庶乎有濟。至於江南大局，臣弟當勉力以報國家，傳檄江蘇；另挑選良將，撫定浙、豫，則天下不難定也。」洪天王深然其計。談論間，內宮傳進午膳，天王就留秀成共飯。洪天王道：「適賢弟言，武昌亦危，究有何法以維持之?」秀成道：「以今日大勢，進則圖功，退則坐敗。臣弟守武昌之日，以吳、曾、胡二路清軍挾制，不能長驅入汴梁，此吾之受虧也。武昌四面受敵，譚紹洸必守不住。但武昌得失，無關大局，所重者北伐之軍耳。為今之計，不如盛屯安慶之守，再調大兵出河南，則滿人之氣奪矣。」天王猶未答言，忽報武昌捷報到。洪天王投箸而起；李秀成亦起。得接捷書，知譚紹洸武昌大捷。天王大喜道：「此譚紹洸之力，而賢弟之功也。」秀成謙讓一回，重複入席再飲。一會，忽又報：「李開芳遞表到。」天王令人將書呈上，看罷面色一變。李秀成不知其意，徐徐問道：「李將軍其稟軍情耶!」天王搖首嘆道：「非也!」隨把原表教李秀成一看。秀成看下奏道：

征北大將軍、第十二天將、夏官丞相李開芳言：竊以東王毀家舉義，自桂平奮起以來，轉戰各省，皆竭忠盡誠，以紓國難。卒賴上帝之靈，國家之福，英雄響應，士庶歸仁，東南各省，次第興復。用能繼承漢統，正位金陵，東王固與有力也！朝廷論功行賞，晉爵開藩：外結君臣，內聯兄弟，復假旄鉞，得專征伐。方之往古，如漢蕭曹，如明劉徐，當無以加之。今以宵小懷私發難，謀殺元勛，全家被害。朝廷不加罪責，將何以服人心？臣聞變之下，不知所措。誠以元凶尚在，先臣難瞑；軍士離心，流言遂起，此臣所夙夜不安者也。臣統兵在外，非欲妄參內政，人心一離，大勢即解。恐創業未半，而中道搖動，臣誠不忍坐視，謹拜表以聞！

秀成看罷，向洪天王道：「錢軍師之意若何？」天王道：「軍師言，東王有可殺之罪，北王非能殺東王之人，在北王誠不免於罪。然朕以勛臣汗馬功勞，不忍加罪也。」秀成道：「天王之言甚是，誠如錢軍師之言：北王罪固不免。唯天王既不布告東王罪狀於前，又不正北王之擅殺於後，實非良策。況亂離之世，治國故非一道，願天王思之。」洪大王點首而哭，秀成亦哭。天王隨轉入內宮，秀成乃辭出。

次日天王以李秀成任水陸軍務都督，知內外事，專征伐，晉爵忠王。李秀成謝恩後，先往謁錢江。錢江道：「吾知足下到金陵，得封王位，正欲前往道賀，不期足下先到。」李秀成道：「欲來謁先生久矣！只以進朝，與天王想見，故延至今日。」錢江便問洪天王有何事相議？李秀成即以勸天王注重北伐之說，告之；並告李開芳遞折一事。錢江道：「李開芳之責，誠有詞矣。天王為人，過於忠厚，不明大計。前既與楊秀清以大權，後又不宣布其罪狀，故有今日。然吾知北王必死。今後國家又失一良將矣。」言罷而哭。錢江又道：「當東王之死，人皆以足下為東王黨羽，勢將擁兵為亂。吾獨不信。蓋以足下深明大體，必不昧於去就也。」秀成道：「東王之懷非望，弟早知之。昔林鳳翔常對弟說，謂東王收羅羽翼，其志不小；然才短而志疏，自取其敗，今果然矣。東王又嘗以言試弟：謂天王將以重爵予子，子將若何？弟答道，『弟為國家出力，非為天王效力也。』東王始無言。想唯先生知弟心耳。今東王之敗，誠不足惜。所惜者：殺非其時，亦非其人耳。先生以為然否？」錢江道：「豪傑所見略同，足下勉之。

江此後殆無志於天下事矣。」李秀成大驚道：「先生何出此言？」錢江搖首嘆息，徐附耳對秀成說道：「懷異志者不止東王，如福王洪仁達者，其防之。天王以婦人仁，斷不能大義滅親。福王忌我甚，忌則蓄而謀我矣。今後足下任大責重，若大事未定，當週旋於安、福兩王之間。足下高明，不勞多囑。」談次適天王令人送李開芳奏摺到。錢江看罷，不覺嘆道：「哀哉韋昌輝，今後國家損一良將也。」李秀成聽了，看錢江有不捨韋昌輝之意，便答道：「三軍易得，一將難求。倘有計策，請留此虎將，以備緩急。」錢江道：「此言甚是。除將軍親出汴梁，撫定李開芳、吉文元，告以朝廷之意；並告以東王自稱九千歲，擅權謀篡之罪。然後奪韋昌輝爵位，殺韋昌祚以謝楊黨，庶乎可矣。然恐不及也。吾料昌輝非畏死者。彼延至今日，蓋待朝廷之正其罪；否則彼亦捐生也。」秀成道：「此時何不早行之？」錢江道：「非足下，誰與撫定吉、李二人？且安、福兩王，日在天王左右，方以弟與北王同黨，此吾所以不敢妄動也。」秀成道：「事已遲矣，然吾姑試之。」

方欲辭出，忽報北王至。錢江忙令引入。北王見錢江有淚容，秀成亦有哀色，心知有異。遂向錢江見禮，隨向秀成問道：「將軍回金陵，弟已知之。惜以負罪國家，心先慚愧，有何面目以見將軍耶？」秀成道：「尊兄何出此言！」北王聽罷，低頭不語。李秀成即以欲為他解脫之事告之。並請以國家為重，無效匹夫所為。北玉嘆道：「誤我者：吾弟昌祚也！東王有罪，其全家何罪？而並戮之，翼王責我有詞矣！吾其忍苟免乎？」說罷直出。秀成與錢江相對嘆息。未凡秀成辭出，即發函吩咐李開芳、吉文元二人，告以東王被殺之原因，及東王罪狀；另揮一函，安慰北王。

且說北王回府之後，自思殺東王全家之事，誠為太過。天王不忍加罪，然究無以自問。且現在李開芳、吉文元領軍在汴梁，觀望不進，雖有羅大綱監軍，亦只防其他變耳。似此實誤國家大事，豈不以東王被殺之事；已若不死，無以安彼輩之心，則罪滋重矣！正愁嘆間，忽府裡書記李文龍進來，北王問他有何事故？李文龍道：「適聞李開芳有奏遞到，天王以東王被殺一事，責重將軍，將軍何不為翼王故事，高舉遠引，另圖大舉乎？」北王道：「吾與翼王不同。吾去，則東王故黨益均變矣。全一身而增國家之亂，吾不為也。」說罷令李文龍退出。轉身入內，見王北妃吉氏。北王故作言道：「近日令兄舉兵在鳳陽叛，妝知之乎！」吉妃道：「恐無此事，王爺何以知之？」北王道：「令兄固知有東王，而不知有天王也。」吉妃大驚，不能措一語。北王道：「卿勿驚，令兄之意，猶卿之意耳！」吉妃道：「妾意如何？王爺胡作此語？」北王道：「知有東王，而不知有大王，猶知有兄，而不知有夫也。」吉妃道：「王痴耶？無枉屈好人！」北王道：「吾若痴，早死於卿之手矣！吾捨命為國殺東王，事未行，而先洩之於其母，將置吾於何地也？」說罷而出。故遺能殺吾，死後請以劍殉我！而遂卿本意可也。」吉妃不覺下淚，自悔從前之誤。以母兄之情，為周旋東王計，幾害夫命，想至此，不覺嘆道：「吾死晚矣！」時有一子，年方四歲，名韋元成。正在身旁，吉妃給之出房後。遂閉上房門，先執韋昌輝遺下之劍，意欲自刎，忽回想道：「吾夫所遺之劍，而吾將而自刎，是吾夫殺吾也。為婦而見殺於其夫，益增羞矣！且亦死，亦求全屍，何必身首異處？」便解下羅帶，以巾覆面，復嘆道：「吾無面目見吾夫於泉下也。」遂自縊而亡。當時有詩嘆道：繡閣妝餘尚畫眉，紅綾三尺也堪悲。芳魂渺渺悲泉下，為哭床頭四歲兒。吉妃縊死後，侍婢英荷，見房門緊閉，潛聽之，渺無聲息。連敲了房門幾次，亦無應聲，急忙撬開房門，唬得一跳，只見吉妃直挺挺掛在一旁。急忙解下，已如冰似雪，用手撫時，不覺大哭起來。隨奔告北王。北王聽了答道：「人生終有一死，死也罷了。」徐又嘆道：「大丈夫不能秉正朝綱，早定大事，徒怨及婦人，吾何愚耶？」英荷見北王如此情景，直奔人房裡。原來吉妃平生待英荷如女，此時英荷想起吉妃貴為王娘，尚如此結局，何況自己。且北王以數年夫妻，絕無哀感，眼見吉妃死得如此冷落，心內十分情激。又想起吉妃平生待自己之恩厚，無從報答。想到此，淚如雨下，憤不欲生。遂亦閉上房門，自縊於吉妃之旁。

少頃，北王韋昌輝入內觀看，見房門仍閉，只得盡力把房門推開：但見吉妃屍首已在床上，唯英荷尚掛在一旁。昌輝此時對景生情，不禁亦為傷感。便令家個打點喪事。自思一己死生，關係國家大計。北伐各軍，都為楊秀清一案，互相觀望。又念東王可殺，彼全家何罪？翼王之言，實在不錯。看來非一死，不足以服人心，想罷就案上揮了一函，著人送與錢江。然後自盡。錢江拆書一看，書道：

弟自追隨左右，得聆玉訓，每囑以謹慎，毋釀大變。言猶在耳，弟豈忘心？只以賦性愚昧，不學元術；輕舉妄動，悔無及耳。天王恩愛，不忍以斧鉞加諸勛臣。然弟知罪矣！今北伐之師，徘徊不進；一若以東王受冤，必當洩發者：先生視弟，豈畏湯火而懼刀劍者哉？誠以東王之事未明，而徒加弟以殺戮之咎，弟不任受也。今不獲已，當謀自處，而有以報於先生。而今而後，可以見志；唯功唯罪，後人必有知者。願先生努力，以國家為念！

錢江看罷，拍案驚道：「北王果死矣！」正嗟訝間，適狀元劉統監至。錢江以北王之書示之。劉統監道：「北王虎將也，當留為國用。盍往止之！」錢江道：「你先去止住他，我隨後就到。」劉統監忙即馳往北王府，滿望救北王一命。誰想韋昌輝發書後，早已伏劍而死。時年僅三十六歲。可憐天國一員大將，以其弟韋昌祚，誤殺東王全家，遂不得其死，惜哉！後人有詩讚道：

金陵日落眾星孤，太息西林惹酒徒。誰是狼梟應剿賊？人非牛馬不為奴！

殺妻志已殊吳起，輔主心雄掃逆胡。風塵自古多奇傑，樊噲當年一狗屠。

後人多以東王被殺後，天王詔韋昌輝以償東王之冤，殊屬附會。天國探花及第王興國，有詩單吊韋北王自刎詩道：

英雄末路古來悲，慷慨南京盡節時。五載煙塵餘馬革，滿城風雨哭龍旗。
彌留尺劍貽妃子，珍重瑤函答帝師。大義豈真輕一死？英魂猶自繞丹墀。

劉狀元趕到，韋昌輝已死，伏屍而哭。錢江亦至，放聲大哭道：「君不死，而國家不安；君已死，而國家亦危。嗚呼痛哉！」劉狀元謂錢江道：「軍師不宜多哭！且起來商議大事。」錢江遂拭淚，一面令劉狀元將北王死事，奏知天王；一面令北王府家人打點喪事，並叫韋元成穿孝舉哀。劉狀元臨行時，錢江囑道：「天王念北王前者殺妻相救，及數年汗馬功勞，必優加以飾修令典。然如此，則貽東王黨口實矣。當為天王言之。」劉狀元唯唯而去。

卻說天王聽得北王自刎，甚為傷感，就欲撥給庫款五千，與北王治喪。及劉狀元至，告以錢江之言，便不再撥款。劉狀元又請以北王死事，布告各路天將，以了結東王之案，天王從之。自此楊黨才無異言。當下天王親造北王府祭奠；就命韋元成承襲北王；俟其長時，命官授任。過了數天，徐議大舉北伐。李秀成道：「江蘇肘腋之地，宜早為平定。且上海為西人居留地，吾當乘機克上海，以便與西員立約，免留後患。若我大舉而全勝，清人將借力外人圖我，我豈能當各國之兵？且我不忍為者，而彼為之，我如彼何？自當先發制人。願大王思之。」天王深以為然。遂令天將古隆賢，領大軍二萬，由鎮江而下；再令黃文金撫定安徽餘郡；復令賴文隆領軍二萬，與陳玉成軍會合攻江西，兼應湖北。李秀成擬自統主陵精銳，大舉北上，會同林鳳翔、羅大綱、李開芳、吉文元以攻北京。

自此訊息一出，滿清舉國大震。這時就拉出一位，為清廷效忠盡力的大臣，姓李名鴻章，號少荃，本貫安徽省合肥縣人氏，由兩榜翰林檢討出身。他弟兄四人：長名翰章，號小荃，是由徐姓歸宗的；鴻章居次；此外尚有兩弟，一名鶴章，號幼荃；一名煥章，號季荃。兄弟幾人，皆有才幹。鴻章自幼讀書，更自不凡，穎悟非常。塾師大奇之，以為非常人。又有善相者，便到他家裡相諸人。謂鴻章道：「君家兄弟皆貴相。而君鬥頭方面，福澤尤遠出諸昆仲之上。」後登道光進士，入翰林，寄居賢良寺。曾國藩方任侍郎，鴻章師事之。國藩每謂人曰：「鴻章相輔器也。」旋外放福建延邵道，年已三十矣。時正告假在籍，與同鄉劉銘傳、程學啟為密友。嘗謂兩人道：「公等出仕，可至督、撫、提、鎮。」二人還叩之？鴻章但笑而不言，及贊皖撫呂賢基幕府，所謀多不能用；聽得曾國藩以湘團出境，圍攻九江，回憶在京當翰林差使時，曾投拜曾國藩門下，屢蒙讚賞。不如到他營裡圖個差使，從軍營裡較易升官。主意已定，就與眾兄弟商酌。皆云曾軍屢敗，恐難圖功，不如勿往。鴻章道：「此吾如毛遂所謂錐處囊中，將脫穎時矣。」遂決意前往九江。適前之相士至，鴻章告以將在從軍。相士道：「公若往，得其時矣。然公能立蓋世功名，不能作驚人事業也。但庸人後福。激流勇退，不可不慎，子其勉之。」鴻章叩謝相士，遂打點行李，帶了僕從，騎上牲口，別過兄弟，離了合肥，直望九江而來。一路上曉行夜宿，不多幾天，早到了九江。探得曾國藩大營駐在府城附近，便策馬前來，要與曾國藩想見。管教：

虜運未終，轉奮風雲興俊傑；矯情相折，獨教月夜走梟雄。

要知李鴻章與曾國藩想見若何？且聽下回分解。

譚紹洸敗走武昌城　錢東平遁跡峨眉嶺

話說李鴻章，策馬投刺入內；時曾國藩正欲沐浴，接到李鴻章名刺，乃顧左右道：「少荃今之國士！可惜他頭角太露，視天下如無物，吾當有以折之。」說罷把鴻章名刺放下，盡自沐浴。

鴻章在外候了多時，總不見傳出一個請字，莫明其故。又半晌見閽人自內出，以為曾國藩必傳見無疑矣。閽人絕不道及。肚子裡忍不住氣，向閽人問道：「曾帥得毋外出乎？」閽人道：「非也！」鴻章又問道：「得毋有客在乎？」閽人答道：「無之。」鴻章道：「如此，是輕傲我也！」暗忖在京為師生時，何等投契；今一旦兵權在手，遂忘故舊耶？意欲逃去。忽轉念他有什麼原故，尚且未明，何便逃去，且遠道而來，縱彼以輕傲相加，盡不妨罵他一頓。便再令閽人再傳第二個名刺。閽人無奈，姑與傳遞。少頃復出，閽人亦無言語。李鴻章怒甚，已不能耐；又半晌方見內面傳出一個請字；李鴻章便盛氣而進。然此時仍以初進營中，料曾國藩必具冠服恭禮相迎，故鴻章此時雖怒，仍以敬意相持，不敢怠慢。不意進了帳內，並不見有曾國藩，不過三五人在堂上談天說地，指手畫腳而已。鴻章心下納悶，忽聞一旁人聲問道：「少荃你幾時來的？」李鴻章急回頭，不是別人，正是曾國藩；尚在浣盤濯足，形色甚是輕慢。李鴻章這時，不覺頂門上，怒火直冒起來。乃厲聲答道：「弟在營外候見已久，何至今猶浣足耶？」國藩聽罷，仍未起身，復笑著答道：「少荃相處已久，胡尚不知吾性耶！吾在京時，每函致鄉中諸弟，使勤於浣足；蓋勤於浣足，可以滅病。故吾生平最留心此事。少荃如以此相責，可謂不近人情。」國藩這時說了又說，絮絮不休。鴻章氣憤不過。立在庭中，只見堂上諸人：皆注視自己，莫不目笑耳語。鴻章如何忍得？便向國藩說道：「滌生將以此奚落鴻章耶？」國藩道：「這怕未必！吾接尊刺時，方在沐浴間；及第二次接得尊刺，而又不能不浣足。待浣足已畢，將與子想見矣！」鴻章聽罷，一言不發，逕拂袖而出。行了十餘步，只聞國藩笑說道：「少年盛氣哉！非大人物也。」鴻章此時直如萬箭攢心，掉頭不顧，出營而去。

走出營門，也不見有人出來挽留。營裡將弁只各以目相視。鴻章出了營外，騎回牲口，且行且憤。自忖在京時，與國藩何等投契！且蒙他以國士相許。今如此冷淡，薄待故人，試問你國藩有何本領，敢如此相傲。枉教自己從前錯識了他。想罷仰天長嘆！不禁奮然道：「豈俺李鴻章舍你國藩一席地，遂無出頭處耶？」意欲奔回合肥，忽又轉念道：「自己當初來時，諸兄弟曾以言相諫，阻我之行；奈自己功名心急，又看得國藩那廝太重，致遭此奚落。然今回去，何以見諸好。正自著悶，忽見一個農夫，迎面而來。鴻章便向農夫問投棲止。農夫道：「先生非落寞中人，何棲皇至此？」鴻章本待不言，唯見農夫立足不語；沒奈何，只得以實情告之。農夫道：「求人者當如是。子千里求人，又負氣而去，行將安歸？且此間曾帥有示：懼人偵探軍情，故生面之人，不準留宿。不敢聞教。」說罷飄然而去。李鴻章又氣又惱，躊躇了一會，忽見羅澤南策馬而來，向鴻章大笑道：「曾帥謂兄才具有餘，而養氣不足，今果然矣。」鴻章一聽，心上怒上加怒。忽回頭自想，暗忖曾國藩如此相待，難道故意相弄，以挫折自己不成！果爾，則自己如在夢中也。便向羅澤南問道：「德山此來有何用意？」羅澤南道：「奉滌公之令，專請足下回去。曾公向言足下頭角太露，故為此計，何足下竟墮其術中耶！」鴻章聽罷搖首：「難道滌生竟能戲吾耶？」澤南道：「天下盛氣之人，皆可以戲，何必多怪。」鴻章無語，便與羅澤南策馬同回。

及到營外，早見曾國藩盛服相接，鴻章急下馬見禮。國藩道：「少荃，得毋以曾某為前倨後恭乎！」說著攜手入帳，分賓主坐下。塔齊布、楊載福、彭玉麟等想見。鴻章先道：「方才盛氣辱及先生，望先生休怪。」國藩道：「吾方待才而用，豈知足下反加白眼。大丈夫以器量為重，才識次之，故聊以相試耳。」鴻章聽了起身謝過。國藩道：「近來聞足下贊皖撫呂賢基軍幕，屢欲邀足下來此，因安徽軍務緊要，是以不敢。究竟現在安徽軍情如何？」鴻章道：「呂中丞好謀寡斷。當公與吳、胡兩帥會攻漢陽，此時天國在皖省守衛尚虛；弟獻議乘這時機，大舉攻安慶，呂中丞不從，失此機會。今皖省只有鮑超一枝人馬，坐鎮幾郡。而敵將胡元煒，方守廬州，坐鎮桐城；黃文金又以重兵兼守安慶，甚為完密，恐難下手。不如趁李秀成已去，以全力先復漢陽、武昌，實為上策。」國藩道：「公言甚是。但金陵為洪氏根本，若克金陵，則諸省不難恢復矣。鴻章道：「此事實不容易。因金陵為彼精銳所聚，加以李秀成智勇足備，吾軍中實無出其右者。若不收復各郡，以先孤金陵之勢，恐收效亦殊不易也。」國藩聽了，點頭稱是。又問道：「人才歸於洪氏，為吾之大患；以足下所知，究有何人，足以當大任者？」鴻章道：「向榮、勝保治軍雖嚴，然謀不濟勇，此其所以敗也；若知人善任，莫如明公；衝鋒陷陣，莫如鮑超；料敵而進，莫如林翼。其餘明公帳下人物：如羅德山、楊厚庵、塔齊布皆一時之英傑，皆足以當一面者，此則明公所知矣。此外湘中二李，明公還知之否？」曾國藩道：「豈非續賓兄弟乎？」鴻章道：「是也。彼兄弟皆卓犖不群之士：續宜則謹慎深慮；續賓尤驍勇非常。若得此人而用之，亦足以獨當一面。明公以為然否？」國藩道：「足下可謂知人矣！續賓兄弟，向從學於羅山門下。其才識沉毅，吾識之久矣。當為力保使重任之，以收得人之效。現聞李孟群由知縣超擢道員，有補安徽布政訊息；此人若在皖，未嘗無濟於軍事也。」李鴻章點頭稱是，談罷而退。楊厚庵私向李鴻章道：「足下力舉有名人物，而獨不及左宗棠者，何也？」李鴻章道：「左公固才，然弟只不敢言於滌生之前耳。」楊厚庵乃默然不答。

國藩自李鴻章到後，便有意規復武昌。但以胡林翼現為鄂撫，此議本該由他發起，便與鴻章計議，以書示意胡林翼，使取漢陽。時胡林翼正憤前次之敗，已聽得李秀成入金陵已久，要來攻取漢陽。忽得曾國藩書，其議遂決。其時鄂督吳文鎔，計議欲即進兵。吳、胡二人即知會官文，以旗兵六營，兼助文鎔前軍；一面請曾國藩助力，大學圖漢陽。適湖南巡撫駱秉章，令李續賓帶湘軍五營，前來助戰。

原來湘撫張亮基，因捻黨起事，調辦河南軍務，特令駱秉章繼任湘撫。駱秉章廣東花縣人氏，與洪天王鄉相隔不遠。少貧，為佛山鎮張家西席。張氏恤其貧，以婢妻之。後舉進士，入翰林，屢典試差，歷任藩臬，洊升至湖南巡撫。為人雖無智謀，然唯賦性謙抑，頗能用人。自見胡林翼敗於李秀成之手，恐胡軍單弱，因遣李續賓來助戰。

那李續賓本貫湖南人氏，以道員統領湘軍，轉戰湖南各郡，頗著驍勇。

當下奉駱撫之命，領兵到荊州，胡林翼便用為前軍。各路人馬取齊，會同出發。當下天國副將洪春魁聽得這訊息，忙與晏仲武商議應敵之計。仲武道：「天王自下江南以來，武昌、漢陽兩路有守無攻，此諸葛所謂不伐賊，漢亦亡也。漢陽之守，責任自在主帥。不如飛報武昌，聽候行之。」洪春魁道：「公言甚是。」便差人報告譚紹洸。

那時天國太平四年，即清國咸豐四年也。當下譚紹洸正在武昌城外，沙河一帶增練水軍。聽得漢陽告急，便欲移軍親自往救。馮文炳進道：「吳、胡兩人兵力既重，又增添荊州旗兵與長沙湘軍，其勢正盛；漢陽戰守，皆不易也。即明公親往，恐亦無濟。且曾國藩必會兵以攻吾武昌，此時更無歸路矣。兵法在攻其所必救：不如遣人星夜入女慶，使黃文金分兵江西，一以壯陳玉成軍勢；二以牽制曾國藩，或武昌可以無事也。」譚紹洸道：「現陳玉成方由安慶下建昌，已克鄱陽湖，正困南昌省城，聲勢大振。恐曾國藩未必便離江西也，然亦不可不備。」遂使人馳報黃文金。黃文金聞報，即令部將王永勝，會合伍文貴之兵，直進贛境，以邀曾國藩後路。譚紹洸再調吳定彩，以水軍助漢陽聲勢；今武昌人馬打著自己旗號堅守，自己卻暗入漢陽。

是時吳文鎔、胡林翼大兵已抵漢陽城外，令前軍李續賓，先取洪山要道；自卻築營建壘，以壓漢陽。林翼更囑曾國葆道：「漢口為咽喉重地，得此亦足以分洪家軍勢。」便令曾國葆以五千人馬，取漢口。

譚紹洸潛到漢陽之後，正欲依李秀成舊法，先奪洪山。誰想已被李續賓先據。譚紹洸道：「清軍鑒於前日之敗，先據洪山，我失勢矣。」正擬備兵固守，忽東門守將飛報，漢口已破，已被清兵奪去。譚紹洸大驚，急傳令漢口敗兵，休衝入漢陽。卻奔回武昌去。譚紹洸急聚諸將議道：「洪山與漢口兩路俱失，漢陽勢益孤矣。漢陽有失，武昌重地，究以何策保之？」各人皆面有難色。正議論間，忽報馮文炳自武昌飭人送書至。譚紹洸拆開一看，不覺點頭稱善。顧謂諸將道：「文炳不減乃父雲山之智，此策準可行之。」原來文炳亦知漢口與洪山已失，恐漢陽難守，故獻策請調兵暗襲荊州。潭紹洸就依計行令：洪春魁與部將汪有為，以五千人馬，逕襲荊州去。

那日傍午時分，清軍已大至，把漢陽西南東三面圍得鐵桶相似。譚紹洸竭力守禦，亦慮胡林翼從道地發炸：急令人一面守禦；又一面挖築長濠。不料清兵憤於前次之敗，人人奮勇。那胡林翼身先士卒，首撲南門，槍彈如雨而下。譚紹洸所開發築長濠的軍士，皆不敢向前。再那胡林翼安營後，已從營中先通道地，埋伏藥線。此時一聲轟炸，猶如天崩地裂一般，南坦已陷了十餘丈。胡軍猛撲而進。譚紹洸勢將不支，忽義勇隊首領晏仲武，從東南飛奔前往，奮力殺退胡林翼：仍令人冒煙突火，修築城垣。胡軍再復猛攻。時天國義勇隊，全用抬槍，向胡營亂擊。清國副將陳文瑞，已斃於陣上，胡軍稍卻。譚紹洸心亦稍安。胡林翼酣戰時，未得吳軍訊息，心甚焦躁，盼望曾國藩前來相應。怎想曾國藩被伍文貴、王水勝兩軍牽制，不敢遠離，只令塔齊布領二千人馬來助，被天國武昌守將馮文炳伏兵半路襲之，塔軍寡不敵眾，因此退避。胡林翼聽得不覺咯血於地。部將吳均修奮然道：「區區漢陽，尚不能下，何以生為？」遂以本部再復猛攻南門。李續賓道：「吳均修真勇將也！吾當助之。」便亦帶兵前來。

時譚紹洸以清軍未退，已令晏仲武專守南門，自卻引兵四面巡視。忽報西門緊急，正飛奔前來，原來蒙古人多隆阿向隸僧格林沁部下，奉令往援湖北，隸舒興阿軍中，即荊州所撥旗兵統領。見攻西門不下，心甚憤怒，便調炮隊向城垣猛擊。天國部將汪得勝，已漸漸守西門不住。那多隆阿冒槍林直進，譚紹洸到時，已是城垣將陷。多隆阿見譚紹洸軍已到，恐洪軍守力復完，更奮勇薄城垣而進，軍士亦隨進。加以炮勢猛烈，西門遂陷。槍聲響處，汪得勝左臂上早中一彈，幾乎墜馬，軍士一齊退後。多隆阿乘勝進了城垣，吳文鎔揮軍繼進。譚紹洸望後而遲。時城中知西門已陷，皆無鬥志。漢軍呼天喚地，故南門亦相繼而陷。譚紹洸知漢陽不能再保，急與晏仲武、汪得勝會合，焚了倉庫，殺出北門，直望武昌奔來。幸得吳定彩早預備船隻疊作浮橋，從水師船上以炮擊清兵，保護敗軍，陸續回武昌而去。

吳文鎔與胡林翼，便率兵大進，進了漢陽城。一面撲救倉庫餘火。時城中人因臣服洪氏已久，素知清官好殺，因此人人驚懼，逃往武昌者眾。胡林翼大慮，只得出榜安民：居民一概免罪。然自居民逃竄之後，約束不必過嚴；怎奈那些居民，年年沐洪氏和平政體，一旦又遭如此專制，自多怨言。竟有些人民，思念洪家的，相聚數百人，在東門外放起火來，欲乘火往武昌，請譚紹洸為外應。偏是外應未來，內事先發，被胡林翼以兵力鎮定。自是人心雖有怨言，究不敢亂動，吳文鎔亦不追究。只與胡林翼計議進攻武昌。

忽流星馬飛報禍事，說稱天國大將洪春魁、汪有為引兵暗襲荊州。現荊州兵微將寡，恐不能抵禦。胡林翼大驚道：「漢陽新下，人心尚惶。荊州猝有此巨變，何以御之？」李續賓道：「某願以偏師截洪軍之後，可以保荊州也。」胡林翼道：「吾欲攻武昌，正須用子為前軍，未可離去。此處更有何人，可以代之？」說猶未了，曾國葆應聲願往。林翼便令曾國葆，以本軍馳救荊州，胡林翼自為後繼。待回時，然後議攻武昌。不想風馳電卷，胡、曾二人到了荊州。洪春魁、汪有為兩軍，已自回去。林翼不能求得一戰，空走一場，只得留曾國葆一軍，暫守荊州，以防洪軍再至，自己卻引兵回漢陽。不提防回到中途，忽見樹林裡一聲梆子響，左有洪春魁，右有汪有為，兩路殺出。在胡林翼往荊州時，本一股銳氣，志在截殺洪兵。及回時，只道洪軍已退，不甚留意，彼洪、汪西人截殺一陣，折了些人馬。胡林翼不敢戀戰，恐漢陽有失，先奪路奔回漢陽。洪、汪二將即自回武昌去。自此胡林翼也知洪軍能兵，只得修繕城垣，訓練士卒，再圖大舉。暫把進攻武昌之事，按下不表。

且說潭紹洸敗回武昌，計點軍士，折了三千餘人，心甚不安。急的具一表飛報金陵。是時天王，聽得漢陽失守，深恐武昌亦危，遂大叢集臣會議。各人皆主增兵，固守武昌，兼復漢陽。獨李秀成奮然道：「漢陽得失，無關大局，何用增兵？臣以為欲定天下，只注意北伐；欲固長江根本，不如注意江西。以江西一省，西界兩湖，東界閩浙，可以為各省聲勢也。」天王深然其計，便令福王洪仁達，領兵二萬，入江西助陳玉成。時陳玉成已克南昌省城，聲勢大震。福王瀕行時，李秀成密囑道：「若由江西以一軍出岳州，可以牽制胡林翼，而又可為石達開入川聲援也。」福王謹記其言。

只當日群臣會議，獨錢江未到，李秀成退朝之後，獨造訪之，只見劉統監已在。李秀成先回道：「軍師今天安往？」劉統監道：「某昨夜蒙軍師召至府內，告某以歸隱，某大驚，為之挽留，力勸以國家為念。軍師道：『方今大局之成敗，繫於北伐之勝負；然北伐軍權，操於楊黨，非吾所能號令之。此後大權，當在秀成，吾當退而讓之，以成其名也。』軍師言至此，某復苦勸。軍師又謂某道：『秀成臨亂有智，深識大體，和於上下，勝吾十倍。他必能繼江之志，不勞多囑。至於成敗則天也。早晚如見秀成，為江致謝，努力國家，勿學江之有始無終也。』某此時見軍師之意已決，某遂問以何往？軍師道：『江自起兵以來，相得者，莫如翼王；將與相會於峨嵋山上矣。』說罷大哭，此時某亦哭不成聲。軍師又徐徐嘆道：『江昔日讀書，深恨范增之無終始；不圖今自為之矣。』」劉統監說罷，李秀成揮淚不止。劉統監道：「某昨夜三更回府，今方才來，探軍師訊息，適與將軍相遇。」少頃只見一老翁出道：「昨夜五更，軍師將府內歷年所存的金銀器件，分賜我們；隻身出門而去。我們又不敢動問，只有一函，著老漢若見李忠王，好轉致於他。」說罷遂將原函呈上。李秀成接了，忙拆開一看，書道：

北伐之軍，雖勝亦敗；金陵之業，雖安亦危。

末又有隱語數句道：

黃河水決木雞啼，山林鼠竄各東西。

孤兒寡婦各提攜，十二英雄撒手歸。

李秀成看罷，不懈其意，不覺放聲大哭。劉統監道：「此非將軍哭時也！軍師一去，將軍責任愈重耳！且進朝商議大事。」李秀成方才收淚。有分教：

見機而作，頓教豪傑遁山林，大舉興徵，又見英雄平蘇省。

要知後事如何？且聽下回分解。

李秀成一計下江蘇　林鳳翔十日平九郡

話說李秀成聽了劉統監之語，方才收淚。當下劉統監道：「軍師言十二英雄，此與五年前童謠相似，得毋應在十二正副丞相乎？」秀成道：「怕未必呢！愚意此言，當應在大王也。」劉統監道：「天王何以言十二，某實不解？」秀成沉吟道：「此或就年分上言之，亦未可定。但世界茫茫，不知預知。吾輩唯以國家為重。或不濟事，但歸天命。」劉統監聽罷嘆息。李秀成道：「軍師掌大權，居大位，其去也，澄然以清，吾甚敬之。」遂與劉統監入朝，奏知天王。恰逢天王在廷議事。瞧見秀成與劉統監，面有淚容，不勝詫異。李秀成便把錢軍師歸隱的事情，奏個明白。就中只隱過幾句隱語，餘外遺書之語，及那老蒼頭之言，都說了一遍。天王聽罷，就在座上大哭起來。廷臣亦皆墜淚。劉統監又將前夜錢江遺囑之語，告知天王。天王嘆道：「自吾得錢軍師，謀無不中，計無不成；自入金陵，屢稱有病，吾正望他調養就痊，大興北伐。今一旦舍我而去，是天喪長城也。」說著搥胸大哭，群臣皆為勸止。天王又道：「昔年聚義兄弟，如蕭朝貴、楊秀清、馮雲山、韋昌輝，皆已去世。石達開與錢軍師，又舍我而去。人非土木，能不哀乎！」丞相楊輔清道：「劉統監既知錢軍師欲去，就該報知天王，隱而不言何也？」劉統監道：「某勸之再三，以為軍師有回意，實不料其竟然去也。且軍師召某時，夜已深矣。次早軍師已去，雖言亦不及矣。」洪天王道：「軍師機智過人，若有去志，焉能阻之？再自起義以來，待軍師無失禮，唯日來軍師抱病，前往伺候略少，其或以此為禮貌之衰，亦未可定。」李秀成道：「軍師去志，劉統監已言之矣，豈為此區區耶！目令大局又緊，望大王與各兄弟，以軍師之去為殷鑒，戮力同心，恢復中原，以繼軍師之志。」各人齊道：「忠王之言是也。」天王即向秀成道：「方今林鳳翔等北伐，未知勝負。吾意欲賢弟以大軍繼進，你道如何？」秀成道「天王之言甚善。但江蘇未平，滿人據在時腋，以為吾患，亦殊可慮。臣弟意欲令林鳳翔，暫緩進兵。待臣弟領一旅之師，千定蘇州，即以乘勝之兵，大舉北伐，大王以為何如？」洪天王道：「此計甚是！未知下蘇州之兵，何日可能起行？」秀成道：「臣弟無日不以定蘇州為念，故預備多時。一二天之內，就可以統領人馬動身矣！」洪天王道：「閫以外將軍主之：丞相以下，任由賢弟調動。」說著，各人稱萬歲而退。

次日秀成即領人馬十萬，以安王洪仁發為先鋒，以楊輔清為副將，並部將十餘員隨行。浩浩蕩蕩，直望蘇州出發。軍行時，洪天王親送秀成至城外而回。一路旌旗蔽野，戈戟如林，先到鎮江駐紮一夜。次日，取道常州。常州知府李琨，聽得洪軍已到，即與常鎮道徐豐玉商議，一面飛報蘇州省城。這時清國兩江總督何桂清，以金陵既失，駐紮蘇城；忙與巡撫吉爾杭，藩司郝立宿，計議應敵：令郝立宿領副將虎嵩恩，及參將杜文瀾，領人馬一萬，到常州助守。一面知照駐儀徵欽差大臣琦善與駐丹徒欽差大臣向榮，請他派兵來援，不在話下。

卻說李秀成，統領大軍十萬，將近常州，謂諸將道：「常州居蘇城上流，是個緊要的去處，非得此地，不足以定蘇州。若延時日，使波結連上海西人，及徵調淮、揚各路之兵，則我難為力矣！諸將有何妙策？先下此城。」部將許宗揚進道：「聞藩司郝立宿，調守常州。這個人好斷送常州人民性命。」李秀成道：「足下何以知之？」許宗揚道：「某自幼隨父在京，聞郝立宿十六歲，不知戥秤，活是個書痴。只以夤緣位至藩司。若以軍容示之，彼就將膽落。然後以兵攻之，常州可下矣。」李秀成從之。遂令大兵，離常州七八里下寨。

那夜郝立宿，登城望秀成軍，只見燈火燭天，相連十餘里，計數不下十餘萬，不覺心膽俱裂，呆若木偶，目定舌槁，不能說一話，知府李琨道：「忠王人馬如此之眾，不如堅守城池，以待救兵。」郝立宿面色黃白如紙，不能對答，竟倒在城上。徐豐玉上前撫之，全體似冰。一時軍中傳道：「忠王兵未到常州，嚇死藩司郝立宿。」清軍慌亂。虎嵩恩道：「郝藩司無用之物，早死數天，尚不至調到常州。今卻搖動軍心，如何是好？」李琨道：「常州為蘇州封鎖。常州若失，蘇亦難保。不如把訊息通告何制軍，一面堅守此城可也。」各人皆以為然。虎嵩恩便分撥將士，把四門緊守。

時李秀成已把常州城池四面圍定。那日前軍解送一人到來，搜查身上，卻是持文書往蘇州的。秀成一看，知郝立宿已死，大喜道：「不出許宗揚所料也。」便率軍士，奮勇攻城。是時清軍軍心已怯。見秀成攻城已急，互相嘩潰，清將不能禁止。秀成絕不費力，得了常州。李琨、徐豐玉俱自刎而死。虎嵩恩、杜文瀾各領兵望蘇州而逃。

秀成進了常州，即傳令兵不卸甲，造飯後直趨蘇州。許宗揚道：「兵力乏矣，不如休息，免中敵人以逸待勞之計。」秀成道：「此非將軍所知也。兩軍相對，自不宜疲其兵力，以中彼以逸待勞之計。今蘇州清兵，寡不敵眾，必有守無戰。且郝立宿、何桂清、吉爾杭皆木偶耳！吾出其不意，以勢示之，必得其志。」宗揚深服其論。李秀成又令許宗揚，撫妥常州之後，移兵江陰，堵塞清國上流救兵。分囑已定，卻移大軍直趨蘇州。將各軍一字兒擺開，直壓東南，兩路勢若長蛇。及暮軍中燈火綿連不絕。

江督何桂清，在城樓瞭望，唬得魂不附體。將城中精銳盡移守西南兩路，候向榮救兵。時向榮軍駐丹陽，與天國兵大小數十戰，多有不利，已退駐儀徵。當時聽得蘇州緊急，欲令張國梁領兵往救，忽聽得天國許宗揚，已拔江陰，向榮大驚道：「彼領軍者，莫非李秀成乎？何其神速也！」欲以大軍往救，又恐淮、揚一帶空虛，天國大兵，乘機而至，因此猶豫不決。是時何桂清，日望救兵，一籌莫展。巡撫吉爾杭又是個素不經事的，萬事只候何桂清裁決。只有提督餘萬清、參將杜文瀾先後到何督行轅請令，並請分兵出城，以為犄角之勢。何桂清道：「城內軍兵，不足當彼軍之眾，又分其兵勢，非良策也。」便不準行。

當下李秀成，聽得清兵不出，即顧渭楊輔清道：「果不出吾之所料也。」說罷出營，親閱形勢：但見蘇州城上，西南兩路，鼓角森嚴；東門頗覺冷落。即回營謂洪仁發道：「何桂清無謀匹夫，以我大軍自西而下，必將銳攻西南兩門，故堅守此地，以待救兵；卻好中吾計也。」便附耳囑咐如此如此。洪仁發得令去後，楊輔清道：「恐彼虛者實之，以為誘敵之汁，又將奈何？」李秀成道：「桂清自帶兵以來，未嘗一戰，故知其無謀膽怯也。若遇胡、羅，吾已防之矣。」隨又囑咐賴文鴻，如此如此。分撥已定，即撥兵往攻西門；又令楊輔清攻南門。三軍一齊奮勇鼓譟而進。何桂清見李秀成，以重兵趨西門，急令提督餘萬清、副將虎嵩恩同守西路。卻令參將杜文瀾，引兵守南路，以拒楊輔清。時近黃昏時分，忽東門守將游擊李定邦，飛報緊急，有天國安王洪仁發攻城。原來洪仁發已得令，搶過東門攻城。何桂清聽得大驚，便調虎嵩恩回守東門，以助李定邦。餘萬清爭道：「本軍已不能當李秀成之眾，又轉調虎副將東去，西門奈何？」何桂清只是不聽。及到夜分，守力漸懈。在蘇省城垣堅固，本不易破。況又無地可逃，故何桂清只得竭力梁領軍趕來，入城助守。現到北門聽候大帥號令。何桂清聽有效兵，喜出望外。急登城一望，見賴文鴻一軍，紛紛望西而退。來的果是清兵旗號，便令開門放入。不想城門甫開，三軍一齊亂喊起來，清總兵李元浩，中槍落馬。天國人馬，一齊擁進。

原來李秀成，早預備賺城之計，打著清軍旗號，軍士都穿清國號衣。卻令虛打自己旗號，在西門攻城。暗令賴文鴻，虛攻北門，轉雜在前軍，賺開前門，乘勢把李元浩擊於城下，因此進了城門。當下何桂清聽得北門有失，仍令諸將力戰；卻令提督餘萬清保護自己與吉爾杭，殺出東門先遁。洪仁發讓過何桂清等逃走，先進了東門。是時城中清國將官，聽得何桂清已遁，莫不憤怒。有降的，有逃走的，紛紛亂擾。副將虎嵩恩、參將杜文瀾都齊城微服而逃。李秀成急令軍士止殺。但大書旗上：降者免死。清軍降者大半。李秀成立即出榜安民，令以冠服葬李元浩屍首。大發倉庫，賑濟難民，莫不悅服。

蘇州既定，楊輔清便欲進兵，取上海縣，擒捉何桂清。秀成道：「上海多西人居留。稍一誤殺，即開外人交涉。我不宜以大兵臨之，然吾已定計矣！不消一月，不愁上海不為我有也。何桂清一無知子，縱之何害，得之何益。此土木偶人，吾所以令安王縱之也。」說罷各人皆服。秀成平定蘇州，由先奪北門，因表錄賴文鴻為頭功。捷報到金陵，天王大悅。秀成以北伐緊要，留許宗揚、洪容海安撫蘇州各郡縣，一面回金陵商議北征。

天王聽得忠王回到，親自出城迎接。秀成急下馬道：「何勞大王相接！」天王道：「往返十餘日，即定江蘇省，軍威之速，古未嘗有也。」遂與秀成並馬入城。謂李秀成道：「賢弟這回出師，何成功如是之速也？」秀成道：「這條計，只可弄何桂清，實不可為訓。且以北征緊要，不得不從速竣事耳。」天王然之，便在殿上擺酒慶功。錄賴文鴻為丞相，餘外各人，皆有賞贈。議休兵一月，便行北伐。

且說老將林鳳翔，自從領三十六軍，大捷於揚州，清將琦善、勝保，皆退保山東。林鳳翔便直進淮南。因前者聽得東王楊秀清被殺，因此緩兵不進。及聽得北王已死，忠王用事，正待進兵。忽又聽得忠王李秀成有文報到，顧謂左右道：「忠王想催吾進兵而已。果爾則英雄所見略同也。」及左右呈書上，拆閱後，乃大驚道：「忠王緩吾進兵，果是何意？」左右道：「得毋忠王隨後迸兵，故留老將軍少待乎？」林鳳翔道：「言雖如是，然恐非忠王之本意也。」部將王大業進道：「弟與忠王向在老萬營同事，其人忠厚而多智，待人以禮；斷非誑老將軍者，願老將軍少待之。」林鳳翔道：「吾以三十六軍，由揚州到此，攻城破壘，如摧枯折朽。勇如勝保，迄今窮蹙山東，更有何顧慮，而必待忠王後繼乎？」副將溫大賀道：「忠王自用兵以來，算無遺策，不如待之，較為穩著。」林鳳翔奮然道：「諸兄弟何便輕吾！某將獨進幽燕，雙手取北京，單騎迎大王於都下，方稱本心。」說罷，便移文李開芳、吉文元、羅大綱約會於大名府；又以進山東，恐黃河難渡，便移大軍而西，將由汴梁北進。下令軍中，明日五更造飯，平明起程，先取興化。

臨行時，溫大賀復叩馬諫阻。林鳳翔道：「忠王待克江蘇，然後進兵；以江蘇城池堅固，恐忠王定蘇州時，某已在北京矣。且軍令既下，不可以兒戲止也。」諸將遂不復言。時清兵以林鳳翔日久不進，軍中多懈怠，忽鳳翔軍掩至，猝不及防，守令皆棄城而遁，遂唾手拔了興化縣。傳檄鹽城、安東，次第降附。林鳳翔下令道：「清官諱言兵敗，十不報五；某料清軍不易南下：令軍士休便解甲，宜裹糧趨安徽上游，即可與李開芳合軍矣。」大軍便沿洪澤湖而進，直抵盱眙城。忽流星馬報：清提督鮑超，會同江忠源，攻廬州甚急；羅大綱已回兵南下矣。林鳳翔道：「大綱孤軍恐不能當其眾；黃文金駐安慶，又不易離城。廬州有失，安慶震動。我不如先取鳳陽，以奪清軍之氣，則廬州、安慶安矣。」諸將皆以為然。立即令軍士啣枚疾走，倍道逕趨鳳陽府。

時清國守將總兵易良幹、參將楊虎臣、知府李文望，聞鳳翔兵大至，急飛報勝保，求請救兵。林鳳翔離城十里下寨。與諸將計議道：「鳳陽被困，必然求救於琦善、勝保二人；彼救兵若先守彰德、衛輝，以壓吾上流，我將大費籌畫；彼若躡吾之後，吾兵但顧前進，不必慮也。」左右皆壯之。時鳳陽城外，清兵建築木柵，以為固守。鳳翔道：「彼如孩子戲，若把他木柵焚去，軍心膽落矣。」立即分兵為五道，先遣五百人分頭搶到木柵前縱火，木柵、房柵，一時皆著，木柵守兵不戰自亂。城上又恐自擊其兵，不敢發炮。鳳翔督五路大兵，乘火勢而進，直迫城下。清軍大亂，皆齊槍而逃。清總兵易良幹，立殺數人，非但不止，反乘機嘩變。鳳翔令在城下發炸起來，城垣陷了數十丈。易良於早葬在火坑之內。溫大賀搶進城門，楊虎臣便棄城逃走；清知府李文望死於亂軍之中。

鳳陽既定，林鳳翔安撫居民之後，便傳令諸將道：「某此行將直抵燕京，與諸兄弟作太平宴，自應疾行北趨。但恐軍士連戰疲乏；且廬州勝負未知，不得不留兵以壯聲援。今特將三十六軍，分為兩班，輪流更替。頭班休兵兩天，便要起程。」這令一下，諸將皆請先行。這時清軍因鳳陽失守，恐林鳳翔大軍南下，鮑超已解圍而去。林鳳翔聽得大喜道：「鼠輩果不出吾所料也。」便留溫大賀領兵，撫定附近各縣，然後繼進。果然數日間，鳳陽府屬各縣，已次第降附。統計旬日之間，平定十餘郡縣。林鳳翔即傳令領兵北行。行時又下令道：「吾當先取彰德府，遲則勝保至矣。」即傳令督軍大進。管教：

義若武侯，炎漢風雲摧北魏；勇如宗澤，渡河聲勢懾東胡。

要知林鳳翔此去勝負如何？且聽下回分解。

林鳳翔大破訥丞相　李開芳再奪衛輝城

話說林鳳翔進了風陽府，旬日問屬下各州縣，多已降附，便進兵北行：以朱錫琨為十八軍前部先鋒，兵次南平。清縣令朱祖祥，聽得林鳳翔大軍已到，自知不能抵敵，便出城迎降。林鳳翔督兵進城，秋毫無犯。留兵五百，仍令朱祖祥守南平。次日即進兵望永城出發。

清廷聽得天國兵大舉北上，林鳳翔所向無敵，心甚憂慮。便調直隸總督、大學士訥爾經額，領軍三萬人，吉林馬隊八千人，並蒙古旗兵七千人，共統四萬五千人馬，來拒林鳳翔。早有細作報知鳳翔。鳳翔即令軍士倍道而行，先取歸德府，以為駐兵之地；歸德知府王襄治、副都統託明阿，聽得訥相已經起程，商議堅守城池，以待救兵。誰想訥相大軍方至保定，畏懼林軍，逡巡不進。歸德守將正造次間，忽報林鳳翔大軍已壓城下。託明阿登城一望：見天國軍兵，旌旗蔽野，連營二十餘里。託明阿大俱。時城中居民，紛紛亂遁。託明阿急令閉上城門，不準軍民離城，人心大憤。即與清軍交戰起來，有欲逃走的被捉回來，立時殺卻，人心俞憤，城中大亂。林鳳翔乘勢攻城，旗上大書招降二字。人民遂擁至南門，殺散守門軍士，意圖開門迎敵。朱錫琨乘勢殺進去，託明阿欲援救時，已是無及。急喬裝雜在亂軍之中，落荒而逃。天國副丞相曾立昌，領百騎繞過北門，來捉託明阿。及知託明阿已離城而去，始調兵回轉來，正遇清知府王襄治。襄治自料逃不去，下馬向曾立昌請降。林鳳翔入了府衙，安撫居民才畢，就聞清將勝保，由徐州入河南，來爭歸德。林鳳翔笑道：「勝保此行，我早料及。」遂令曾立昌、朱錫錕，立刻領軍離城，分兩翼以待。並傳令道：「軍士已疲。勝保若來，休便與戰，吾自有計破之。」隨喚溫大賀道：「兄弟可從間道回鳳陽，趨躡勝保之後，彼腹背受敵、必然退矣。」溫大賀得令去後，果然勝保領軍萬人，已到歸德。見林鳳翔調兩軍分屯城外，心內沉吟道：「林鳳翔十戰十捷，未嘗少挫；今忽然緩兵不進，而以軍候我，其中恐有計也。」便與左右商議。左右皆懼林鳳翔威勇，不敢進兵，皆以勝保所慮為是。且以大軍遠來疲乏，若一中伏，吃虧不淺。勝保便傳令暫扎大營，派人查探，有無伏兵。一面以小隊，向曾立昌挑戰。

天國曾、朱兩軍，緊守不出，勝保不得一戰，心甚狐疑。次日探子回營稟報，並無伏兵。勝保立意進戰：傳令明日五更造飯，平明起兵，來爭歸德城。

當下林鳳翔見勝保未退，即誡曾、朱兩將道：「勝保來，必然大進；仍宜堅壁以待鳳陽之兵，則事半功倍。若不得已，吾亦統全城大軍，以為兩賢弟後繼也。」時勝保已督率人馬，分列而進。曾、朱兩將，先嚴陣相待。林鳳翔隨督大軍，從西門分隊而出。勝保正在分軍時，忽飛報天國大兵，已從鳳陽大進。勝保大驚道：「如此則前後受敵矣。」清軍聽得鳳陽軍至，只道中了林鳳翔之計，一齊嘩噪起來。林鳳翔見勝保軍心已亂，督兵直搗清營。恰值駐鳳陽的天國人馬亦到，勝保不欲戀戰，傳令退軍。不料屍橫遍野，血流成河。可憐勝保一員勇將，欲爭歸德，反吃了個大敗仗。統計這場惡戰：清軍死傷的，不下萬人，降者二千有餘。林鳳翔大獲全勝，收軍回城，便令朱錫琨、曾立昌，移兵往取衛輝府，並囑道：「衛輝為我軍必爭之地。若僧格林沁與訥爾經額先據，以與我相抗，實為阻礙，故宜先取之。老夫將引軍為汝後援也。」朱、曾二人，領兵便行。路上朱錫琨謂曾立昌道：「旬日連下數十郡縣，頗不負此行矣。」曾立昌道：「兵有利鈍，戰無常勝。某所慮者，長勝則驕矣！」朱錫琨深以為然。即時將抵衛輝，令人打聽城中訊息。原來城內總兵趙鎮元，與知府奇齡意見不合。奇齡力主出城迎敵；趙鎮元道：「勝保、琦善以十萬之眾，不能當林鳳翔，況我們兵微將寡，堅守為上。」奇齡道：「我軍大敗之後，正宜一戰，以安人心。若示之以弱，人心益震動矣。」趙鎮元不聽。奇齡不服他，所統旗兵，向與趙軍有意見，加以主將不和，益生衝突。曾立昌把這點訊息報知林鳳翔。鳳翔大喜道：「果爾，則衛輝城入吾軍中矣。」遂疾繼前軍。忽見城內塵頭大起，居民呼天叫地。原來奇齡的旗兵，與趙軍爭戰起來，居民各自逃避。趙鎮元見此情形，將來不免見罪，不如投降天國。遂將西門大開。林鳳翔道：「城內必有內變。今若不進，失此機會矣。」即領兵進城。見城內旗兵與趙軍互相毆鬥，林鳳翔乘勢殺了一陣，奇齡知不是頭路，逃出城外。林鳳翔得知備細，便準趙鎮元投降，即令仍守衛輝。

忽報李秀成書至。具言江蘇已經平定，不日北上。林鳳翔笑道：「忠王下江蘇，可謂神速矣。然此處亦無須爾也。」朱錫琨道：「老將軍連戰皆捷，聲威已著；不如候忠王到時，一同大進，較為上策。」林鳳翔笑道：「兄弟何過慮也！吾以十八軍，橫行數省；勇如勝保，只求得一敗，豈懼訥爾經額一孺子乎？」遂令大軍先進山西，取潞安城，然後轉進直隸。

軍令一下，無敢諫阻；改令朱錫琨為前部先鋒。第二班大軍，望山西出發。軍行時，溫大賀暗謂曾立昌道：「老將軍由勝生驕，吾甚慮之，公何不言也？」曾立昌道：「諫之於大勝之時，勢必不從。不如密函，催忠王速進為是。」溫大賀道：「忠王自江蘇回，必休兵而後進戰；且返在之期，即函催亦恐不及也。」二人說罷嘆息，只得把戰事情形，詳報忠王；促其北上，不在話下。

且說納爾經額，領大軍並吉林馬隊，共三萬餘人，駐紮正定。此時清廷慮納丞相，非林鳳翔敵手，急令刑部尚書桂良，領御林軍萬人，為後援。桂良軍到保定，見納相逡巡不進，隨把情勢奏知朝廷。清廷大懼。急調蒙古郡王僧格林沁，領蒙兵二萬，回鎮順天；一面催納爾經額進戰。納相便欲趨駐順德府，部將永良道：「卑職知潞城、黎城之間，有一小路，循太行山東出；可由河南之武安，直趨直隸臨名關，往來甚捷。且中多險要，若以六百人守之，雖有大兵十萬，不能過也。再以奇兵截其後路，破林鳳翔必矣。」納相道：「吾亦知之矣。今林鳳翔轉進山西，但這是山西巡撫的責任，吾馬上知照他，令其依計而行可也。」永良道：「轉折而待他人，不如先自守之，較為得力。」納相不從，便飛令山西巡撫，扼要駐守。傳令進兵臨名關，以迎林鳳翔。誰想納相軍令未發，林鳳翔已拔潞、黎兩城，聽得納相將進臨名關，便喚曾立昌，囑咐如此如此；又傳令朱錫琨，囑咐如此如此，二人得令去了。便令溫大賀為先鋒，望臨名關而去。

且說納相尚未動身到臨名關，附近州縣，早見納相大軍旗號，責令州縣供張。那州縣見是納相旗號，自不敢不從，都應付糧草而去。到了次日，忽報納軍已到，州縣皆大驚道：「納軍方才過了，如何這會又有納軍到來？」急令人打聽，方知確實是納軍。州縣皆到營前問訊。納相驚道：「本帥並無遣派前驅，得毋敵人假冒乎？」遂遷怒州縣，一齊摘去頂戴。傳令到臨名關，把大營紮下。忽聞鼓角喧天，喊聲震地，左有曾立昌，右有朱錫琨，分兩路殺出。納相未曾準備，曾、朱兩軍，如生龍活虎，把納軍衝做兩段，清軍皆無鬥志，納軍十分危急。林鳳翔又統大軍殺到，納相急領百騎，望廣平府而逃。忽一枝人馬攔阻去路，正是溫大賀。訥相不敢接戰，重又逃回。溫大賀直闖中軍來捉納相。納相策馬飛跑。回望四至八道，皆是洪軍。加以臨名四面，皆崎嶇小路，清兵苦難逃脫。猶望保定有兵來援。誰想林鳳翔已先派兵埋伏。故清將桂良在保定，並不知臨名關已經交戰，那裡還有救兵？當下林鳳翔知納爾經額已經逃脫，降令軍中：降者免殺。於是軍士降者大半，餘外都四散逃走。統通三萬人馬，納爾經額僅存百餘人，逃入廣平府而去。林鳳翔大獲捷勝。一面調二班人馬來更替，欲乘機北上。

忽報蒙古郡王僧格林沁，領大軍三萬，會合桂良，由保定而下。左右皆向林鳳翔道：「北京為滿酋根據之地，必以全力臨我。我孤軍深入，非兵法所宜。且老將軍自淮上進兵，縱橫五省，威名已震華夏。倘有疏虞，非所以重國家之寄也。不如擇要自守，以待忠王兵到。」林鳳翔道：「若待忠王，恐日月蹉跎，老將至矣。諸兄弟果以孤軍為慮，姑待李開芳軍至可也。」左右聽了，皆無異言。林鳳翔便令分兵，權扎要地，分小隊收復各州縣。僧格林沁亦以林鳳翔軍勢甚銳，不敢遽進，因此兩面權且罷兵。

且說李開芳，自接林鳳翔文報，即會合吉文元，起兵北上。忽聽得清廷拜鄂督官文任欽差大臣，督楚軍及旗兵，趨懷慶府。李開芳驚道：「彼忽然統兵北上，志在躡林軍之後；吾不如先取懷慶，較為上策。」便兵望懷慶出發。恰恰吉文元軍亦到，李開芳謂吉文元道：「官文現住河南府，此行必與我爭懷慶矣。我兩軍相合，力雖壯，而勢反孤。某素知河南府以北，有條小路，直通孟縣。孟縣為官文 文必經之路。將軍從小路疾趨孟縣以扼之，然後某取懷慶。官文知懷慶已失，必然膽落。將軍以兵乘之，可獲全勝也。」吉文元鼓掌稱善。遂領軍從小路先取孟縣。

果然官文領軍已到，前部先鋒武中略來爭孟縣。吉文元分要駐守，全不出戰。武中略報知官文。官文道：「敵人智在吾先，攻城恐亦無益。不如從小路偷過孟縣也。」左右諫道：「不特小路，恐有埋伏；且敵人既以重軍駐孟具，我若偷過，反在敵軍之前，腹背受敵，又將奈何？」官文沉吟半晌，便令軍士先扎大營，一面打探敵軍如何，然後出發。

卻說李開芳自吉文元去後，即領軍攻懷慶。清國守將提督善祿，副都統西而退。提督善祿，領軍趕來。忽然懷慶西路烽火大起，善祿軍心驚俱亂竄，李開芳引軍殺回。原來未攻城之先，李開芳先派小隊，偷過北門，然後詐敗。卻從北門，舉起煙火，以驚清軍之心。果然清軍驚亂，望後奔竄，互相踐踏。李開芳殺了一陣，直逼懷慶城下。提督善祿，繞城而走；都統西凌阿，落荒而逃。懷慶遂下。李開芳進了懷慶府，立即布告各郡縣。官文聽得訊息，仰天嘆道：「某欲長驅北上，躡林鳳翔之後，今懷慶已失，吾將安歸？」便令退兵。忽報吉文元兵大至，官文分兩翼死撞一陣，大敗而回。吉文元也不迫趕，進兵懷慶，與李開芳會合。吉文元道：「鳳翔留趙鎮元守衛輝，今趙鎮元已死；清將李雲龍，復舉清國旗號，是衛輝復為清國有矣。不如先取衛輝。」李開芳道：「衛輝為進大名要道，得此可與鳳翔軍合。某如此如此，可以取衛輝也。」便令軍士，啣枚疾走，由元村直抵新鄉。

衛輝守將總兵李雲龍，聽得天國兵至，急繕垣固守。李開芳令軍士數百人，扮作居民，紛向衛輝逃難。李雲龍見鄰邑告警，人民逃難，便令開城收納：初猶是居民赤手來奔，漸漸來者愈眾，或攜包裹；又漸漸箱篋纍纍，擁擠城門。李雲龍急令守城檢搜行李。誰想李開芳暗點軍士千人，直躡其後，所帶箱筐，都藏軍械。聽得要檢搜行李，亂喊起來。李雲龍情知有變，急欲閉上城門，不提防李開芳軍已到，進城內的乘勢殺了守城軍士，天國軍一擁而入。李雲龍阻擋不住，死於亂軍之中。管教：

妙計成功，不費分毫之力；名城克復，大張撻伐之威。

要知後事如何？且聽下回分解。

李秀成出師鎮淮郡　林鳳翔敗走陷天津

話說李開芳，督兵擁入衛輝，知清將李雲龍已死，即安撫居民，一面捷報南京。再與吉文元計議，知會林鳳翔，共議進兵之計。

當時林鳳翔知李開芳、吉文元已拔衛輝城，便進兵攻廣平府，並請李、吉二軍，會攻大名。然後乘勝會合，以趨天津。再從天津分三路，直上燕京。主意既定，便欲即行。大將溫大賀道：「清將憎王、桂良皆駐軍正定。今我軍連戰大捷，聲威大震，正直直趨正定府。若能敗桂良一軍，則清人氣奪，我乘勢攻北京，留李、吉二軍分攻各郡，阻截清人效應之兵，大勢不難定也。其趨天津，勢反孤矣。且僧王與桂良在前，勝保在後，我居其中，腹背受敵。倘有差失，干係非輕，願將軍防之。」朱錫琨亦道：「能固守以待忠王兵至，固是上策；即不然，老將軍縱橫五、六省，所向無敵，豈懼桂良一孺子？兵法在攻其要著，若舍正定，而下廣平，恐憎王、桂良反躡吾後矣。」林鳳翔道：「吾豈懼桂良？不過吾軍以糧食為慮，若趨天津，則轉運較易耳。」溫大賀又道：「連戰以來，一路因糧於敵；仁義之師，所至都有供應，何忽以糧食為憂？吾自從軍以來，跟隨錢軍師，所到盡行指教。今不求制人，而反求受制於人，是絕路也。豈復能戰乎？」當下紛紛談論。林鳳翔陰有悔意。忽報洪天王有使命至，鳳翔急命引入，則天王以鳳翔每立大功，加封鳳翔為威王；又封李開芳為毅王，並封吉文元為順王。其餘各級，皆有升賞。

鳳翔既得王位，進兵之念益急。顧謂左右道：「大丈夫得遇明主，委以重權，隆以大位，馬革裹屍，亦分內事。」復問來使，忠王在金陵作何舉動？來使道：「忠王定江蘇，近一月矣！現在徵集常鎮各軍，大舉北上。想以老將軍之勇，濟以忠王之能，北京不難定也。」時曾立昌、溫大賀，在旁聽得忠王北上，皆喜形於色。鳳翔見此情景，遂疑左右以己之能，不及忠王；且以為若非忠王，即不能定北京者。心中已自不平。遂遣來使回南京。並囑道：「煩足下為某致語天王：不消一月，準延天王至北京高坐也。」來使聽罷，自然盛稱，林鳳翔益自滿，來使去後，便下令進攻廣平府。曾立昌、溫大賀一齊苦諫，鳳翔只是不從。謂曾、溫兩人道：「以吾治兵多年，經事不少，諸君何多慮也？」方爭論間，朱錫琨疾趨而入，諫道：「昔忠王下江蘇，先取江陰，以阻向榮救兵；今將軍用何法以阻勝保，不要吾後也？」林鳳翔道：「且兵之道，各有不同。吾昔在新疆行伍，久經陣戰，此時李秀成，尚在乳哺中耳。諸君何遽視吾不如秀成也？」原來鳳翔平日，見李秀成年少，頗不服李秀成；故每欲爭功，圖出秀成之上。今聞朱錫琨之言，如何不怒？便令大軍望廣平府出發。軍行時曾立昌復進道：「以將軍之威，何攻不克！但臨事而懼，計不如出以萬全。請令分一軍，弟當力趨正定，以牽制僧格林沁，亦可備緩急。」林鳳翔道：「足下誠多慮，然亦可以不必。我由廣平沿大名趨天津，彼將挾全軍，與我迎敵，猶恐不足，彼亦豈能另行分軍耶？」曾立昌仍復固爭，林鳳翔不得已，便使曾立昌領軍三千人，駐守臨名。餘外朱錫琨、溫大賀皆隨林鳳翔，望廣平而去。按下慢表。

且說李秀成，自克江蘇，回金陵，本意與林鳳翔會合，然後北上。休兵一月，正擬調集合軍起程，忽見一月之間，林鳳翔十餘次捷報，以為他雖不從令聽候，然由安徽入河南，攻山西，未必便攻北京。後來見他已克潞城趨臨名關，乃大驚道：「林鳳翔竟入直隸矣！其志必以得北京為榮。奈北京為清人根據之地，勢必以重力把守；鳳翔雖勇，若清人堅守，以疲我兵力，則鳳翔坐困矣，焉有不敗乎？」遂趨朝謁見天王。告以：「鳳翔擅趨直隸，吾甚憂之。」天王見林鳳翔連戰皆捷，勢如破竹，以為未必便敗。李秀成爭道：「兵法豈有孤軍深入，而能長勝乎？必敗無疑矣！鳳翔一敗，銳氣喪盡，南方必多事，恐大局從此去也。」說罷淚涕不止。天王道：「然則何如？」李秀成道：「向使林鳳翔暫緩北上，自是萬幸；蓋非全力，不足以撼北京也。且兵未有久戰不疲者。今林鳳翔橫行五省，大小數十戰，譬如強弩之末，勢不能芽魯縞，況北京乎？吾自江蘇回，必令休兵者，蓋以此耳。某本意由河南北趨，則黃河易渡，然恐不及矣。今唯有出師，由淮地直走山東，或者勝保以有後顧，而不盡其兵力耳，但山東黃河難汲，若被勝保窺破，則彼將全軍長驅北還，以邀林鳳翔之後，而我師無用矣。」天王道：「事已至此，賢弟姑為之。」天王雖如此說，心下究不信林鳳翔便敗也。

當下李秀成點視各軍，取齊共五萬人，並令軍中倍增旗幟，以壯聲勢。

分為二十五軍：每軍二千人，仍以洪仁發為先鋒；召回羅大綱為副將；大將許宗揚、賴文鴻同行。餘外部將二十餘員，一路旌旗蔽野，戈戟如林，由揚州望淮郡出發。軍行時，先出檄文一道：大漢天國太平六年，大將軍忠王李，為布告天下：自昔昆陽纘緒，漢業因以重光；靈武中興，唐祚因茲不墜。蓋撥亂方能反正，伐罪所以弔民也。今滿清當滅，皇族當興；合久必分，亂極思治，此其時矣！自滿人踞我神京，虐我黎庶，朝中文武權重者，皆歸旗滿之人；外省職員尸位者，無非貪殘之輩。逞其狐狸之性，害及生民；肆其狼虎之成，毒貽閭裡。橫捕強剝，害善欺良，我民際此，聊生何賴？是以我朝聖神文武天王陛下，心懷怛惻，志切焦勞：求復宗祖之山河，力拯國民於水火。

自義旗一舉，四海同歸。一人不準妄傷，一物不準妄搶，故天下響應，東南底平。革其左社之非，復其衣冠之舊。本帥深體天王陛下之意，大舉北伐，恢復中原，保護人民，掃除妖孽。問其累世猾夏之罪，成我大漢一統之體。發政施仁，賞功伐罪，凡爾村鄉市鎮，不用驚惶；士農工商，各安本業。效力者論功行賞，國家自有常規；助敵者厥罪當誅，軍律斷無輕恕。此檄！

這道檄文既出，遠近皆仰忠王李秀成之名，莫不革食迎師，貲助軍費。秀成申明號令：所過秋毫無犯，直抵淮郡，降附已有十餘州縣。忽有李文祥，領義勇數百人來歸，秀成嘉之，使為後軍。許宗揚道：「李文祥忽然以兵來降，未知其心何若，元帥何以信之？」秀成道：「不必問其心之何若，然附順除逆，人之恆情也。且吾示之以威，結之以恩，彼亦為我用矣。」左右皆嘆服。秀成既至淮上，勝保聞之，謂左右道：「秀成此行，無能為矣。」左右問其何故？勝保道：「彼欲出師，以為林鳳翔聲援也。若轉入河南，則曠日持久；若直趨山東，彼豈能飛渡黃河那？即全軍北還，亦無憂也。」說罷便令人打聽林鳳翔訊息，以起兵截之。

且說林鳳翔起兵攻廣平府，訥爾經額棄城而遁，鳳翔但然入城，左右皆賀功。林鳳翔手綽白鬚，顧謂左右道：「此未足賀也！諸君皆以某不如秀成；吾將入燕京，獲虜酋懸首市街，與天王作太平宴，一洗諸君小視老夫之恥。」說罷洋洋自得，左右皆不敢復言。林鳳翔即令攻大名府。時滿守將領軍侍衛內大臣默特、貝子德勒克，領旗軍二萬，守大名。聽得林鳳翔兵至，忙著籌畫防守。誰想清軍皆畏林鳳翔威名，面面相覷。默特深以為慮。忽報勝保有文書至，默特拆開一看，卻道是：「大名一府，能守則守之；不能則待吾軍至，當與僧王三路會合以圖之可也。」默特聽罷，知勝保大軍將到，欲分軍一萬屯城外，以為聲援，那林鳳翔亦慮默特分軍，內外相援，難於攻擊，先把大名圍定。

次日李開芳、吉文元，兩軍俱至。清軍愈懼，往往縋出城外逃竄。林鳳翔知其軍無鬥志，與李開芳、吉文元乘勢攻城。吉軍先攻下南門。默特與貝子德勒克，領軍望北而逃。林鳳翔既進大名府，傳檄州具，紛紛來附，聲勢大震。李開芳道：「吾軍驟至，如迅雷不及掩耳，當乘勢逼清軍，無使徐為之備也。」林鳳翔以為然，便與豐開芳分兩路而進。議定林鳳翔由鉅鹿趨冀州，入河間府；李開芳由寺莊趨景州，過新橋，沿磚流鎮而進，會攻天津。並以吉文元為李軍前導。林鳳翔又以已軍久戰，李開芳實為生力軍，故令李軍先發。

時李開芳一軍，久蓄精銳，又得吉文元先導，故勢如破竹。所過清國官弁，無不降附，李開芳皆撫慰之，用力嚮導，故所至披靡。十餘日內，已抵靜海，又與吉文元軍互相犄角，安排攻取天津。便令古文元阻截北路，以防清軍救應之兵。時林鳳翔已由鉅鹿過了冀州，將抵河間府，各州縣聽得林鳳翔名字，小兒不敢夜啼，清國官吏紛紛投順。林鳳翔既進河間府城，得白銀三十餘萬，糧食無數，軍心大慰。鳳翔謂左右道：「吾若聽曾立昌之言，直趨保定，勝負固不敢知，且安得士馬飽騰如今日耶？」遂議定次日進兵。是夜宿於河間府衙。忽朦朧間見當天一輪紅日，墜落營中，投而復起；忽然紅日不見，但見水勢滔滔，淹沒城池，所有山林城市，盡成澤國，人民淹沒，不計其數。猛然驚醒，卻是南柯一夢。忙出帳外一看，只見明月當中，別無聲息，心甚詫異。

次早許宗揚、溫大賀皆入帳請令。鳳翔告以夢兆，並使參測，是何吉凶？許宗揚道：「紅日當天，自是吉兆；然洪水為患，淹沒城池，其凶甚矣。老將軍當防之。」鳳翔嘆道：「大丈夫遇明主，委以重權，封王拜相，恩遇極矣！今夢兆先吉後凶，或者京城破後，而吾身不免耳。然亡一身，而有功於國家，使千秋下竹帛流芳，願亦足矣，吾何懼哉！」即發令溫、許二將，與李、吉二軍會合，進攻天津。溫、許二人退後，那溫大賀謂許宗揚道：「此夢不應則已，應則凶實甚。」許宗揚叩其故？溫大賀道：「日雖吉象，然墜於地下，恐非佳兆；況有洪水為患哉？」許宗揚道：「吾一時見不及此，當為老將軍復言之。」說罷遂同至帳裡。鳳翔見他兩人復回，便問以何意？許宗揚以溫大賀之言對，並請暫緩進兵。適部將李文祥在旁答道：「洪水淹沒城市山林，或應在老將軍之殺僧格林沁也！」各人紛紛爭辯。鳳翔道：「大丈夫縱橫天下，安可因一夢而阻其志氣乎？吾意決矣！君等請勿多言，當速進兵。」各人不敢違令，遂分三面攻天津。清國守將陳大林、劉邦盛，料敵不過，棄城而遁。林鳳翔遂進了天津府。安民既定，便令吉文元，領軍由靜海進三角池，由豐臺攻北京；以李開芳由和合而進，林鳳翔由河西務進通州，以會攻北京。分兵既定，大軍剋日起程。

日時咸豐旁見天國兵已克天津，指日北上，京城大震，便欲遁歸熱河；又因京城富戶，避走一空，人心更加震動，急調僧王堵守京城東南兩路。時貝子勒德克及默特兩人，已領敗殘人馬回京。僧王陸續收拾，隸歸本部，統共清兵五六萬人，因此軍聲復震。復令桂良由保定回屯新城，為左右聲援。時咸豐帝已拿訥爾經額回京逮問，再調德泰統九門步軍，鎮守通州。安排既定，適吉文元由靜海進兵，打聽得桂良已住新城，恐被桂良邀截後路，不敢遽進。林鳳翔聽得這點訊息，轉令吉文元獨當桂良；自己先攻僧王，而改以李開芳望通州出發。忽流星馬飛報軍事，說道：」勝保領本軍兼統琦善舊部，共五萬人馬，已渡黃河望北而來。」林鳳翔聽得，覺如是則前後受困，心上已怯了一半。仍是鎮住軍心，只顧前進。叵耐勝保北上之說，傳布軍中，皆以清軍前後共十餘萬，莫不以腹背受敵為慮。大將朱錫琨入帳告道：「軍心已動，恐不能戰矣！不如回軍大名府，較為穩便。」琳鳳翔道：「陣上全憑作氣。我軍銳氣而來，一旦退後，軍心一搖，且清兵將紛躡吾後矣。」朱錫琨道：「北伐之軍，關係甚重；倘有差失，南方根本亦恐搖動也。」林鳳翔聽罷，躊躇莫決。忽又報清兵僧王，領大隊由豐臺而下「鳳翔道：「此時更不可逃的。」便張兩翼而待：以溫大賀在左，朱錫琨在右，分撥甫定，正欲使李開芳北進，誰想勝保已疾趨而來。時李秀成方下兗州，直趨濟南，滿意望勝保回救；不料勝保深知秀成不能遽渡黃河。左右皆勸勝保回軍，勝保道：「北京一地，重於山東；山東失猶可為，北京若失，大局去矣。乘此林鳳翔被困之時，休令縱去也。」遂走天津。

當下李開芳知勝保已到，便欲出戰。忽聽得僧王先令默特領萬人下天津，以應勝保。李開芳道：「坐據天津，是徒自困耳。」遂督兵出城外。恰值勝保兵至，李開芳部下兵士，既知默特南下，又見勝保北來，軍心大亂。李開芳大驚，先令前鋒與勝保接戰，因軍心既搖，不免失利。李開芳料敵不過，遂領兵望高唐而逃。只有林鳳翔、吉文元兩路與清軍對敵。林鳳翔令吉文元迎勝保，自領軍與僧王會戰。更矚咐吉文元道：「我兩人至此，唯有死戰。若先能破其一軍，則大勢尚可為也。」吉文元揮淚而別。林、吉兩人分軍甫定，吉文元直望天津而下，正迎著勝保兵至，吉文元不能成陣，急傳令混戰。怎耐軍懷怯志，清將桂良見吉軍移動，又疾趨下來。吉文元只顧前進，力衝勝保陣前。這時勝保軍見吉文元來勢太猛，令軍士壓住陣腳，暫不出戰，只用槍轟擊。吉文元肩上早著一顆彈子，翻身落馬，軍士益亂。勝保乘勢進兵，吉軍被殺者，不知其數。清將因憤恨屢次大敗，皆以殺天國為甘心，因此當者便死。又被桂良兵到，前後受敵，不能得脫，有欲伏地請降的，卻被身首分離，真是屍橫遍野，血流成河，屍首堆積，慘不忍睹。清軍踐踏屍身而進。數日之間，臭聞數里，清軍亦置之不顧。勝保只顧與桂良，合軍來截林鳳翔。時林鳳翔聞得桂良南下，又被僧王牽住，不能要截桂軍，早慮吉軍必敗。此時已無可如何，欲退兵時，不想勝保軍倍道而行，如風馳電閃，僧格林沁是時亦進兵直攻林鳳翔。

論起那林鳳翔，身經百戰，本未曾逢過敵手。奈是軍心搖亂，皆無鬥志；又聽得吉軍大敗，吉文元已死，軍士知不能復勝，皆欲遁去，林鳳翔不能阻止。單是溫大賀，平日治軍有方，軍心皆樂為用，故溫軍絕少動。是時溫大賀見林鳳翔方寸己亂，遂進道：「為今之計，只有分軍之法：各當一面，鼓勵三軍；或者死裡求生，不然恐皆坐斃矣。」鳳翔道：「吾亦計及此，但恐分軍不及耳。」溫大賀道：「除此亦別無他策，請試為之。」鳳翔稱是。溫大賀出，私謂朱錫琨道：「今日局面，全因事不早決：若退軍則早退軍，分軍則早分軍，當不至於此。」朱錫琨道：「足下寧未知耶？林威王百戰百勝，胸中已無清人矣！故不以為意，致有今日耳。」言罷相與太息。當下林鳳翔決意分軍：令朱錫琨敵勝保；令李文祥敵桂良；令溫大賀敵默特，自與諸將來戰僧王。分撥已定，溫大賀先進，正迎默特一軍。溫大賀傳令軍士道：「置之死地而後復生，成敗在此一舉。某願與諸軍士同生死，斷不負諸兄弟也。」軍士聞之，皆飲淚鼓譟而進，皆一以當百，默軍不能抵禦。溫大賀一馬當先，舉槍向定默特轟去。默特中槍落馬，清軍不能相顧，大敗而逃。溫大賀乘殺了一陣。忽東北下鼓角大震，一枝人馬殺到，乃清將貝子勒德克也。擋了溫大賀一陣，救出默軍無數。溫大賀不敢窮追，收軍使回。自此勝了一陣，軍心稍定。

林鳳翔就乘一點銳氣，反攻僧王。僧軍不知鳳翔驟至，頗受損害。可惜林鳳翔雖勇，時已眾寡不敵。況清國不時增兵，四面密布，僧王又或戰或不戰，以疲鳳翔軍力。林鳳翔已知是計，便令溫大賀復取天津，以為駐地。當時溫大賀與士卒同甘苦。有功必賞，凡有貲財，皆以獎賞；軍士受傷的，必親自慰問，指點醫藥，軍士皆以感激。部下六千人，莫不視溫大賀如父兄。聞得取天津之令，皆踴躍而從。時勝保正與朱錫琨相待，不料天國兵再下，故李開芳去後，清人雖得迴天津，亦無守備。溫大賀聽得天津尚空虛，急領軍士銜枚夜走，倍道直攻天津。時天津城清兵既少，不敢守扼，即棄城遁，大賀一鼓而下，因此復據了天津。差人報知林鳳翔。鳳翔大喜。立即留軍一半在後，自領一半在前，先回天津而去。管教：

虎將雄心，徒嘆渡河未果；蛟龍失勢，頓教淺水難飛。

要知林威王能否脫出天津？且聽下回分解。

完大節三將歸神　拔九江天王用武

話說威王林鳳翔，因溫大賀復拔天津，遂領軍一半，逕奔天津城駐紮；餘外的也都退到天津附近。只有朱錫琨所領人馬與勝保相持。鳳翔知外應已絕，李開芳已退，恐朱錫琨不能與勝保持久。僧王、桂良，默特三軍，必相繼南下，同守孤城，亦非長策。便令溫大賀守天津，自領本軍在城外駐紮，以為犄角之勢。溫大賀道：「軍心已亂，孤城必難久守，不如老將軍仍守城，待某殺奔高唐，向李開芳催取救兵，較為上策，不然大局去矣。」鳳翔道：「吾匹馬縱橫天下，豈俱僧格林沁乎」李開芳退兵，心已怯矣！安能望來救援？」溫大賀道：「彼見老將軍不退，不甘同敗，故先至高唐，非心怯也。休戚相關，豈有不救之理？況大河南北相隔，除此更無外援矣。」林鳳翔道：「吾乘夜往劫清寨何如？」溫大賀道：「僧王連日不戰，不過欲疲吾兵，以乘我敝，自然步步提防。若往劫寨，必中其計：清軍連營數十里，號炮一動，各軍齊至，恐項羽復生，亦難為力也。」鳳翔道：「兄弟如此多疑，何以用兵？」溫大賀道：「某非疑慮，誠以事勢不可為耳。今幸有此天津一城，若能催取救兵，更令曾立昌由正定進兵，以躡桂良之後，勝負固未可知。否則吾輩亦不知死所矣！」林鳳翔嘆道：「吾豈不知？只恐行之已不及，劫營之計，亦如孤注之擲耳。」便不聽溫大賀之言，準備前往劫寨。

不意清將僧格林沁，先已準備。約到三更時分，林鳳翔選慣戰兵士千人，啣枚疾走，以大軍後繼，直趨僧王大營。遠地見僧營殊無燈火，心中甚疑。但念此役，為死裡求生，只要僥倖一勝，便穩住軍心。疾督馳進，忽聞一聲號炮響動，各路伏兵齊出，槍聲亂發，都向林鳳翔軍中擊來。林軍又無燈火，直無從還槍，林鳳翔因此大敗。鳳翔急令退兵，死了好些人馬。鳳翔嘆道：「果不出大賀所料。」便收拾人馬擬退，與朱錫琨合兵。時勝保已緊逼朱營。朱錫琨已知不敵，欲進戰，又恐無濟，適李文祥軍至。說道：「威王因劫營而敗，今以餘兵牽制桂良，特令某到此來助將軍。」朱錫琨至此，知道林軍又敗，不免仰天流涕，又見李文祥已至，便令乘勢與勝保開仗。不料桂良知鳳翔不能復振，卻留軍一半，牽住鳳翔；卻自領半軍來助勝保。正在混戰之間，朱營軍無鬥志，大為失利，軍士復有逃竄。勝保乘勢大進，李文祥抵敵不住，朱錫琨更被困垓心，不能得脫。料知再無生路，又懼被擒受辱，乃嘆道：「吾為漢臣，當為漢鬼。」遂拔短槍自擊，登時氣絕。左右見朱錫琨已死，逃的逃，降的降，一時散盡。勝保隨分軍：使提督成祿並副都統託陵，領五千人，並降兵，會同僧王，攻林鳳翔；自領本軍分三路望高唐出發，單迎李開芳，以阻天國人馬救應。是時四面八方，皆是清兵。天津一城，反困垓心。溫大賀見軍心雖固，糧食漸盡；又無別處可以轉運，即發城內太平倉庫，分給林鳳翔，怎奈外運不通。林鳳翔既不敢進攻清兵，而僧王及各路清兵，又或戰或不戰，以待林軍坐斃。溫大賀深知其意，便出城對林鳳翔道：「今四面皆是清兵，以敗殘饑餓之卒，孫、吳復生，亦難為力。不如冒險而進，或冀萬一得脫重圍；即不然，亦當與清軍拚個死活，不宜待斃也。」林鳳翔嘆道：「兄弟所見甚是。惜某不早聽良言，以至於此。今日唯有決一死戰耳。」說罷便欲反攻清軍，順道望西而逃。忽一支敗殘人馬奔到，乃李文祥也。林鳳翔方知朱錫琨已敗死軍中，不禁心膽俱裂。李文祥哭道：「敵將將至矣，望元帥速作區處。」林鳳翔便令部將王邦瑞在前，李文祥在後，自己居中，直望清軍殺來。誰想清將提督成祿，副都統託陵，兩路已到。王邦瑞督率軍士奮戰。鳳翔更下令道：「清將草營人命，逢者便殺，無準降者，望各兄弟死裡求生。」軍士聽得，人人奮勇。清提督成祿，副都統託陵，兩軍倒退後而走。鳳翔更鼓勵三軍直進，槍聲齊發。副都統託陵先死於亂軍之中。天國人馬正自得手，忽北路上喊聲大震，鼓角亂鳴，僧格林沁大隊人馬，已經殺到。清提督成祿又引兵死命殺回，反把鳳翔人馬困在垓心。鳳翔謂左右道：「僧格林沁人馬眾多，且蓄銳已久，宜督率三軍，只顧向前殺退成祿，直透重圍可也。」左右得令，仍厲奮力前追。怎奈軍士久戰力疲，且又眾寡不敵！鳳翔左腿上已中著一顆彈子，仍奮力督戰，殺至靜海地面，人困馬乏。時清將桂良，雖駐豐臺、聽得天津復失，亦領軍沿三角池而下，僧軍亦已追至。鳳翔四面受敵，便欲再戰。王邦瑞哭道：「人雖不困，馬亦乏矣。」鳳翔仰天長嘆。正在危急之際，忽然清將桂良一軍，紛紛退後，望東北而逃。鳳翔不知何故？原來天國大將曾立昌，會同黃隆才，已由正定進兵，直躡桂良之後。桂良不意其猝至，因此大敗。林鳳翔大喜，正欲領軍改向西北而行，誰想王邦瑞已先中了一顆彈子，落馬而死。清將成祿，又復殺到，天國人馬一齊嘩噪起來，桂良亦回軍，與曾立昌死戰。鳳翔料不能殺出，只得回軍。這時僧格林沁軍已漫山遍野而來。天國軍士已氣喘聲嘶，不能接戰。鳳翔嘆道：「吾今死於此地矣！何天之不佑漢也！」李文祥道：「三軍之勇怯，繫於主帥。願老將軍毋出此言。」鳳翔道：「既敗成祿之軍，又得曾立昌之救，終不能透出重圍，復何望乎？」說罷便下馬，略憩片時，復謂李文祥道：「為將者得死沙場，固亦幸事；況吾視死如歸，所憂者，以一時之誤，致國家挫動銳氣耳！」李文祥道：「老將軍的結束，為敵人注視，萬箭之下，恐難逃去；不如以某結束如老將軍，偽為老將軍也者，以替一死。請老將軍速微服改裝，雜在軍中逃出。再請雄師，以雪此恨。」鳳翔道：「忠義如兄弟，老夫銘感矣！然以不聽言，一時好勝，致誤事機，罪將何逃？某死遲矣！」李文祥聽罷，仍復固請不已。鳳翔又道：「某縱偷生回去，有何面目，見天王與李秀成乎？」李文祥道：「以老將軍之才勇，倘自輕如此，是國家損一棟梁，甚可惜也。」鳳翔道：「中國人才尚多，老夫年逾六旬，譬如風前之燭，光亮幾時？留亦何用！汝勿多言，吾意決矣！」說罷，清兵喊聲漸近，鳳翔復整束上馬，志在衝進敵軍，殺一敵將而甘心。忽一騎馬奔到，乃天國指揮使吳永勝也！見了鳳翔，氣喘報導：「曾立昌一路救兵，已被默特、桂良合兵殺敗去了。」鳳翔嘆道：「接應亦絕矣，此天亡我也！」遂不復顧。正待領親軍進戰時，清兵已殺到：左是桂良，右是默特，勢如潮湧。林鳳翔大叫一聲，衝進默特軍中，萬槍齊發。清將默特先已中槍斃命。林鳳翔復奮進，軍士皆以清將殘酷，恐降亦被殺；故欲死裡求生，個個奮勇。默特軍士，見主將已死，皆無鬥志。鳳翔殺了一陣，斬首三千餘級；桂良又被李文祥牽制，不能相救，這一戰實出鳳翔意外。不提防僧格林沁軍到，鳳翔部下數日苦戰，死傷既眾，只存五千餘人，那裡敵得僧王？因復大敗。鳳翔逃至一個小山上，見敵兵漸聚，把小山團團圍住，料不能脫，遂拔劍自刎而薨，亡年六十五歲。可憐天國一員勇將，以一時好勝，竟喪在這裡。後之為將者，可不戒哉！後人有詩嘆道：

林王名字震京師，嚇煞燕齊眾小兒。山岳元靈摧上將，沙場有幸裹遺屍。

渡河未果星先墜，拔地空悲馬不馳。十載神威今已矣，英雄猶說漢家儀。

時天國王探花，又有古風一篇，單道林鳳翔北伐的：

君不見精神矍鑠老元戎，雄師廿六出淮中。縱橫湘鄂皖豫燕齊晉，吁嗟敵手猶難逢！揚州一戰敵氣奪，廿四橋頭飛英風。對善勝保如鼠竄，鐵騎驍將為先鋒。先聲奪人九日下十郡，先平淮皖臨開封。旌旗直指山西去，揮軍大戰臨名裡：堂堂額相西走復奔東，出奇致勝古無侶。大軍轉折下河間，進如潮湧當之死。既定河間及大名，清兵望風齊披靡。望風先驚林威王，增兵況有李開芳；吉公文元智復勇，三軍會合奮鷹揚。王師所至毫無犯，壺漿簞食來歸降。苟不降，勢莫當：前驅自有溫大賀；後勁猶留曾立昌。將軍百戰真無敵，呵氣直吞僧郡王；桂良畏縮觀壁上。威王馬首馳東向：雄軍直抵天津城，投鞭先斷西河浪；兒童聞之不夜啼，徒見清廷面面相覷望。方期恢復我神京，何期天不祚皇漢！事敗垂成寧不哀，星沉遂折棟梁材。僧王人馬從北下，梟雄勝保相南來；威王見之殊不屈，摧鋒陷陣仍突衝。忠臣報國拚捐軀，英雄視死如歸日。臨危猶復拔天津，默特難逃命已畢。直如猛虎入羊群，桂良成祿紛逃奔。無如眾寡終不敵，豈戰之罪不如人！一劍自能存節義，丈夫豈忍辱其身。吁嗟乎，丈夫豈忍辱其身！昊天不敕遺一老，皇漢不幸失將軍。頭顱雖斷心不死，英魂猶繞大河濱。

時天國太平六年八月十六日。威王林鳳翔既殉國難，清郡王僧格林沁，見從前殺戮過甚，今天國人心寧死不降，因此變了一計：下令降的免死。所以林軍除死傷逃竄的，都降清軍去了。

李文祥被困在軍中，知林鳳翔已死，遂微服雜在亂軍中，落荒而逃；時曾立昌亦已兵敗，率敗殘人馬，奔至鉅鹿。故文祥逕奔鉅鹿而來。僧王盡降其眾。僧王又恨林鳳翔屢敗清軍，前後殺清國大小將校百餘員，兵士死傷數萬。今聞他自盡，便令戮其屍。世之相傳僧王生擒林鳳翔，不過清官欺騙清廷，冀邀重賞，實無其事也。話休絮煩。

且說溫大賀，在天津城內，滿望鳳翔殺出重圍，與李開芳合，因此死守城裡，專待救兵。忽見清兵蜂擁殺回，溫大賀驚道：「噫，威王敗死矣！」左右問道：「將軍何以知之？」溫大賀道：「如威王能殺出重圍，清兵必直追去；今卻整兵殺回，顯已大敗吾軍矣。吾軍一敗，威王斷不偷生也！」左右聽了猶未深信。

不多時，清軍已壓至城前：僧王居中，左有桂良，右有勒德克。耀武揚成，將威王頭顱高豎，以恐嚇天國軍心。溫大賀見了，大叫一聲，氣倒城樓上，左右急救起，便欲鳴炮亂擊清兵，以洩威王之恨。溫大賀急止之道：「孤城斷不能久守，徒傷人命耳！」左右驚道：「將軍豈欲降耶？」溫大賀道：「非也！軍士皆可降，唯某不可降耳。」說罷，便回府署修書一封留下，勸僧格林沁勿亂殺百姓。寫罷轉入後堂，久不見出。左右急入看時，已見大賀直挺挺的掛在梁上，左右嚇了一跳。急上前撫之，已氣絕多時了。後人有詩讚道：

義隊興江漢，將軍勇冠時。
南淮驚策略，北伐策戎機。
屢捷稱良將，多謀確可兒。
英雄殉國難，大節古來稀！

左右即將溫大賀屍身，解了下來，草草營葬畢，兵士知大賀已死，莫不垂淚，皆欲與城俱碎。只溫大賀臨終時，亦知孤城難以久守，只遺書勸僧王，勿妄殺百姓而已。左右便舉白旗，聽清兵進城。左右急把溫大賀遺書送到僧王帳裡。僧王嘆道：「溫公忠義之士，吾亦為之感動矣！」即傳令勿驚百姓。僧王進城後，便欲將天國投降將校奏獎，以勉將來，唯皆辭不受。僧王復嘆道：「此所謂不忘故主也。」是時僧王既復取了天津，依次痛治昔日投降的各郡縣官吏，以至紛紛逃走。後來清廷恐人心氣憤，更相逼為天國助力，始降旨免罪，此是後話不提。

巨說僧格林沁，既勝了林鳳翔，一面表奏清廷，便率兵望西南而下：要與勝保會合來攻李開芳。當時李開芳退至高唐。聽得林鳳翔被困，乃嘆道：「吾退軍只道林軍亦退矣。今如此，是不得不救也。」便領兵望北而來。大軍既抵平原，聽得勝保一軍，正從南皮而下，大驚道：「勝保若來，是鳳翔一軍已敗矣！去恐無益，不如退兵。」左右皆道：「鳳翔尚擁數萬之眾，未必便敗。恐勝保知吾催取救兵，故先發制人耳。今若不救，是林軍絕望矣！」李開芳亦以為然，催軍前進，兩軍會於吳橋。李開芳見只是勝保一軍，全不在意，令三軍鼓譟而進。勝保略戰一會，率兵望東北而逃。李開芳督軍追趕。約十餘里傳令紮下大營。但心上甚慮清軍有埋伏；又慮林鳳翔望救已急。滿意要殺退勝保，然後合力對付僧王，方是勝算。次日仍是進兵。

勝保初意只道李開芳敗殘人馬，所存在限，今見他仍有萬餘之眾，故不敢輕視。略戰一會，仍覆敗走。李開芳正自追趕，忽吳橋上流，連窩地面大隊人馬殺到，乃僧格林沁軍也。李開芳大驚，暗忖林鳳翔若在，僧王何敢便來，可知鳳翔已死無疑矣。想到這裡，心膽俱落，傳令退軍。勝保與僧王會合，共分五路趕來。李開芳人困馬乏，正奔走間，忽前頭一條小河隔絕，李軍紛紛鳧水而逃。李開芳正要下馬，一顆流彈飛至中間肩窩，翻身倒在地下。軍士各自逃命，四分五散，首尾不能相顧。李開芳欲自刎，怎奈傷勢既重，動彈不得，恰部將胡龍奔至，恐李開芳被擒受辱；又料他不能逃遁，急發槍向李開芳轟擊，志在把他轟斃，免至被擒。無奈連擊不中，勝保前部已到，胡龍急自逃遁。可憐李開芳，乃天國一員猛將。以傷重難脫，竟被搶去了。餘外軍士，除鳧水逃去的，勝保盡降之。即送李開芳回營，令軍醫調理；然後檻送北京，聽候發落。是夜李開芳，竟以傷重而卒。後人有詩讚道：

慷慨興團練，功成佐太平。

威名胡虜懼，義氣鬼神驚。
百戰摧齊豫，孤軍定大名。
高唐星殞處，萬姓有哀聲。

天國北伐之軍，全部失事。曾立昌、黃隆才領敗殘人馬，奔回河南。把失事情形，一面飛報李秀成，一面飛報南京。

那時李秀成在山東，正連戰皆捷。忽聽得北伐之軍大敗，林鳳翔、李開芳、吉文元先後殉難，跌足嘆道：「鳳翔世之虎將。不聽吾言，致遭此敗，挫動銳氣不少。今後國家自此多事矣！」說罷為之流涕，復對左右說道：「北伐之軍既敗，清兵銳氣正盛；進亦無益，不如退兵；先固江南根本，徐圖進取可也。」遂表告洪天王以退軍緣由，傳令大軍，陸續南旋。

時天王亦已接得曾立昌奏報，已知道林、李、吉三將敗死，不覺大哭道：「何天之不佑皇漢也！」左右急扶起，勸以籌畫大計。天王道：「朕不特哭師出無功，實哭損朕三良將也。今番銳氣挫動，非朕親征，不足以壯軍心矣。」便一面徵集各軍，待李秀成回朝，然後定議出征。

且說李秀成自山東奔回南京，所得山東郡縣，已俱為清人復有。到了江寧之後，天王出郭迎接，秀成下馬伏地流涕道：「敗軍之將，何勞天王遠接。」天王恐秀成意怯，乃慰道：「有賢弟在，何憂天下不定。且勝敗亦兵家之常耳，何必介意！」遂並馬入城。到殿上，天王問今後大計。秀成道：「今北伐既挫，實難輕於再舉；宜先整頓兩湖皖贛各省，免時腋之患，待養回元氣。一面令翼王石達開，由川入陝、晉，以分彼北軍勢，然後可以北伐也。」天王道：「賢弟算無遺策。可惜林鳳翔不聽賢弟之言，以孤軍獨進，貽誤非淺。朕今欲自親征，以鼓將士之心，賢弟以為何如？」秀成道：「大王既欲親征，將從何處進兵？」天王道：「陳玉成一軍，已到江西許久，互有勝敗；但月來仍未有訊息。故朕欲直走江西去也。」李秀成道：「江西之地，其重要究不如安徽。以安徽左應湖北，右帶金陵，進兵可以由河南北伐。大王若欲援應陳玉成，自應先據九江府城。九江為各省咽喉之地，助陳玉成聲勢，然後乘勝入皖城；臣弟將遣兵出祁門。前以守將不得其人，故得而復失。今當取之，留良將把守，可以阻窒清兵，而又可以為大王聲援矣。」洪天王道：「然而賢弟將出何處？」李秀成道：「上海為外人居留地。吾向慮清人借力於外人，以為我敵；故宜先收上海，實力要著。吾前與人相約，為取上海之計，一日便見分曉。待上海一定，吾當見機而進。且今番出師，不同往日，必求萬全乃妥。」天王深以為然，便令李秀成、洪仁達，輔幼主洪福瑱監國，鎮守南京。以元帥林啟榮、陳芒其，為左右先鋒，天王領大軍三萬人沿池州，經東流望九江出發。

時清將曾國藩，正領兵進攻黃州。天國陳玉成，另分軍駐南康府。洪天王打聽得曾國藩往攻黃州，留幕員彭玉麟、李元度兩將，領三千人守九江。洪天王聽得真切，決議暗襲九江之計。恰恰池州地面已由黃文金平定，天王便令池州守將，休要聲張；自領本軍，人銜枚，馬勒口，直抵九江。彭玉麟、李元度看到天國兵猝至，雖然守護森嚴，卻未有通報曾國藩準備。

當下天王兵至九江，離城只二十里。天王令部將汪永成領五千人，各暗藏短槍，並攜火藥，乘夜望九江先行。天王復令陳芒其、林啟榮，各領五百人隨行，天王也隨後令軍大進，汪永成先抵九江城外，並無人知覺。可巧彭玉麟、李元度，俱領軍在城裡。汪永成乘勢發炸起來，城垣陷了數十丈，如天崩地裂。清國彭、李兩將大驚，急調軍來救時，陳芒其一人先到，彭玉麟一頭禦敵，一頭接戰，城垣內外，彈如雨下。不多時洪天王大隊已到，俱用長槍轟進城裡。洪大王另分軍偷過後路攻城。清兵首尾不能相顧。城內人馬又少，不能抵禦。陳芒其、林啟榮，一擁進了城垣。血肉相搏，好一場惡戰。天國兵因天王親自領兵，膽氣愈壯，清國彭、李兩將，知不是頭路，急開了北門，人馬望西北而逃。天王既奪了九江，安撫居民，既畢，即報知陳玉成道：「朕今不動聲息，已取了九江，為數省咽喉。得此可以助賢弟聲勢，賢弟可免後顧之憂矣。」陳玉成聽得，知天王之意，欲自己攻據南昌而已！便對左右說道：「今九江既下，已無後顧之憂；吾取南昌，此其時矣。」便決定明日進兵，攻取南昌。時陳玉成已復取了饒州府。因自李秀成由江西入武昌之後，被清將顛撫嚴樹森，顛泉李續宜，取回饒州一帶。後經陳玉成再敗清兵，自南康至饒州一帶，已次第收復。這時玉成正駐饒州。自此與清兵相戰，互有勝敗；又因清將曾國藩，分兵駐九江，故陳玉成不敢大進。今九江既下，如何不奮起雄心。便號令人馬，並調南康兵隊，分兩路望南昌出發。管教：

天將神威，克復南昌省會；商民歸附，先收上海城池。

要知後事如何？且聽下回分解。

陳英王平定江西地　劉麗川計取上海城

話說陳玉成在饒州，得天王既下九江之信，便會合南康各軍，來攻南昌。是時清國南昌守將巡撫嚴樹森，臬司李續宜，聽得陳玉成兵到，即會議籌御之策。嚴樹森道：「城內湘、贛各軍，只有二萬，戰恐未必能勝。不如固守城池。一面飛報湘鄂各省，催兵援救，再求曾帥回軍，攻九江，以邀陳玉成之後，彼不能不退矣。」李續宜道：「中丞此言，只知其一，不知其二。陳王成之軍，旦暮薄城而進，此時求救，必無及矣。且九江為洪秀全駐紮，必為精銳所聚。以秀全親自領兵於九江，恐曾國藩攻之亦未必能勝。今陳玉成之攻南昌，並未勞及九江兵力。故攻九江，亦不足以邀陳玉成之後也。」嚴樹森道：「聞陳玉成軍約近四萬，眾寡既已不敵，戰必無功；若戰敗，南昌難以保守，厥罪非輕。」李續宜道：「此言雖是有理，但中丞之失機，全在事前不甚留意。今則戰守均難致勝矣！然與其均敗，則不如一戰：吾可以聲東擊西，以求其當。若坐守此城，則吾已無勝之之理；彼得勝則奪我南昌，不勝亦可從容而退，實於彼無損。昔彭玉麟、李元度，以全軍集於城內而致失九江，此可為前車之鑒。願中丞思之！」嚴樹森道：「足下之言，實屬至理。但某所慮者：勢不敵耳。」李續宜又道：「南昌城垣堅固，未必便破；不如領軍在外接戰，另留軍五千人守城，休令敵人近境，方是長策。」嚴樹森半信半疑，終以眾寡不敵為慮，沉思了一會，說道：「既足下如此同意，請足下領軍一萬，出城接戰，由某自行守城，以為犄角之勢；則敵人攻城，亦不能盡其力也。」李續宜大為不然，復爭道：「以區區萬人接戰，而將士又不敷用，實置之死地耳。某以為欲戰則盡率精銳，以求一勝。否則當合力以固守南昌，較為穩便。若分軍一半出城屯紮，在於不戰不守之間，雖孫、吳不能為謀也。」嚴樹森聽罷，終不以此為然。只令李續宜領軍一萬名，使高城數里駐紮，以候陳玉成之軍，嚴樹森卻領軍兵守城。自己親自晝夜巡城督視。李續宜因嚴樹森是上司，不敢不從。只撥一萬人馬，斷不能與敵人對敵，便悻悻出城。先布了營寨，以本軍分為三隊，勢若長蛇，傳令如陳玉成軍到時，互相接戰，不在話下。

且說天國英王陳玉成，領大軍到南昌地面，聽得按察使李續宜駐軍城外，先令人打聽他人馬多少，然後計算。忽見探子回報導：「李續宜一軍共分三隊人馬，為長蛇之勢，志在首尾相援，計兵不過萬人上下。且右軍一隊，略欠整齊，可攻而破也。」陳玉成聽得，微服改裝，親往審看回來，即謂左右道：「李續宜亦頗能軍。可惜人馬不多，不敷分布；右路統領失人，絕無能戰之狀。我如乘其懈而擊之，必獲全勝。李續宜一敗，南昌必為我有。可笑對嚴樹森無謀，以為擁兵在城，可以困守，此直呆子耳。」便令大將洪春魁、陳仁瑞，領軍一萬，攻南昌省城，以防嚴樹森衝出。又令部將指揮使韋昌祚領軍三千，偷過城後的小山，暗襲南昌城。各將得令既去，陳玉成自統兵來攻李續宜。

續宜聽得陳軍已至，督兵而進。傳令軍中：攻左則右應，攻右則左應，攻中則左右皆應。一面堅嚴壁壘，以待玉成。

當下玉成兵至，先令左翼統領大將孫寅三，領部將十員，轉攻清兵右路。並囑道：「清兵右路殊欠整齊，必不能戰；如既勝之，休便追趕，即轉擊李續宜中軍。吾自有兵可以破之。」孫寅三領兵而去。

又電部將指揮使張祖元，如此如此；又喚都檢使雷煥如此如此。分撥既定，孫寅三由左轉右先進。清兵右路統領、總兵何鳳林督兵接戰。自巳至午，正在酣戰之際，忽孫寅三率親軍直衝過來。何鳳林看看抵敵不住，李續宜忙調右路接應，忽陳玉成領大隊人馬衝來。李續宜急下令道：「彼軍擊吾左右兩軍，欲使吾中軍受其牽制也。右軍既敗，由他進兵；只奮勇前進，反攻陳玉成一軍。」不提防孫寅三領軍不趕何鳳林，反望李續宜擊來。李續宜左右不能相顧，忽流星馬飛報：天國指揮使張祖元，都檢使雷煥，已攻後營去了。李續宜此時縱有七頭八臂，實無分身之術，只得撥軍而回。

那時四面八方，皆是天國軍兵，把李續宜困在核心，不能得脫，但見槍彈如雨而下。李續宜欲奮力殺出重圍，奈天國人馬紛向李續宜攻擊。續宜正在急危，忽一枝救兵殺入：乃左路統領官提督李雲林也。續宜乘勢與李雲林會合，望南昌城殺回。忽然陳玉成領軍趕到，將清兵截為兩段，右路何鳳林不能得脫；少時孫寅三亦領軍追至。槍聲響處，何鳳林中槍落馬。孫寅三盡降其眾，與陳玉成合兵趕來，李續宜、李雲林，不能顧得後路，只顧奔逃。誰想一支人馬攔住去路，左有雷煥，右有張祖元，分作兩路殺來。李續宜不能逃回南昌，只得領數百騎落荒而走。陳玉成便令雷煥追李續宜；張祖元追趕李雲林；自與孫寅三領軍乘勝攻擊南昌。

是時南昌城內聽得李續宜兵敗，皆料南昌不能久守，人心惶惶。嚴樹森不分晝夜，親自督兵防守。無奈李續宜兵敗後，天國又加增陳玉成、孫寅三兩路分攻東西兩門，嚴樹森漸漸不能抵禦。韋昌祚那支人馬，在南昌城後山上用炮轟擊城中，一連兩顆砲彈子，把那巡撫衙門擊作粉碎。城內軍心一時嘩潰。陳玉成乘勢攻破北門。洪春魁一馬當先，領軍先衝進去。槍聲亂發，清兵不能當，望後而退。時城中紛紛傳說：天國人馬已進北門，皆無鬥志，左逃右竄。孫寅三、陳仁瑞，相繼攻進城來。嚴樹森無法，急喬裝雜在民房。還虧嚴樹森平日治民，頗無苛政，故民間亦樂收藏之，始得逃去。那玉成見南昌已破，傳令不再誅求，凡無論官民軍士人等，概令降者免殺，並出示安慰人心。計點倉庫：得白銀八十餘萬兩；另倉米三千餘石，谷四千餘石。陳玉成以南昌附近，連日遭兵，農民失業，令撥倉中穀米，分賑農民，人心大悅。一面使人打聽雷煥及張祖元兩路訊息。

原來李續宜已同李雲林領軍逃至瑞州。雷、張二將便收兵回來。陳玉成見南昌既定，大犒三軍，復傳檄招撫各郡縣。有不服的，都派兵征伐。以故附近州縣，都畏威懷德，紛紛降附，徐奏報洪天王。洪天王聽得南昌既下，即封陳玉成為英王。令以洪春魁、韋昌祚、雷煥、張祖元共守南昌，兼分撫各郡。使陳玉成、孫寅三回九江會同北上，按下慢表。

且說當日上海地方，為中西人文會萃之地。無王屢欲用兵。唯李秀成之意，以為上海商務繁盛，半多西人經商；若一旦以大兵臨之，最易震動商場，反被外人藉口。使清人更得以藉此為名，擁借外力，實為不便。故主計取，不主力敵。便分布黨羽於上海，鼓動華商，從中舉事；若得上海，固不必說，即稍有失利，亦無與天國人馬之事，西人亦不能責言。時奉令往上海：一為粵人劉麗川，一為閩人陳連。那兩人向在上海經商，情形熟悉。且當日上海華人經商的，尤以閩、粵為眾。那些人在租界地方，沾染歐人習氣，多知亡國的可恥，故這時聽得洪天王得了金陵，自然日望天王兵至。偏這會來了那劉麗川及陳連兩人，說起謀襲上海，然後歸附天王的說話，自然沒有不從。當下一傳十，十傳百，凡在上海經商的華人，都附和成一片，要謀襲上海城。只那時洪天王正在當盛，凡是中國的人，都當攻城襲地，是一件得意的事，並不畏懼，自然不至隱祕，紛紛傳說出來。因此事未成，倒被清官得知。爭奈那些人多在租界，清官實在捉他不得。況且西人亦知洪天王是個有法度的，與盜賊擾亂的不同，所以任華人在上海怎麼說話，都不甚拘管，清官好不憂慮。沒奈何唯有出一張告示：勸人不得亂動而已。那張告示又出得十分利害，不是說殺，就是說拿，又說什麼如有聽信浮言，妄行舉動，即從重嚴辦這等話。只道這些話，就能夠把人嚇退了。誰知那張告示一出，卻是兩江總督何桂清領銜的，當時華人正洋洋得意，那裡識得個總督來？當下見了那張告示，就滿城鬧起來，把他的告示紛紛將來扯去；並有些人寫了一封密函，交過何桂清；又寫一封交過上海道吳建章，叫他休要亂說。如再有這等告示，定然要取他的人頭。故江督何桂清，及上海道吳建章，見了兩通書函，反不勝憂懼，急的向劉麗川及陳連兩人謝罪。

這時劉、陳兩人越加得意。唯何桂清與吳建章雖然如此謝罪，究竟慮商人真正發作；便在暗地具一張照會，送過上海西官，請西官彈壓商民。因此西官也循例出一張告示：勸商民休得在租界亂動。不想那張告示卻又提明，是接得清官照會的。所以劉麗川一干人，更加憤怒起來。又復具函，責罵何桂清以詐術欺人，對我們商家沒點信義。那時何桂清更加恐懼。因當時美國既與天國通商，且西人又見洪天王確有文明平等的制度，故循例出過那張告示之後，卻實在不甚打理。

劉麗川這時既受李秀成所囑之託，又憤怒清官，便立意舉事。可巧那年八月二十六日，城中孔廟正有祭典，劉麗川料得是日清官必聚集孔廟，便約齊黨羽，到這時圍攻孔廟，要殺盡清官。統共約七八百人，各扮商人模樣，先一日暗運軍械在城裡密藏。將近夜分，就在城裡暗伏。次早天未黎明，清國各官確畏懼亂事，但究竟清廷向以祭祀為重典，何桂清等卻不敢不往。先由上海縣袁梓材先到，其次陸續都到了。最後江督何桂清，約有清兵護送數百人，直至孔廟。劉麗川先分撥數百人對敵江督親兵，自與各人雜在孔廟中，作為觀禮的。正值行禮的時候，劉麗川用暗號傳示各人，一齊擁上。何桂清初時見人多擁塞孔廟，懷了疑心，故以上海道吳建章代主祭典。這會見人眾欲動，先自逃了去。上海縣袁梓材，見江督先自逃去，亦知有變，急的相繼逃遁。餘外各官都如喪家之狗。劉麗川黨人先攻未逃散的親兵。麗川即領數十人，上前拿住吳建章。建章知劉黨人眾，不敢與較，唯有俯首就縛。

劉麗川見拿不得何桂清，隨領數百人，擁至上海縣衙門，迫令袁梓材獻印。袁梓材罵道：「我十年窗下，乃得進身任這上海縣，實是不易。安能把印綬給與別人？」劉麗川聽罷大怒，便謂眾人道：「快殺漢賊。」於是眾人一齊動手，取了袁梓材的首級，計得官家金銀無算。然後會議殺吳建章與否：或雲殺，或雲不殺，竟不能決。適美領事馬邏氏與吳建章有交誼，為之說情，使免其一死。劉麗川不許，馬邏氏便設法使人誘吳建章至西門，喬裝逃出城外，匿於馬邏氏之住所。吳建章因此得保性命。

這時劉麗川聽得此事，不覺大怒，有攻居留地之勢，先馳書責美領事道：「我們起事，皆遵守法則，未嘗損及居留地分毫。今忽然干涉我們戰事。我所拿獲之敵人，亦誘之逃去，與劫獄何異？且貴國自與我天國通商以來，實相和好，則貴國對天國與對清國，實不宜有所偶倚也。祈即將吳建章交回，否則斷不能為貴領事原諒矣。」書內這等話，即馬邏氏領事看得這封書，亦覺得此言有理，便欲把吳建章交還；因恐不交回時，怕動了劉而川之怒，居留地反有不妥，自不敢再庇吳建章。時馬邏氏止與署內人員相議，被吳建章知道，即賄左右，私自逃去。馬邏氏無奈，只得照復劉麗川。劉麗川大怒，便欲攻取租界。西人大懼，嚴籌防備。恰好蘇州天國守將汪大成，馳書與劉麗川，勸他不可誤犯上海租界。劉麗川因此中止，便提眾先奪上海城。管教：

義勇齊興，取上海易如反掌；雄兵再舉，降桐城共許歸心。

要知後事如何？且聽下回分解。

取桐城陳其芒鏖兵　奉朝旨左宗棠拜將

話說劉麗川領兵來取上海城，這時吳建章已經逃脫，往見何桂清道：「劉麗川拿獲卑職，而不據上海城，是彼等之意，不過欲得吾等而甘心耳。今忽領兵來取城池，必受洪黨所囑託可無疑矣。」何桂清道：「劉麗川本不足懼，但恐天國人馬相應，則難與為敵矣。」吳建章力請出兵與劉麗川一戰，何桂清深然其說，立即調兵城外，約共四五千人馬，駐在租界西場之外，見劉麗川兵少，不以為意。此時，西人亦多出來觀戰。誰想清兵人不明公法，恨西人不來助攻，紛紛用磚石拋擲西人。西人大怒。各國領事會議：所有租界內巡警防兵，均請往西場防護。何桂清見西人調兵出來，只道要幫助劉麗川，急得向西人謝過。西人責何桂清：認真申飭軍人，免礙租界商務。何桂清都唯唯應諾，西人始收兵。

是時，何桂清見西兵已退，便令吳建章攻劉麗川。不想劉麗川的黨羽在上海城內者尚有千餘人，這會見清兵紛扎城外，只剩數百兵守城，便乘勢殺散守門軍士，分頭把住四門，舉起天國旗號。守備吳應珍、都司李鎮邦、副將何邦福，皆被劉黨殺死。劉黨千餘人，又引動城內居民，紛紛附從。陳連正在城內，與其黨羽乘著劉麗川攻城之際，便振臂大呼道：「有志殺漢賊者當隨我來。」因此一時之間，聲勢洶湧，清官都彼斬斃，大開城門，迎劉麗川人馬進城。江督何桂清、滬道吳建章領兵在外，不能一戰，竟被劉麗川奪了上海縣，只得退回僅徵駐紮。劉麗川把捷音報知蘇省汪大成並李秀成。秀成聽得上海已定，即重賞劉、陳二人。又因洪天王已拔了九江，陳玉成已定了江西，便奏請洪天王，直進安徽；又諮請陳王成領兵入浙江，一面請楊輔清一路，由鎮江進兵儀徵，以拒向榮及何桂清等。時向榮與天國人馬，前後大小不下數十戰，互有勝敗。故秀成再以楊輔清當向榮一路；並令秦日昌、洪仁達堅守金陵；李秀成親出安徽，要與洪天王會合。令賴文鴻為先鋒，林彩新為副將。秀成自統大兵五萬，望安徽進來。

且說洪天王在九江，即與李秀成訂約進兵，便商議留守九江之人。陳其芒進道：「九江為數省咽喉之地，乃清國必爭之處。非有智勇之將，不能守也。」洪天王道：「吾欲在林、陳二將中擇一人，以守九江，將軍之意如何？」林啟榮道：「臣弟非不願守。留一人恐不足固守，若並留之，則前敵者更有何人？」洪天王躊躇未定，忽陳玉成令孫寅三到九江，呈報在南昌所得金銀倉庫款項，洪天王就令林啟榮、孫寅三共守九江，仍令陳其芒為先鋒，大軍望安徽出發。

到宿松離城約十餘里，已有百姓夾道相迎。洪天王下馬想見，安慰眾百姓道：「朕自與眾兄弟舉義以來，累各處鄉老，慘遭兵燹，朕心實在過意不去。可恨敵人占我中國，於今二百年，不得不竭力謀個光復，實出於不得已也。」眾百姓有年紀稍高的，便上前說道：「某等受暴君汙吏需索，已非一日。今得大王起仁義之師，除水火之患，百姓得重見天日，皆大王之賜也。」說罷，紛以牛酒相獻。洪天王向百姓致謝時，附近有孫姓祠齊邀洪天王至祠中歇馬。左右恐有意外，勸洪天王勿往。天王道：「朕以至誠待人，他人誰以詐偽相待？又何必以不肖待人？」遂令人馬紮下，帶數十人毅然而往。既至，鄉中男女紛紛擁至，皆以得識天王為榮，擁塞祠門之外。洪天王便親出祠前，對眾說道：「爾等欲見朕那？亦猶人耳！望爾等為農者，勤於耕植；為士者，勤讀書，以大義相勸，毋助異族，自不難重見太平也。」各人聽罷，皆流涕道：「願大王早平大難，使吾民早享太平之福。」天王再轉入祠內，將滿州盤踞中國，及清官自殺同種的歷史演說一番，聽者無不憤激，時村民多以一酒一肉相奉。天王見眾民出於誠心，不忍過卻。有名徐仁者，家中有一老母，貧甚，無以敬奉洪天王，回家對母而位。其母親至洪天王跟前說道：「吾兒家貧，無以敬大王，心實不安，願以小兒隨大王左右，便得為國家效力。」洪天王詢悉其故，深憐徐仁之孝，命左右贈以白金三百兩，遣之歸。因此，百姓皆頌洪天王仁慈，歡呼萬歲。天王盤桓數時，才與百姓相別。當下天王道：「朕以軍務緊急，不能久留，待事平之日，當與舉國臣民，同作太平宴。」說罷便行。百姓送至營前，天王撫之使回，即令人馬起程，百姓猶鵠立而送。天王嘆道：「朕若不竭力掃除梟獍，何以對吾百姓也？」左右皆為感泣。大兵行近安慶，黃文金早派人馬迎接。

天王進了安慶，先問敵情如何？黃文金道：「清將鮑超，不時窺伺；曾國藩擁巨兵往來於皖、鄂之間，因此不敢遠離安慶一步。現聞曾國藩己取黃州，胡林翼又據漢陽，分兵擾掠武昌附近州縣，武昌怕亦瀕危呢。」洪天王道：「湘、鄂亦多讀書之子，何以不明種族之界，不以亡國為羞，反助他族以殺同種也？」言罷嘆息。黃文金擺酒與洪天王接風，徐議進兵之計。黃文金道：「羅大綱駐兵河南，不如令他由懷慶而下，以壯湖北聲勢；某堅守此地以拒曾國藩；天王舉兵北征，可無後顧矣。」洪天王道：「林鳳翔既敗，羅大綱一路，其勢已孤。使之回應湖北，亦是要著。但朕本軍之力，亦非雄厚，不知發令秀成以軍相應，然後會同北行。朕先取桐城，以待秀成訊息可也！」隨令羅大綱由懷慶趨湖北，以壯聲威；隨督大軍，望桐城出發。

時清將張亮基的兄弟張亮業正在桐城本籍，興辦團練，約有二千之眾，與清總兵虎嵩林共守桐城。虎嵩林聽得洪天王領兵親到，志在出戰；參將萬長清，志在守城，意見各不相合。虎嵩林便與張亮業計議道：「桐城一掌之城，戰守皆難。不如混戰一場，勝則有功，敗則退走河北，未為晚也。」張亮業不能決。虎嵩林嘆道：「何乃兄勇銳英姿，乃弟卻沒點志氣也！」迫得飛報鮑超，催請救兵；一面督兵緊守城池，不在話下。

且說天國前部先鋒陳其芒，領兵浩浩蕩蕩，殺奔桐城而來。忽探馬報稱：「清國人馬在桐城緊守，請繞道而行。」天王道：「廬州已平，桐城為安慶北趨要道，反不能攻下，實是心腹之患。彼四面相隔，救兵亦難，朕誓必取之。」便喚陳其芒道：「桐城雖小，地頗緊要；守兵雖不多，然當速取之。遲者鮑超之兵一至，反費手腳矣。」陳其芒得令而退。將近夜分，陳其芒進帳稟道：「今有一密事，特對大王說知：桐城內有一莊戶，姓王名喚以成，好交結豪傑。臣弟前時，與他相識最稔。今他到軍前來，願為內應。現他戚友劉文光，隸團練部下為百長，正守西門。約以城上插白旗為號，當即攻城。彼約二更時分，放火為號，即開城門，迎接我軍而入，此機會不可失矣。」天王道：「行軍百變，特恐滿人用詐耳。不知兄弟與王的交情如何？恐未可造次！」陳其芒道：「弟與彼固肝膽交也！不足為慮。若大王不放心，不如以小隊暗伏西城外，乘機擁入，亦是一策。」天王深以為然，令陳其芒回覆王莊戶：休要與多人同謀，以免洩露。

其芒即令部將康成，以三百人偷過西門，陳其芒令以本部分軍一半，先攻南路；自引一半，為康成後應。是夜，一月將盡，月色無光，人馬悄悄而行，即至西門暗探工事，城上正是張亮業團練軍守把。

少時見一小小白旗，在城樓角上隨風飄揚。陳其芒大喜，暗令人馬，但見火起：便薄城而進。原來王以成家正住在西門，料知桐城必破，故願為天國內應，好建立功勛。將近三更天氣，劉文光即復王以成道：「時將至矣，城外隱有人馬行動，當速準備。」王以成會意，不覺譙樓已打二鼓，王以成就在家中放起火來。張亮業只道軍人失火，還沒心慌。時虎嵩林正在南門，見西邊火起，即調兵前來。忽然大國人馬，紛向南門猛撲。不多時，弄出幾處火起。康成即領數百人先搶西門。城內團練軍忽然嘩噪起來，卻是劉文光傳說：天國人馬已進南門，因此兵士紛紛逃竄。張亮業又是不濟事的人，見兵士如此，沒法阻擋。劉文光領本團百人，乘勢開啟西門；康成一擁而進。正遇參將萬長清趕過來，康成眼快舉槍先發，那萬長清在人馬忙亂之際，防顧不盡，早已中槍落馬而死。天國人馬，一擁而進，陳其芒大隊亦至。王以成更縱起幾處火來，滿城中燒得烈焰沖天，清兵紛紛逃遁。張亮業率百騎，在火城亂竄，陳其芒便領人馬追趕前來，張亮業死命逃走。忽被一火勢燒殘的牆壁壓將下來，把張亮業和數十騎壓在牆下，嗚呼哀戰，送了性命。陳其芒即令軍士，搶開南門，迎那一半人馬進城，一面令人滅了餘火。

其時，虎嵩林已領敗殘的軍馬殺出東門而逃。陳其芒救滅餘火之後，即迎洪天王入城。天王即進城內，一面發款賙恤被火之家；隨喚王以成至，向他說道：「你這場功勞，本是不小；只在已得城之後，便不應續行放火，以害百姓。姑念功能抵罪，當予重賞。」乃封力殿前都檢使。並傳諭各營：「到王莊戶功成之後，不再縱火，便當賞指揮：今與以都檢，是以儆將來也。」

各人聽之，皆為悅服。王以成亦唯唯伏罪，謝恩而退。天王出示安民之後，令人打探各路軍情。忽流星馬報稱：「鮑超大隊人馬已至。」天王道：「吾已取桐城矣，彼來亦無所用也！」便留五千人把守桐城；令陳其芒統大軍，以拒鮑超。分撥即定，專候清兵。

且說鮑超所得桐城告急，星夜調人馬前來。部將王衍慶進道：「洪秀全親至，領兵到桐城，其勢甚大，桐城必不能久守。恐軍門調兵到時，桐城已失矣。彼以逸待勞，吾軍恐難致勝。不如回覆虎嵩林：以必救堅其心。然後我出兵以取安慶，秀全必回顧根本，則桐城之圍，不救自解矣。此孫臏圍魏救趙之法也！」鮑超道：「此計雖是，但秀全久經戰陣，必知我之用意；安慶黃文金勢亦不弱。就即攻之，黃文金自能抵禦，秀全未必回也。況桐城已急，我坐視不救，實難免處分，不如救之。」便不從王衍慶之言，立行拔隊。以王衍慶為先鋒，望桐城出發。

將近桐城，約二十里地，見虎嵩林奔到。鮑超大驚道：「果不出王衍慶所料也！」便傳虎嵩林至前，細問失城何如斯之速？虎嵩林便道：「卑職屢言出戰：戰如不勝，守猶未晚，怎奈部下皆不聽此言，以致如此。且更有城內王莊戶，及團練軍中人，為洪軍內應，致有此敗。現在洪軍聲勢正盛，進恐無益，不如退兵。」鮑超對左右道：「朝廷以兵權授於我，若並不能救一桐城，將謂我何？」王衍慶爭道：「皖撫呂賢基，駐在大通，猶觀望不進；縱有失城處分，當在巡撫。軍門進而取敗，則咎在軍門矣。願軍門思之。」鮑超心上終以取桐城為得功，且平日性又好戰，遂傳令揮軍直進。並囑三軍：「如與敵人相遇，當急攻進去。」三軍得令而進。

及抵桐城，正與陳其芒兩軍相遇。陳其芒見鮑超兵到，正欲督兵接戰，忽洪天王傳到號令：以清國鮑軍遠來疲備，宜速進攻。陳其芒既得號令，便乘鮑軍安營未定，直衝進去。鮑超不意天國人馬猝至，又因自己人馬睏乏，喘息未定，實是吃虧。便混戰一場，徐退十里下扎。陳其芒亦不迫趕，權且收兵。

至夜半裡，重又進兵，把鮑軍四面圍定。鮑超奮力殺出。誰想陳軍覷定鮑軍，投東則投東；投西則投西。一來鮑軍連日趕路，二來又眾寡不敵。那陳其芒軍中萬槍齊放，鮑超正自危急，急一枝人馬殺入，乃鮑超部將王衍慶也。鮑超乘勢殺出重圍，折了些人馬，連夜奔回大通而去。陳其芒大獲勝捷，收兵自回桐城。自此以後，安徽全境；大力震動。

清國御史紛紛參劾安徽巡撫呂賢基師久無功，且觀望不進，清廷便令鮑超為湖北提督，幫辦安徽軍務；將呂賢基開缺。又令鄂督吳文鎔，保舉賢才，因此就引出一位喜功名，樂戰事的人物來。你道是準？就是湖南王辰舉人，湘撫駱秉章的幕府左宗棠，字季高的便是。那左宗棠為人好喜功名，很有才幹。洪天王人武昌時，他曾上書與天王：勸他勿從外教。洪天王見他不明種族，又不識君民同重的道理，因此不甚留意。他滿望上書洪天王，得個重用，故經許多人聘請過他，他倒不願出。後見洪天王沒有什麼意思，就換了宗旨，一意幫助滿清：先受張亮基湘撫之聘，參贊戎幕；繼又受湘撫駱秉章之聘，辦事很有點本事。故此湘中人士，就起了一個「新亮」的名號，這名就算是新諸葛亮的意思。那時有說他的道：「諸葛亮他是輔漢的，你輔滿不輔漢，怎能比諸葛亮呢？左宗棠嘆道：「左宗棠嘆道：「大丈夫負不世之才，豈能甘老牖下？」安徽軍情吃緊，清廷詔舉賢能，鄂督吳文鎔、鄂撫胡林翼就猛省起左宗棠來。胡林翼就飛函責駱秉章道：「左季翁乃大下之才，足下不得私為己有。」駱秉章就把胡林翼的意思對左宗棠說知：勸他出身治兵。左宗棠道：「我是一個舉人，未有報捐什麼官，諒出身有多大官職。我又不肯向人叩頭，又不肯向人遞手本的，如何做得了官？」駱秉章道：「朝廷當用人之際，或能破格錄用，也未可定。」便把左宗棠的意思，報知胡林翼。胡林翼大喜，立即具奏保舉左宗棠：說他本事好生了得。差不多說他前古後今，沒有一個比得了他的。清咸豐帝看見胡林翼這道本章，遂再出張諭旨，向曾國藩問左宗棠的人物如何？曾國藩明知左宗棠為人，實出自己之上，本來十分忌他的；今胡林翼已有保奏他，料左宗棠有個出頭，就不該讓胡林翼一人得了薦賢的名譽，因此立即復奏，說這個左宗棠的為人，識略冠時，勝己十倍。所以清廷就降了一張諭旨，特賞左宗棠一個五品京堂，辦理皖南軍務。使他獨擋一面，呼建立功勞。管教：

棋逢敵手，忽來左老助清皇；大戰丹陽，又見忠王擒向帥。

畢竟左宗棠得了諭旨如何？且聽下回分解。

向軍門敗死丹陽鎮　胡林翼窺復武昌城

話說左宗棠見清廷如此重待一個舉人，驟膺五品京堂出身，確是算得榮華，便定了主意，出來任事。那時清廷見李續賓兄弟屢立戰功，便撤去呂賢基，以李續賓署安徽巡撫，使擔任辦理安徽軍務，不在話下。

且說洪天王自進了桐城，威聲大振。令李秀成出師安徽，會同北上。李秀成由江寧過太平府入皖境，駐軍含山。洪大王大軍已過無為州，離含山不遠，忽廬州天國守將胡元煒奔到，洪天王大驚。原來清國陝、甘總督舒興阿，引兵五萬五千人，合壽春鎮總兵玉山已復取廬州。洪天王聽罷，以廬州為要衝之地，若不先破舒興阿，終不能北上，便移營與李秀成相會，同議進兵之計。秀成道：「今番出師，早被清人偵悉，故舒興阿驟到，欲阻我北進。且清兵先取廬卅，其志在復取安慶，故救兵大至。觀舒興阿駐兵岡子集；總兵五山駐兵拱宸門；麗鶴鎮總兵德音布與同知江忠浚、劉長佑，復募湘電前來駐紮五里墩，清兵聲勢，實是不弱。找當擇其易者先破之。一軍敗，則各路皆無用矣！」洪天王道：「廬州固在必爭。但賢弟所見，究從何處下手？」秀成道：「清總兵德音布，系宗室紈褲子弟，不諳軍事。吾當分兵攻之。卻先取拱宸門，以破玉山一路，只如此如此，可以破清兵也。」洪大王大喜，立著秀成發令：秀成即令先鋒賴文鴻以精兵五千陽攻德音布，反助攻拱宸門；另喚陳其芒以前部攻五里墩，取江忠浚、劉長佑；卻請洪天王陽攻崗子集，以牽制舒興阿。自領大兵來會清將玉山，單攻拱宸門。分撥即定，約定四更造飯，五更起兵。

且說舒興阿部下，俱屬甘兵，與湘勇意見不甚和；且又藐視湘勇，便欲天明引兵直進。忽五更時分，洪天王兵大至，把舒興阿人馬四面圍住。湘軍在五里墩相隔非遠，只是觀望不進。劉長佑奮然道：「此國之大事也，安可以私意廢公耶？」便欲拔隊前往接應。不意陳其芒領天國人馬，卷地而來。劉長佑大驚，急與江忠浚共禦陳其芒。那德音布一路，不能擋賴文鴻之眾，早已望風光遁，因此清兵大亂。駐拱宸門清將總兵玉山，正欲移營在救，誰想李秀成人馬已至。清兵聽得秀成名字，不敢戀戰，秀成乘勢殺了一陣，玉山恐廬州失守，仍不敢遠離拱宸門，忽東角上一枝人馬殺入，乃天國大將賴文鴻也。那賴文鴻發槍百發百中，直入中軍，向玉山舉槍先發。玉山應聲而倒，清兵益亂，互相逃竄。賴文鴻乘勢搶至拱宸門，把火縱將燒來，城樓遂陷。城內望見拱宸門火起，呼無叫地，李秀成即領兵直進城內，一面撥人救火，一面將四面城門大開，迎天國人馬進城。秀成復令賴文鴻，引兵助陳其芒；另撥一枝人馬，往助洪大王。舒興阿知廬州已復失，不能抵敵，急領敗殘人馬，望和州而逃。洪天王也不追趕，即收兵進城。清將劉長佑、江忠浚料敵不過，引兵退十餘里。賴文鴻、陳其芒亦引兵回廬州。遂即出榜安民。傳令休兵半月，然後北進。

忽流星馬飛報禍事。稱說：「向榮現拜欽差大臣，增添吉林馬隊，以張國梁為先鋒，往攻金陵。聲勢甚大，恐有危急，特來報知。」洪天王聽罷，嘆道：「我軍自由九江入皖境，破銅城，再下廬州；正擬乘勢北上，長驅大進，今金陵又遭此警變，怎生是好？」李秀成道：「彼實防我北進，故攻我金陵，以為牽制耳。金陵人物尚多，未必便急，只遣一將，直趨丹陽，以要向榮之後，即可解金陵之圍矣。」洪天王道：「金陵附近，可以擋向榮者，究有何人？」秀成道：「有楊輔清、洪仁達在金陵。且城池堅固，向榮未必遂得能志。又有劉狀元主持大計，準可無慮。不如催李世賢，由浙江回南京，軍聲一振，向榮自氣奪矣，大王不必慮也。」洪天王猶豫未決。副將林彩新道：「金陵為中國根本，倘有差失，干係非輕。不如回金陵，待破向榮之後，由淮揚往山東，長驅大進，亦無不可。」秀成道：「此言亦是。但兵法致人而不致於人。我若聞金陵之急，即疾趨回軍，清人必更躡吾後，此取敗之道也。吾軍若敗，金陵更震動矣。不知領兵由廬州略地而來，虛作進勢，兼應金陵；再調兵分堵南北岸，與九江林啟榮相應，以防衝突。一面使金陵守將固守，我卻打聽緩急；若金陵無事，我卻要向榮之後，乘勢北進；否則回應金陵可也！」洪天王鼓掌稱善，便飛令楊輔清、洪仁達固守金陵；又傳令李世賢，由浙回軍，以為聲勢。便提大軍望東出發。

再說向榮，自以屢敗無功，久欲一雪其恥。適拜命為欽差大臣，又乘洪天王出征，便思復取金陵。即大會諸將計議。張敬修道：「我軍屢敗，洪軍輕我久矣！金陵城中，必不裝置；不如乘勢南進，若得金陵，大事了矣。」向榮深以為然，便率提督張國梁，將軍福興、副都統德崇額、總兵張敬修，共步騎四萬人，並吉林馬隊六千人，分道大舉。以張國梁、張敬修領步騎萬人，先攻鎮江，並囑道：「鎮江為金陵咽喉之地，不可不爭；既破鎮江，可分兵並掠溧水，會攻金陵，以應我師。以金陵城池堅固，非合大軍，不能動手也。」張國梁道：「金陵既已難破，今又分兵於鎮江，恐勢亦弱矣。」向榮道：「楊輔清為敵軍勁將，今回住鎮江，若我攻金陵，彼必來救，是我腹背受敵，正欲仗汝軍牽制之耳。」張國梁、張敬修便率部將馮子材、劉存厚等，領兵而行。向榮一面知照提督和春，移儀徵之兵進窺皖北，以擾洪軍。即與諸將起軍，望金陵出發。

早有細作報知李秀成。秀成謂洪天王道：「向榮死日近矣！波行軍向來小心，今傾兵以窺金陵，志圖一逞。須知我鎮江勁旅，既足支援；金陵堅固，亦難遽下。且吾軍雖出，與金陵相隔非遙，接應亦易，此行破向榮必矣。」便請洪秀全先回金陵，以鎮人心。打聽得向榮分為二軍，以一軍沿六合，以一軍沿句容，分道齊進，而以橋甕為大營。秀成打聽得清楚，即令溧水守將吉志元兵，分略金柱，攻黃馬及大小關。自率大軍，與健將賴文鴻、李昭壽、陳其芒，馳東而出，單迎向榮交戰。

且說張國梁統兵萬人，行抵鎮江。太平將楊輔清，謂部下道：「張國梁此來，非欲得鎮江，欲牽制我耳！我若堅持，彼即將去。吾相機乘之，不亦可乎？」便令諸軍緊守。張國梁連攻二日，毫不得志，即與張敬修計議道：「楊輔清驍勇好鬥，今獨不出，恐有他謀。」敬修道：「某料向帥一軍，必難遽下金陵；我軍若在此，曠日持久，終非良計，不如棄之。分掠溧水而西，以應向帥，較為上策。」張國梁從之，便解鎮江之圍，改掠溧水。時吉志元既得李秀成之令，已於張國梁未到時，破黃馬，下大小關，張國梁大力驚駭。謂諸將道：「我軍甫行，彼軍先出，是何神速乃爾！吾欲掠溧水亦難也。」馮子材道：「若不攻溧水，必須速奔句容，某料吉志元即擊我矣。」不想說猶未了，吉軍已至城內。四門亦分兵突出。張敬修欲與會戰。張國梁道：「軍心驚惶，戰必失利。不如避之，速奔句容，以會向軍，尤為穩著。」便引軍至北，吉志元從後躡之，張國梁無心戀戰，只圖與向榮合。吉志元乃（聯合溧水各地人馬，將圖大舉。欲追迫甕橋，以要向榮之後。

時向榮聞張國梁一軍失利，正欲援之，忽報張國梁兵至。向榮謂眾將道：「吾由揚州進此，以張國梁為前部，先制鎮江；國梁性本耐戰，今突然來此，正不知何故？」說罷張國梁已入，具道退兵原因。向榮道：「既不能牽制鎮江，恐楊輔清、吉志元反合而攻我矣！更以李秀成軍一至，吾焉能擋數路之衝。今當速行布置，以禦敵軍，反以緩攻金陵為上策矣！」即令將軍福興，引兵駐六合之南；以副都統德崇額，引兵駐句容之北；以張國梁引馮子材、劉存厚為游擊之師，以防吉志元。以張敬修為前部，自統大軍居中策應。張國梁道：「高資一地，以為太平軍運糧要道，若斷彼糧道，則鎮江、溧水之敵人皆膽落矣。某攻鎮江時，未計及於此，大為失著。今請冒險一行。」向榮許之。張國梁便統兵赴高資：劉存厚欲爭首功，乃屯於附近高資之煙墩。不意楊輔清，已知張國梁回軍，乃親自統兵出城，直進高資。卻令副將陳宗勝領兵萬人先圍煙墩，自己單迎張國梁。時太平軍副將陳宗勝一軍先出，劉存厚以眾寡不敵，只令部下緊守。陳宗勝選勁卒為前隊，步步追擊，冒死而進。劉存厚不能抵禦，紛紛潰退。劉存厚先中彈而死。陳宗勝直進中軍：先後斬知縣事松壽及張翔國，揮兵直追，清兵大敗。時楊輔清方與張國梁大戰，輔清軍士極銳，張國梁亦奮戰不屈，兩軍喊殺連天。不料張軍右軍已敗走，劉存厚陣亡，國梁軍中無不膽落。時太平將陳宗勝一軍亦到，國梁不能抗禦，副將馮子材，急保張國梁殺出重圍。楊輔清會合陳宗勝，乘勢追殺，國梁大敗。折兵五千餘人，遺失輜重器械無數，狼狽奔至句容。

向榮知張國梁軍敗，乃令先踞六合、句容兩城，以為根據。果然兩城之內天國守兵棄城而遁。向榮以天國人馬不戰而遁，心正滋疑，忽報李秀成一軍大至：前部先鋒賴文鴻、李昭壽已離此不遠。向榮即以張國梁、張敬修分為左右二軍，分迎賴文鴻、李昭壽。忽報句容、六合城內同時火起。原來這火實系太平軍所布置。因太平軍深得人心，當棄城逃時，先留人馬雜住民間，待秀成到時，一齊放火，故向軍大亂。向榮急下令道：「兩城同時火起，乃敵人縱火無疑，不必理他。可撤城內守兵而出，棄城以求一戰亦可也。」不料吉志元聯合溧水各道人馬，先已馳到，即陷句容，以邀擊向榮。向榮即令德崇額力御吉志元，而以大軍與秀成交戰。時李秀成軍已至，以六合、句客火起，知向軍已亂，乃令賴文鴻、李昭壽於軍到之際，即行進攻；勿令向榮得以復行布置。故賴文鴻、李昭壽甫與向軍相遇，即猛力進擊。向榮恐張國梁一軍轉戰鎮江、溧水，軍力已疲，急以福興一軍相助。唯賴文鴻、李昭壽性最勇悍，且戰且進。文鴻又工槍法，槍聲響處，張國梁坐下馬已被擊斃，把張國梁掀下地來。軍士只道張國梁中槍斃命，一時嘩潰。比及張國梁換馬督戰，軍中已全無隊伍。賴文鴻、李昭壽乘勢進攻，國梁一軍先已敗陣。太平將李昭壽即下令道：「賴軍已勝矣。吾軍不可落後，速宜奮力，以圖立功。」於是軍士皆歡呼而進。清將張敬修亦不能支，同時敗潰。

向榮正欲往援，忽見大營火起，卻是後軍知向榮必敗，欲降秀成，故縱火以亂向軍。向榮此時已漫無主裁。李秀成、陳其芒復至，與賴文鴻、李昭壽分四路，並壓向軍。向榮料不能支援，適德崇額又為吉志元所敗，向軍即令退軍。忽見東北路塵土大起，一軍要截去路。探子報導：「來軍乃是天國大將楊輔清。」楊輔清知道向榮一敗，必回揚州，故引兵沿上流而下。向榮聽罷，急改向東南而逃。隨後太平軍分數路截擊向軍，或逃或降或死，不計其數。向榮回望後軍，見大營火猶未息，太平軍已卷地追來，軍中呼大叫地，互相奔竄。正在危急之際，吉志元已率兵趕至，把向軍殺得七斷八續。吉志元正逼攻德崇額一軍，大呼降者免死，於是紛紛投降。向榮已無心回顧，不提防一顆彈子飛來，正中向榮左臂，幾乎墜馬。正是慌忙，見張敬修與福興狼狽奔至，倉猝言道：「後軍皆覆矣！速圖駐紮之地可也。」向榮急問張國梁現在何處？張敬修道：「現伊軍尚足支援，故殿後以保前軍耳！唯敵軍勢大，恐亦難以久持也。」原來張國梁見向榮已逃，恐為敵人所獲，故死力拒住後軍，且戰且退。不想太平將楊輔清一軍，從東北掩至，取建瓴之勢，如從天而下，把張國梁一軍衝破兩段，國梁此時人馬俱乏，無力支撐，亦唯有策馬而逃。太平軍士奮力追殺清兵，累屍數里，太平軍皆踏屍而過。

時張國梁與德崇額皆奔至向榮馬前，向榮此時已知全軍覆沒，便令急走丹陽。李秀成與諸將率兵追殺十餘里，即傳令收兵。李昭壽道：「向榮窮蹙而奔，如鼠失穴，追而殺之，直反掌耳。若待養回元氣，又多一勁故。不知大王何故收兵？」李秀成道：「不勞諸公虎威，向榮行即死矣！」吾軍已疲，丹陽尚有清兵萬人，十可輕視。方今黃文金在浦口，為左宗棠、鮑超所扼；曾國藩以塔齊布、鼓玉麟等圍攻九江；勝保亦駐兵皖北。吾當留此一軍，以顧大局。」李昭壽道：「大王何以知向榮必幾乎？」李秀成道：「向榮性質最強，強則氣勝；今經數敗，必憂鬱成病，羞慣交集，能勿死乎？」說罷即令楊輔清暫回鎮江；吉志元暫回溧水，復令軍士掘土掩埋清兵屍首，一面安撫被兵燹各地，自領兵回金陵。

且說向榮與諸將走至丹陽，計點部下共四萬人馬，只剩五千餘人。乃謂諸將道：「吾自用兵以來，自問堅忍耐戰；今一旦狼狽至此，喪師辱國，固無以對朝廷，亦羞見江東父老。」言罷，咯出血來，不覺昏倒在地，左右急為救起，臂上傷勢又發，急覓醫治療，將彈子取出，自覺昏沉不醒，不能理事。只令張國梁堅守丹陽，以防李秀成再至。

唯向榮病勢，延醫調治，毫無起色，日重一日。那日，諸將方環集問安。忽報有人送書至，向榮即令呈上。就在病榻拆開一閱，乃太平大將李秀成書也。書道：

太平天國七年，忠王都督江淮諸軍事，為檄告清將欽差大臣向榮曰：昔將軍立功秦隴，視師廣西，擁旄萬里，此非將軍得志之時乎？秀成以隴畝匹夫，瞻望旌旗，久深欽佩！以清國雖危，而保障東南，抗衡天國，當非將軍莫屬也。何將軍先走永安，再走灌陽；既敗長沙，覆敗武漢。奔走東南，倉皇吳會，今復為奔亡之虜，窮蹙丹陽，撫殘兵而椎胸，對同人而灑淚，何今昔盛衰，一至如是乎？秀成一耕夫耳，忝膺大任，與將軍抗衡，方以為螳臂擋車，且慚且懼。乃吾兵一舉，將軍已敗不旋踵，師徒數萬，殘留數千；屍累荒原，血流漂杵。秀成性最慈懦，方慘不忍觀，而將軍獨忍為之者，故吾雖敬將軍報清廷以盡忠，究惜將軍驅人民以就死也！夫以將軍久經戰陣，熟諳韜鈐，縱不奏功，何以蹉跎至此！

意者雨露無私，不育異類；皇漢舊邦，自有真主。故將軍雖人事已盡，而為天意所阻撓乎？抑將軍為識時之俊傑，知大事已去，真命有歸，聊作潰敗以相讓乎？抑觀天心當居一於此。或以將軍窮蹙一隅，紛稱以吾軍乘勝之威，破丹陽擄將軍，有如反掌，而秀成實不忍迫將軍也。以秀成遇將軍而大功成，方為將軍戴德，何忍恩將仇報？且將軍固名將也，久著威望，性復堅強，必圖再舉；將軍又欽差大臣也，令旗一指，大軍即集，提劍所及，諸將景從，以旬日而喪數萬精兵，斷不甘於終敗，勢必再集師徒，重決勝負。則秀成雖愚，唯秣馬厲兵，準備而待。今與將軍約，以十日期，再於句容、六合，重與觀兵。英武能事如將軍，其或不以秀成為不肖，而不吝賜教乎？」

向榮看罷，大叫一聲道：「氣死我也！」即復吐鮮血，不省人事。諸將不知其故，急為救起，細讀來書，知為李秀成所氣，無不憤怒；個個摩拳擦掌，誓要與李秀成決個雌雄。正在憤怒間，只見向榮神氣略已回轉，揚目遍觀諸將，奄然下淚，徐徐嘆道：「悍酋秀成好惡作劇也！」嘆已又道：「吾命亦不久矣。可惜視師數年，毫無寸功，塗炭生靈，吾負國家，又負斯民矣！」又謂張國梁道：「吾與你共走於患難之中，義同父子；吾必薦汝，然薦汝非私情也！汝實耐戰，臨陣不屈。此後宜努力國家，以圖名垂竹帛，勿如吾之無用矣！」說罷便令取筆墨來，口授遺折，書記繕寫之。折內力稱和春、張國梁，皆可大用。向榮是夜，即沒於丹陽城中。後人有詩嘆道：

秦隴稱良將，東南表戰功。
英才為國用，甘苦與軍同。
秉效能堅忍，居心獨誓忠。
丹陽星隕處，遺恨泣西風。

自向榮死後，清廷大為哀悼，特予溢忠武，並贈封男爵，又贈太子少保官銜。即依他遺折：薦滿員和春及提督張國梁為欽差大臣，辦理江南軍務。即有訊息報到洪天王那裡。

洪天王大喜道：「果不出吾忠王所料也！」便厚賞忠王，並向李秀成道：「向榮雖屢敗之將，然好勇耐戰，在江南屢苦吾軍，且屢扼金陵，使朕不能大進，實為心腹之患。今向榮已死，朕無憂矣。」遂開太平御宴，與諸臣共醉。不料正飲間，有武昌急報，飛報禍事：你鄂督官文，鄂撫胡林翼，及前鄂督楊沛，會合各路大軍，共爭武昌。原來鄂督吳文熔，因戰被傷殞命，清廷乃以楊沛任鄂督。楊又失機革職，留辦軍務；乃以荊州將軍官文移督兩湖，於是與胡林翼共攻武昌。洪大王聽得，欲叫秀成往救。李秀成道：「目下尚多能戰之人，臣弟非不欲救武昌，然東奔西走，反中敵人牽制之計。」天王聽罷，點頭不語。李秀成深知洪天王之意，遂再奏道：「果不獲已，臣弟就提一旅之師，前往武昌，以釋大王僅慮。」洪天王立即允准。李秀成退後，嘆道：「今番出師，實不得已耳！」又以各事部署未定，且恐武昌已危，便令賴文鴻以五千精兵赴鄂，隨領大平繼進。

且說清將曾國藩，自被洪天王襲取九江之後，心甚憤激，便移文胡林翼欲先取武昌。時胡林翼正取了黃州而回。忽得到曾國藩書信，便決意進攻武昌。即與鄂督官文、副都統多隆阿計議。多隆阿道：「方今天國人馬，只有譚紹恍在武昌，取之此其時矣！」胡林翼道：「前二次出師無功，皆由過於張揚，使敵人予作準備。今宜謹密行之，不憂武昌不下也。」官文深然其計。胡林翼一面回覆曾國藩，請其會兵；一面令多隆阿取洪山；並請曾國藩調湘軍水師進妙河。胡林翼自與官文領各路人馬攻武昌，分撥既定。那天國守將譚紹洸，不時打聽清兵舉動，並謂左右道：「吾以一人，鎮守武昌，而牽制曾、胡諸人於此地，實彼之失算也！當時時志在窺復武昌，且胡林翼正自黃州而回，來攻此地必矣！」便令軍士於武昌城外，增置木柵；並於西南兩門，埋伏地雷火線。再飛報金陵告急；又函致九江請林啟榮令孫寅三，由九江進兵，以邀曾國藩之後。不料分撥甫定，已報洪山為多隆阿所奪矣：官、胡兩軍，已直趨武昌城而來；清國水師，亦由妙河而進；餘外各路都一齊出發。譚紹洸不意曾、胡兩軍驟至，倒防備不及。胡林翼前部，就是多隆阿、曾國葆。自湘省水師練成，即以楊載福、鼓玉麟兼理。餘外陸軍前部就是塔齊布，領五千人馬，先攻武昌南路。胡林翼一軍已至，妙河水師又喊吶助威。武昌城內，天國人馬驚懼。譚紹洸謂晏仲武道：「清兵向不能得志者，以徒恃陸軍故也。今彼水師既成，勢力已與我共之矣。清兵既至，恐不易防守。兄弟究有何善策？」晏仲武道：「彼挾全力而來，我有守無攻，實為失著，不如避之。」譚紹洸道：「吾自起義以來，逢敵未常落後。今如此反示其怯也。」馮文炳道：「橫直武昌不能固守，不如全伏地雷，彼來我退，因而炸之，吾乘其敗，而復奪之，有何不可？」譚紹洸道：「皆非長策也。」便命蘇招生、隆順德，各統水軍，堵塞妙河，以迎清國楊、鼓二將；卻令副將洪春魁、晏仲武分守各路。自率大軍，晝夜巡視。誰想曾軍水將鼓玉麟，已派小艇十餘只，偷進南門濠口，志在水陸相應。時官、胡兩軍攻城甚急。譚紹洸督諸將竭力守禦。忽然馮文炳奔至，謂紹洸道：「兵力疲矣！清水師已偷進南門壕口，此時恐不能久守也。清兵眾多，故輪流攻擊，吾軍實是疲於奔命。不如依某前計：棄此城以炸清軍，然後謀以復之可也。」譚紹洸此時覺得此言有理。乃命軍士各打衣包，盡做逃狀，胡林翼從高處望之，深信譚紹洸將逃，即令軍士猛攻。並下令道：「譚酋將遁矣，休令彼逃脫也。」清兵聞令，加倍奮力，水陸並進，西南一帶城垣遂陷。太平人馬已紛紛逃出，清兵皆欲急進。忽然震地一聲，如轟天聲響，城垣遂陷了百餘丈，清兵被陷者不計其數。管教：

妙計成功，先伏地雷摧大敵；小孩斬將，直叫天意奪湘儒。

要知後事如何？且聽下回分解。

羅澤南走死興國州　羅大綱夜奪揚州府

話說胡林翼統率大軍，直進武昌城，忽然火藥爆發，城牆傾陷百餘丈，登時壓死清兵數千人。彭玉麟偷進南濠的水師，亦有多艘壓溺，清兵軍勢稍卻，各欲退後，胡林翼以既中敵人之計，折兵數千人，若不能取一武昌，更無以見人矣。不覺大怒。立即下令退後者斬。時多隆阿及曾國葆，俱已受傷，然聞胡林翼之令，亦皆振奮，一齊督兵擁進。

當譚紹洸領兵逃出武昌時，猶在城外東北路盼望：只道清兵被焚，必然退卻，正欲乘機再取武昌。忽聞喊聲動地，料知城陷，方欲回軍，突見清兵不特不退，仍冒煙突火而進，不覺大怒。乃謂左右：「清兵屢戰，未見有如此強悍者，今何以忽然猛勇耶？」晏仲武道：「彼日前既憤於屢敗，目下又憤於軍中被焚，蓄怒已極，如瘈馬走平原，無復知人性。當者必為所蹶，計不如避之。吾軍口前斷不能再入武昌矣。」譚紹洸道：「果如汝言，吾深悔棄武昌而走也。」晏仲武道：「是又不然。彼竭數路兵，合水陸之眾，不下數萬，以爭一武昌，志在必取。吾軍雖死守，終難於保全。若困憊已極，則逃亦難矣。今馮文炳之策，雖棄一武昌，不過早棄幾天耳，然猶能焚炸清兵。料此後清兵攻我城池，亦知所畏忌也。」譚紹洸道：「既不復爭武昌，則吾軍須入皖境。」晏仲武道：「必不可也。今只失一武昌，鄂省尚多退步；

若即走安徽，是湖北全省皆失矣。吾軍勢力未損，何必遠逃。以某愚見，不如先奔興國州城。以該州人心，素服吾國，故每次科舉，以該州人赴試為多。我既得人心，軍力又全，且與武昌相近，若金陵救兵一至，且能合力以攻武昌矣。」譚紹洸以為然，乃與諸將領兵同望興國州而來。

且說胡林翼既下武昌，一面奏報捷音，一面出榜安民。檢拾被焚的屍首，盡行掘土埋之。立令將修復城垣，以圖固守。忽聽得譚紹洸已奔往興國州，官文便欲提兵往取。胡林翼道：「我兵圍武昌，料譚紹洸必往金陵告急。恐金陵救兵不久必至矣，吾須留守以待之。且興國州城小易破，無勞大兵，只令一將前往可矣。」曾國藩道：「譚紹洸棄城而遁，兵力未損，恐未可輕視也。」羅澤南道：「某雖不才，量取一興國州，實如反掌耳。且深受侍郎知遇，雖死亦復何憾。」曾國藩從之，便令羅澤南領兵萬人，並部將八員，望興國州出發；又令塔齊布領本軍隨後起程，倘有緩急，即行接應。羅、塔兩軍去後，又令楊載福、鼓玉麟，統水師沿漢水而下，以壯聲援。分拔即定，曾國藩仍留鄂境，專候羅澤南好音。

且說譚紹洸望興國州奔來，將抵金湖附近，仍恐清兵相逼，又欲東逃。

馮文炳道：「官、胡即取武昌，必以兵力迫我；我若遠遁，不待湖北全境俱失，且清兵亦必窮追。不如暫屯興國州城，量敵行事，果終不敵，則且戰且退，以待救兵。某料既往金陵催請救兵，天王必有法以處之也。」譚紹洸道：「此言有理。」便令人馬到興國州駐紮。洪春魁請領兵紮在城外，待敵兵追到時，乘其喘息未定而擊之。譚紹洸亦從其計：即令洪春魁、晏仲武各領一軍駐紮興國州城外左右。時已傍晚，譚紹洸慮清兵乘夜追到，吩咐軍士，夜裡輪流替守。將近黎明，未見清兵到來，遂疑官、胡二人不再來追。馮文炳道：「清軍屢敗，一旦得了武昌，縱損失數千人，然亦自以為得意之事，自然乘勢進兵，恐不久清兵至矣。」正說話間，紛紛報到：羅澤南領兵追來。馮文炳道：「羅澤南乃浙江遺缺道，名位雖微，實湘中 儒將也。行軍最為緊慎，故緩緩而來。洪春魁欲乘其喘息未定而攻之，此策恐用不著矣。」譚紹洸道：「然則以何策御之？」馮文炳道：「今本州城有義勇軍一隊，不下四千人，內中且有女兵，可見民氣實在可用。今請將軍固守州城；而令洪春魁、晏仲武二軍迎敵，可偽敗以誘之。吾率義勇隊以抄出金湖，只如此如此。可以捉羅澤南矣。」譚紹洸即依其言，馮文炳亦撫循義勇隊，自為統領以襲清兵。次日清晨，羅澤南率兵而進，晏、洪兩將，亦一齊準備接戰。時羅澤南亦分兵以一半駐紮金湖，以一半進攻州城，隨報塔齊布一軍亦至。並探悉太平將洪春魁、晏仲武分軍而出，羅澤南乃請塔齊布先攻洪、晏二軍，自率兵圍攻州城。

不想譚紹洸軍力未衰，羅澤南奮力猛攻，終不能得手。隨聽得塔軍已勝太平軍，洪春魁、晏仲武已望東而逃。羅澤南謂部下道：「塔軍已成功矣，吾軍正宜奮力。」便令軍士悉銳進攻。譚紹洸在城上亦奮力抵禦，兩軍各有死傷。羅澤南正自焦灼，忽報興國州有義勇數千，已抄取金湖去了。澤南聽得，急撤兵而回。

原來興國州的義勇隊最為奮勇：男者任戰攻，女者任工役，各司其事。

馮文炳知其可用，乃領之往襲金湖。乃羅澤南迴軍後，馮文炳即約退數里，卻以村婦為前驅，另編一隊壯勇者，以橫擊之。計拔已定，羅澤南已到金湖：見營伍尚無損害，乃謂左右道：「彼必非求戰，不過以我攻興國州，欲擾吾以救興國州耳。此義勇隊皆屬民兵，必不能戰，吾當先破之，彼自膽落矣。」言罷鼓譟而前：見洪軍義勇隊分為兩隊；澤南亦分一隊，光防橫擊一路，即自領本軍與馮文炳接戰。不料馮文炳先已定計，於兩軍交綏時，令前驅村婦，盡行裸衣；羅澤南軍士不知其計，唯停槍注目以視。馮文炳即率後軍突進。所有另編橫擊一軍，又同時進攻。

羅澤南軍抵敵不住，望後潰退。馮文炳一馬當先，諸軍隨後猛迫，羅軍傷死甚重。馮文炳領一軍強壯親兵，直入羅軍中，要捉羅澤南。澤南此時已知無可挽回，唯策馬而逃。馮文炳追殺十餘里，羅軍死傷三千餘人，降者數千，餘外半多逃散。羅澤南所領一萬人馬，已化為烏有。馮文炳乃乘勝收軍，回取金湖。時塔齊布方攻晏仲武、洪春魁二軍，聽羅澤南軍敗，恐孤軍難支，亦引兵而還。故洪、晏二人，又以塔軍即退，乘勢追之。塔軍亦敗，奔至金湖，已見金湖大營，亦為馮文炳所敗，更無心戀戰，領著敗殘人馬，且戰且走，望武昌一路而回。洪、晏二將見塔齊布已經去遠，方始收軍。

且說羅澤南自敗於馮文炳之手，軍士傷死降潰，已經散盡，只有單人匹馬，望東而逃。見馮文炳軍已收去，方回馬西行，欲還武昌。自念此次領兵往攻興國州，實自報奮勇，只道取興國城易如反掌，今竟片甲不回，自悔來時誇大口，今番何面目見人？羞憤交集，且行且憤。已將近黃昏時分，但見荒山夕照，倒映疏林，一望皆山林田野，遠地村落中，已是炊煙四起。羅澤南停馬向農夫問路：叩以欲回武昌，將由何路而進？農夫見他模佯，身掛長槍，坐騎駿馬，已知是個官員。又見他欲回武昌，知是清國大將。內中一農卻道：「聞清將領兵來攻興國州，汝即其人乎？」羅澤南道：「吾即羅澤南也。」農夫聽罷，低頭不語。澤南心中怒極，但以為此乃無知農夫，不必與較，仍催馬而行。心中自念道：「當初若終身研究理學，設帳授徒，當不至此。」正想像間，忽近一短橋。澤南不知欲回武昌須過橋否？回望又無人可問，便策馬過橋。忽聞槍聲響處，羅澤南竟跌在馬下，即有一人從橋飛越而出。羅澤南揚目一望，卻是一青年童子，年約十四五歲。羅澤南道：「汝年尚幼，即能為逆耶？」那童子道：「我殺賊，吾未嘗為逆也！」羅澤南尚欲再言，那重子復放一槍，羅澤南登時殞命。可憐羅澤南以理學出身，號為儒將。當時設帳授徒，如李續賓、李續宜、蔣益澧、易良虎之徒，皆執弟子禮，為澤南門下士。一旦圖功名，與諸弟子舍學從戎，至今乃沒於重子之手，豈不可嘆。時人有詩嘆道：

湘中有儒將，名遍漢江間；
理學宗濂洛，風流仰戢山。
不曾嫻虎略，偏欲附龍顏。
何如終絳帳，猶勝裹屍還！

自羅澤甫歿後，官、胡諸將仍未知悉。及見塔齊布奔回，方知兩軍皆敗，但未知羅澤南下落。隨有自羅中逃出者奔至武昌，報稱羅澤南全軍俱沒，並述戰敗情形。胡林翼便問澤南下落？有親見澤南逃時景況的，卻道：「當我羅軍為馮文炳所敗，欲奔回金湖，與後軍會合；不想馮文炳率兵大至，連金湖各營皆潰，已見羅澤南單人匹馬望東而走，但不知他往何處。」各人聽得，皆為憂心。時曾國藩在坐，乃道：「若羅山有什麼差池，皆吾之過也！昔羅山在湘中講學，稱為湘中一代宗風。自洪黨陷了湘省，吾以國事艱難，人才缺乏，力勸羅山出山，為國效力。彼乃欣然樂從，與諸弟同入行伍中。伊弟子如李續賓兄弟，及蔣益澧等，皆成為能將。東南戰事，多賴其力。即羅山在吾軍，亦立功不少。若一旦喪在敵人之手，能勿悲乎？」官文道：「他既望東逃出，未必即為敵軍所害。想不久即回矣！」國藩道：「羅山性質堅忍，能識大體，若仍在人間，斷不輕於一死也。」林翼道：「以吾思之：殆凶多吉少。以武昌而東，皆為敵軍所盤踞。羅山單人匹馬，逃將安往？恐不免陷於敵人矣！倘有不測，吾甚借國家損一良將也。」說罷不勝嘆息，即令部下分頭探訪。到次日，方由軍士搬運羅澤南屍首回來。武昌各員，無不大慟，即行表奏入京：臚陳羅澤南戰功。即有諭旨：羅澤南著照布政使例賜恤，將平生事跡，宣付國史館立傳；又加恩予溢，並賜祭葬，不在話下。

且說那擊斃羅澤南的童子，正不知其姓名。原來興國州人，最嫉清國將官，謂其殘殺，反順服洪秀全。那童子、本是個獵戶人家，當羅澤南向農夫問路時，已從樹林中看出，故繞道出羅澤南之前，至於橋下，乃出其不意以擊之。時譚紹洸只道羅澤南全軍覆沒，幸成此大功而已。及紛紛傳說，知羅澤南於戰敗後被害，實出意外，欲求得手擊羅澤南者而賞之，終不可得，只以此次成功，全出興國州人之手，乃竭力撫慰人心；一面把武昌失守報知金陵；又飛報安慶，恐官、胡等乘勢東下，好預備守禦。忽得軍報，探悉李秀成已過安慶。譚紹洸恐李秀成未知武昌失守，急遣人飛報秀成，請他到興國。想見時譚紹洸訴說敗兵之事。李秀成道：「武昌存亡，實無關大局。中國若不能攻下北京，即能堅守武昌十年，亦復何補？」譚紹恍道：「君言誠是。然今局面已不同矣：武昌居長江上流，有俯瞰江南之勢。中國自林鳳翔失敗，未嘗舉兵北上。若武昌已失，安慶已危，故我一日未曾北上，即武昌一日關係重大。以目前而論，武昌實不可不爭也。」李秀成道：「此言亦殊有理。且天王視武昌如命，吾軍到此，當思妙策以窺復武昌。為今之計，急宜撫循附近武昌各州縣，以維繫人心，再圖進取可也。」即令晏仲武、洪春魁，各率兵攻取各郡縣，再報金陵以武昌既失，清兵必然大進，請遣良將先圖北進。並道：「我進則敵謀御我，實勝於我之謀以禦敵。且金陵尤為緊要，清兵將環集而攻金陵矣。」洪秀全聽得，甚以為然。時太平將羅大綱方駐廬州，清國欽差大臣和春，以大兵圍攻數旬，羅大綱以廬州糧多城固，拒守不屈；亦不出戰，和春見不能得手，解圍而去。羅大綱乘其退時，突出迫之。和春兵敗，折損三千餘人。羅大綱得勝回城，即令胡元煒及部將孔照文，領軍萬人，鎮守廬州。並囑道：「廬州雖小，力安慶北方封鎖，請諸君努力守之。」孔照文道：「未有天王訓諭，將軍帶兵何往？」羅大綱道：「和春繼向榮為欽差，受收江南之任，吾當請洪天王先破和春，以挫其威。和春一敗，張國梁無能為矣。今侍王李世賢，英王陳玉成轉戰浙江等省；李秀成又提兵往鄂，吾當固江南根本也。」孔照文應諾，督眾鎮守廬州。羅大綱乃率本部人馬，取道東行，一面報知金陵。

洪秀全以李秀成方請兵北進，乃令羅大綱先取揚州。羅大綱至金陵城外，適賴漢英由瓜州回來。洪秀全乃令與羅大綱一同北進。於是羅大綱領人馬三萬，率部將部雲官、劉官芳等；賴漢英領人馬二萬，率部將李春發、伍文耀等，分兩路而進。洪秀全親出城外勞軍。羅、賴二將辭了洪秀全，取道起程，時天國太平七年、三月初一日也。羅大綱瀕行時，謂賴漢英道：「揚州為江北要道，清將向榮曾據之以擾金陵。今託明阿、和春，亦重屯揚州，視為要地。昔老將林鳳翔，自揚州既破，即縱橫於江淮皖汴齊晉之間。今吾等進兵，亦當先破揚州，然後長驅大進。」賴漢英道：「丞相之言，正合吾意。某打聽得揚州城內，有知府世焜，及參將祥林守把。欽差託明阿，大營即駐紮城外。城內守兵亦只有七八千人。唯託明阿大營不下二萬人馬。若非先破託明阿，恐取揚州亦非易事也。」羅大綱道：「百足之蟲，雖死不僵；託明阿人馬既眾，破之不易。託明阿雖無用之輩，其軍中未必盡無能員。且吉林馬隊，向稱銳戰，若不能破他，揚州亦不能取矣，今請將軍以本部壓託明阿，吾即以本軍奪揚州。若揚州既下，託明阿必然膽落。合軍破之，如破竹矣。」賴漢英深韙其策，即依計而行。

且說清國欽差大臣託明阿，自從在皖省為陳玉成所敗，折兵數千，乃回駐揚州。再將本軍配以吉林馬隊，欲約會和春直攻金陵。計議未定，已聞羅大綱進兵，託明阿知照和春：羅大綱既離廬州，就好乘便窺復安慶；卻自以本部與羅大綱接戰。一面傳令揚州府世焜及參將祥林緊守城池；復飛報清江，調都統德興阿引兵到揚州接應。計劃甫定，羅大綱大兵已到。原來囉大綱立意先取揚州：於大軍未離金陵，即以精兵百人混入揚州城內為內應；及到時令賴漢英進攻託明阿一軍，又叫劉官芳領兵五千人，先行攻城，以試城內守禦之力。時劉官芳先攻南路，城內世焜悉力相拒。羅大綱卻令郜雲官率軍而東，直攻東路。參將祥林亦堅守不出。羅大綱卻統本部窺懈而擊。先以抬槍射擊城內，故城內人心皆為驚駭。比至入夜，忽見北門火起，世焜即急撥兵往救；又恐城中有人為敵內應，再撥兵巡察城中時，羅大綱望見城中火光，知是先派作內應親兵發作，特以大火擾動清兵。大綱即下令道：「守將分兵城內，必有事故，此機可乘也。」便率兵會同劉官芳，奮力猛撲。並道：「當於此時即破揚州。若遲一刻，則城中之兵皆被捕矣。」說罷即身先士卒而進。忽見城上一將，頭戴水晶頂子，大綱不知其何人？但見他手執令旗指揮守兵，竭力守禦，又不避矢石。羅大綱乃謂左右道：「此人真奮勇。若殺得此人，料守兵皆潰矣。」乃謂左右十餘人，相約一齊發槍，向那將攻擊。果然槍聲響處，那守將中彈而墜，城上守兵一時嘩潰。羅大綱乘勢，率兵直薄城垣，擲藥焚之：城垣突陷了十餘丈。羅大綱揮軍冒煙突火而進。城內知府世焜猶領兵向城垣陷處竭力抵禦，又不避矢石，至羅軍死傷十餘人。劉官芳卻令軍士各將器具，在城垣疊起，逾垣以進，時城樓守兵已無一人，故劉官芳安登城樓。世焜見不能挽回，始望後逃走。羅大綱乃率兵直進。亂槍齊發，知府世焜即中彈落於馬下。清參將祥林知南路潰敗，羅大綱已經進城，亦領兵齊遁。郜雲官攻進東門，那參將祥林正走時，忽前頭正遇劉官芳一軍，見其被敵人迎阻，知不能脫，乃拔槍自擊而沒。羅大綱盡降其眾。復令軍士擇城空地架疊柴草，縱起火來。問其故？羅大綱道：「賴漢英尚與託明阿相持，未知勝負。吾藉此火，以驚敵人軍心，而壯我軍銳氣也。」各人皆服其計。揚州既定，乃出榜安民。管教：

一戰成功，已見揚州歸版字；兩番用計，又教鄂省變旌旗。

要知後事如何？且聽下回分解。

李忠王定計復武昌　陳玉成棄財破勝保

話說羅大綱拔了揚州，令劉官芳撫卹災民，修復城垣，並留兵鎮守；自率本部人馬，令部雲官為前部在助賴漢英，與清國欽差託明阿會戰。時賴漢英已進攻清軍。那託明阿本無將略，唯以軍中人馬尚眾，料賴漢英不能遽破其軍，只令軍上堅壁緊守。並下令道：「揚州城池堅固，未必遽陷，我們且守著，等各路援兵大至，必大破洪軍矣。」以此之故，只於賴漢英進時，才悉力抵禦。賴漢英見託明阿不出，疑有別謀。部將李春發道：「託明阿並不知兵，有何別謀？今當悉力攻之，勿待其援兵雲集也。」賴漢英乃令李春發為左，伍文耀為右，自己居中，分三路猛進。

託明阿仍主力守。其部將緝順奮然道：「將軍授命為欽差大臣，朝廷欲將軍進攻敵人也。吾軍非守城者，何待守禦？敵至不戰，已為失計。且焉有擁數萬之眾，尚坐守營中，以待外援者乎？」託明阿不能答，乃與諸將出戰。時賴漢英等已逼至託明阿營前：前部列牌為壁，且攻且進，託明阿全失地勢。及戰至夜分，望見揚州城內火起，託明阿軍心惶駭，一時慌亂。不多時已報揚州失守，軍心益亂。賴漢英乘勢迫之，託明阿不能抵禦。羅大綱人馬又至，兩軍夾攻，託明阿更不能支，一齊潰散，只得領軍望西北而逃，志在與和春會合。羅大綱、賴漢英乃分頭追趕。追殺十餘里，方始收兵。計是役託明阿軍中，折傷八千餘人。託明阿只顧逃走，更不敢回顧，直奔至盱眙，見羅、賴二將退回已遠，方始心安。自念既失揚州，又損兵折將，因此憂憤交集，奏報入京，清廷大為震怒，立革託明阿欽差大臣之職，以將軍德興阿代之。時和春正由皖北迴軍，已知揚州失陷，乃車兵銳攻江浦；張國梁亦率兵往取六合，出洪軍不意，遂拔了六合城，以溫紹原守之。張國梁復與和春相約道：「揚州既陷，羅大綱軍勢正盛；吾若與戰，誠不易得手。兵法攻其所必救，不如合攻金陵，洪黨諸酋外出，金陵空虛，若有緊急，必以囉大綱回軍，此孫臏圍魏救趙之法也。待羅大綱回軍後，即以德興阿一路，先復揚州，以為吾等根據之地。然後據上游以撼金陵可也。」和春大然其說，一面知照德興阿，遂移兵逼攻金陵。

洪秀全聽得以和春及張國梁合軍，其眾不下六萬，恐為所困，乃先調羅大綱回軍。羅大綱聞命乃嘆道：「吾今番出兵，又成畫餅矣。天王有命，吾不得不從也。」遂留劉官芳領軍萬人，並部將指揮數員扼守揚州，自與賴漢英等復率兵向東南分道，拊和春、張國梁之背，以救金陵，不在話下。

且說李秀成進兵湖北，立意窺復武昌：先以賴文鴻、李昭壽、洪春魁、晏仲武收復附近各郡縣。官文、胡林翼遂疲於奔命，調兵遣將，往還應援，皆不能及，以至武昌附近州縣，皆為秀成所復有。會太平將陳玉成方由皖北進兵而西，先後陷潛山、太湖、宿松、黃梅，復轉向西北，當者披靡，直趨湖北。又陷英山、羅田、麻城，傳檄黃陂、孝感，勢如破竹。李續宜、李續賓、李孟群等，皆為所敗，縱橫千里，以次底定。計洪朝自武昌失守，鄂境皖境一帶，幾為官文、胡林翼所乘，至是乃軍聲復震。李秀成聽得，謂諸將道：「英王可兒，壯國家聲勢不少。吾窺復武昌，此其時矣。」先令人打探清軍情形。

時曾國藩方因丁艱回籍守制，所部楊載福、彭玉麟、塔齊布等軍，暫歸官文調譴。官文時已拜欽差大臣之命。以太平將李世賢方縱橫於江西各郡縣，兩湖皆為戒嚴，故鄂督官文、鄂撫胡林翼與湘撫駱秉章皆懼李世賢一軍由江西攔入湖南，不特湖南難保，更足要武昌之後。況石達開方縱橫川黔，若李世賢更由湘入川，與石達開相應，則東南大局，更不可問。湘撫駱秉章乃商諸官、胡兩人，官、胡兩人亦甚以為慮。乃令李續賓、李續宜仍在安徽攻戰，卻以塔齊布、楊載福領人馬入江西，邀李世賢之後，以為湖南聲援。官、胡卻仍留武昌，以防李秀成之攻擊。那時李秀成打聽得清楚，便謂諸將道：「彼重顧江西。於大敵當前，猶分兵四出，此官文之失算也。吾破武昌必矣！」乃謂李昭壽道：「洪山為武昌要道，勢所必爭。今洪山清將李孟群，所部不過五千人，汝領兵五千人，會同賴文鴻先爭洪山。苔官文、胡林翼遣兵往救，則吾之攻武昌更易；彼若置洪山於不顧，亦可先取洪山。得此，亦足以據武昌要害也！」李昭壽、賴文鴻得令去後，秀成又謂譚紹洸道：「漢陽系湖北重鎮，與武昌只隔一河，地勢在武昌之後。官、胡二人，只防我進窺武昌，必不防我復奪漢陽。今陳玉成既拔黃陂，該處與漢陽相隔不遠，吾當知照陳玉成，使分兵南下，以壯聲勢；公可扎筏渡江，以窺漢陽為名，料官、胡以漢陽為入湘要道，彼既俱李世賢攔人湘省，必懼我更得漢陽之後，即逕趨湖南，勢必分兵往救。公當其分兵渡過漢陽時，乘勢襲其救兵。一面與彼救兵相持，一面率一半人馬渡過對岸。無論能拔漢陽與否，武昌必然震動。我如此如此，即可以破武昌。」分撥既定，便告知各營，使準備往攻武昌。諸將以李秀成此次出兵太過於張揚為慮。秀成道：「吾正欲彼知我即攻武昌也。」是時官文、胡林翼知李秀成將來攻戰，便悉以精銳防守武昌。胡林翼道。「秀成此次出兵，布告各營，不畏為吾所知，吾恐其必有他謀也。」官文道：「彼盛屯興國州，不取武昌，待取何地？吾等經營數年，方規復此誠，若一旦不守，誠為可惜。今大冶、冰湖、梁子湖等處，已為敵有，彼進兵既易，安有不急徵武昌之理？非悉銳守之不可。」正議論間，忽報李秀成引軍來攻武昌。官文道：「果不出吾所料也。」即設法調兵守禦。忽又報秀成軍退，官文不信，再使探之。果然，未幾又報李秀成軍至。

原來秀成分軍兩路，一沿大冶，一沿梁子湖，以疑官、胡兩人。時官、胡兩人不解其何以忽進忽退。正在忖奪，已報到陳玉成分兵由孝感直趨漢陽；譚紹洸亦引軍渡河，前往會襲漢陽矣。官文大驚道：「漢陽有兵，不能擋陳玉成、譚紹洸之眾。若漢陽一失，即隔斷荊州訊息，湖南亦危，此時武昌更為孤立。自此兩湖皆休矣，速宜調兵救之。」胡林翼道：「吾初亦疑其有他謀，吾二人並驟於此，自孤其勢，頗為失著。漢陽雖重要，然欲救之，只合早為布置，若此時分兵，恐武昌更危矣。」官文心中：「以為胡林翼為湖北巡撫，自然專顧武昌；我為湖廣總督，應兼顧兩𣶶。遂力抗林翼之議。且是時紛傳侍王李世賢，將以大隊壓入湘境，湖南一省大力震動。湘撫駱秉章雪片似的文書，正請設法援應。官文便不再知會胡林翼，即以提督李成謀、道員多山領兵急援漢陽；復知照將軍都興阿由宜昌領兵上進，以抗陳玉成支隊。李秀成探得官文已分兵往援漢陽，乃率諸將力攻武昌。官、胡兩人守禦不屈。忽報往救漢陽一軍，於半渡時為譚紹洸所擊，所有浮橋盡被敵人燒毀，今敗兵正逃回城也。官、胡聽得大驚，舉止失措。守兵望見城外火光，大為震動。正在倉皇之際，飛報洪山失守，李孟群敗走，為敵人所壓，不能回應武昌，因恐漢陽失守，已直奔漢陽去矣。

原來賴文鴻與李昭壽往攻洪山，李孟群亦防戰不屈。孟群有一妹，好談兵事，自編女兵一隊，隨兄出征。當太平將賴、李二人到時，與其兄併力防戰。李孟群久知賴文鴻槍法利害，俱自己裝束為敵人所認，乃令手下親兵喬妝如已裝束在前，自己卻在後督兵。果然文鴻見李孟群奮力防守，即謂左右道：「若能先殺死李孟群，則敵軍必挫矣。」乃擎槍發擊，即應聲而倒。清軍疑主將已亡，一時慌亂。不知所擊者非真李孟群也。時賴文鴻、李昭壽見孟群軍潰，乃盡力衝擊，清兵大敗。李昭壽乃請賴文鴻直躡清兵之後，又懼清兵奔回武昌，反增武昌守禦之力，遂率兵轉向武昌：一面橫擊清國敗兵，一面助攻武昌而去。

不想官文自聞兩路軍敗，前往漢陽的兵，又紛紛擁回武昌，人心益搖，防守亦懈。正沒措手，已被秀成攻破東門。先在城垣下，疊草舉火，以驚人心。於是城內清兵以為城已盡陷，各自逃竄。官、胡二人，亦由南門逃出。秀成遂率兵直進城中。時前任鄂撫陶恩培，方留省幫辦軍務。不知武昌已陷，乃與總兵王國才，由咸寧帶兵來援。不知官文、胡林翼已高城退守漢陽；亦不知武昌早已為李秀成所得。在昏夜乃率兵竟進城中。望見李秀成旗幟，方知武昌已陷，乃大驚。方欲退時，已為李昭壽所截，遂相與巷戰。少時賴文鴻一軍亦到，諸軍相繼而出，互相夾攻。陶恩培先為李昭壽擊殺，全軍皆降；總兵王國才知不能脫，亦自刎而死。賴文鴻下令招降王國才的人馬。當巷戰時，城中極為震動。及次早李昭壽、賴文鴻報捷，李秀成笑道：「焉有城他已陷，猶未打聽清楚，即魯莽進城者乎？清國用此等人帶兵，安得不敗？」當下重賞諸軍。以漢陽一地，清將既有多隆阿把守，又以都興阿由宜昌上駛，今胡林翼、官文、李孟群又相繼赴漢陽，是漢陽清兵雲集，取之亦殊不易。乃令譚紹洸回軍。一面將收復武昌情形，報知金陵。

以諸將此次戰事之中，以李昭壽先能取各郡，繼奪洪山，又斬巡撫陶恩培，遂錄李昭壽為功首。自此李秀成益重視李昭壽：日則同食，夜則同榻，待以殊禮。譚紹洸道：「忠王之重李昭壽過矣！」李秀成含糊答道：「昭壽驍勇善戰。每次出兵，當者皆潰，幾於戰無不勝，攻無不下，吾所以重之也。」譚紹洸道：「此人驍勇善戰，誠如忠王所言。然昭壽賦性剛愎，立心奸險，如魏武帝謂司馬懿，所謂鷹視狼顧，後必生亂，不可不防之。切勿付以大權，否則恐為國大害矣。」李秀成聽罷默然。徐遣退左右，乃向譚紹洸道：「公固能識李昭壽者！特弟所以重之，亦不得已耳。」譚紹洸急問其故？李秀成道：「吾國自林鳳翔歿後，北進無期。今捻黨龔得樹、張洛行、苗沛霖等，以數十萬之眾，橫行於齊、魯、秦、晉、河朔之間，聲勢甚大。李昭壽與張洛行等為至交，吾欲藉昭壽聯繫捻黨，以牽制北方。待吾等撫定東南，即可以長驅大進耳！」譚紹洸道：「雖然如此，亦宜慎防其人。」李秀成道：「其凶暴叵測，吾固知之。吾待以恩遇，以結其心，必能為我用矣。」譚紹洸唯唯。

時秀成正欲由湖北入河南長驅北進，乃令軍士修復武昌城垣。以武昌屢次被兵，居民太苦，即發賑居民。並令晏仲武領兵駐守洪山，以為武昌犄角。又令阻斷武漢河道，以防漢陽清兵；又令增修水師於妙河，以防清國水軍掩擊。仍令譚紹洸領著重兵，與洪春魁、馮文炳鎮守武昌。布置才畢，適燕王秦日綱馳到。秀成道：「自黃文金被困於浦口，公久駐安慶，何以忽然至此？」秦日綱道：「黃文金為左宗棠所困，吾又以安徽多事，不敢稍離，今文金已回安慶矣。左宗棠軍勢極銳，清廷已有旨升他為候補四品京堂，襄辦皖南軍務。幸林啟榮由九江分兵，出其不意襲擊左軍，故文金得以脫險，今可以無事矣。我今奉天王之命，恐忠王攻武昌不下，故領兵來助。今已規復武昌，是何神速也！」秀成乃將攻取武昌計劃，向秦日綱細述。並道：「吾正欲北征，懼武昌兵力單薄，燕王到此，正合用著。就請以公本部大軍，巡視武昌附近，以防漢陽，兼保武昌。吾北征亦可以無後顧矣。」燕王秦日綱領諾。忽金陵有急報飛到：以清將德興阿方困揚州，賴劉官方設計死守，而和春、張國梁兩路大兵，又合窺金陵。雖有洪仁發、洪仁達在金陵防守，但羅大綱、賴漢英屢與和春、張國梁交戰，只互有勝敗，不能取勝。現清廷又以福建延郡道李鴻章，調署江蘇巡撫。李鴻章並借洋人的利炮，銳意進窺蘇常。故鎮江楊鎮清及溧水吉志元兩軍，俱不能移動。特請忠王先回金陵。待金陵穩固，然後由淮揚北進等語。李秀成嘆道：「局境如此，吾徒東奔西走耳。」乃先知照陳玉成，使由鄂北直進河南，而自以本部趕回金陵。一面令李昭壽領驍騎五千人，星夜趕赴揚州，以壯聲勢。秀成即領大兵，望金陵而去。且說英王陳玉成，兩目上有摺痕，清兵謂為「四眼狗」。鷙悍善戰，所向無敵。自縱橫皖鄂，撫定各郡之後，威聲大震。及得李秀成知照，即欲由鄂入沛，忽報清將勝保領本部人馬三萬人，並吉林馬隊由皖北直趨鄂境，單攻陳玉成，以援武漢。原來勝保自破了林鳳翔之後，清廷即調他攻伐捻黨，及向榮敗死，武昌復為李秀成所奪，官文、胡林翼俱敗，以東南震動，乃再調勝保南下。那勝保以在皖北時，屢為陳玉成所挫，方憤前敗，至是悉銳與陳玉成相爭。陳玉成聽得，恐勝保躡其後，遂暫緩進兵汴梁，先移兵馬單迎勝保交戰。方抵安徽，已與勝保一軍相遇。兩軍尚相離四十里，陳玉成相度地勢，先在八鬥嶺屯營。

那八鬥嶺地勢崎嶮，峰巒拱伏，絕妙一個戰場。陳玉成踞之，以為大營；復在八鬥嶺前後分扎各營，共連營數十里。軍中四萬人，號稱十萬。每夜置燈火，光氣燭天。諸將問其增燈火之故？陳玉成道：「勝保屢為吾軍所挫，其軍必怯，吾因其意而用之，故以軍勢懾之也。」諸將皆服其計。陳玉成復集諸將道：「勝保此來，銳意與某決個雌雄；故以三萬之眾，再附以吉林馬隊，眾寡與吾軍等耳！彼志在速戰，不借百里賓士，吾扎於此以待之，已得以逸代勞之法。勝保到時，吾以前軍迎戰誘敵，而以後軍抄出擾之。吾窺便以大營進擊，破勝保必矣。」遂令前軍驍將蒙得恩如此如此；又令後軍驍將林紹章如此如此。自與副將韋朝綱、洪容海，準備窺便進戰。

時清將勝保，因欲直躡陳玉成，故日馳七八十里；聽得陳玉成駐軍八鬥嶺，乃笑道：「四眼狗必敗矣。彼知老守兵法，以為據高視下，勢如破竹，故屯於八鬥嶺中。如馬謖窮守街亭，吾困之直如反掌耳。」忽報稱陳玉成屯兵八鬥嶺，前後皆有連營，橫亙數十里。計點夜裡燈光，不下十萬人也。勝保道：「此是虛張聲勢，不足俱也。」但勝保雖如此說，清軍已有震懼，勝保乃雜在前部親行窺探：終不明玉成所紮營盤，是何用意？即與部將道：「陳玉成前軍頗占地勢。但他連營數十里，後軍且距在嶺後，必呼應不靈，何以用軍。吾實是不明其意！今當以吾前軍並撥吉林馬隊之半，向彼前軍挑戰，先行試敵；吾留大營觀陳玉成動靜可也。」便令提督李若珠、副都統舒保兩軍先出，一聲吶喊而進。蒙得恩先得陳玉成之命，初猶不出，及陳玉成已知勝保調兵先進，卻先令後軍橫繞而出，直攻勝保大營。待後軍既動，徐在大營將紅旗一舉，蒙得恩即率兵接戰。自辰至午，勝敗未分。蒙得恩遂約兵而退。清將李若珠、舒保，各奮力追趕。陳玉成在嶺上亦故作約兵退後之狀。勝保見前軍得手，正率大兵繼進，忽見陳玉成後軍已橫繞而出。勝保乃留本部窺看陳玉成，而令總兵勒阿及副都統恩布領右軍向陳玉成後軍交戰。勝保居中，左右應援。兩軍喊殺連天。忽然陳玉成前後兩軍皆潰，陳玉成亦有逃狀，率大營奔至嶺後。勝保乃深信陳玉成真敗，即揮軍直進。

陳玉成前後兩軍，皆受有密計：退兵時，沿途把財物拋擲。那勝保軍士見滿地皆玉成軍中遺下財物，乃紛紛爭取，隊伍全亂，勝保已知是計：乃下令不得貪取財物，軍士那裡肯聽？只顧取財物，不顧敵軍。陳玉成知敵兵中計，又將紅旗一舉，前後兩軍一齊殺回。陳玉成又將大營分為兩路，左右截擊。清兵仍自爭取財物，絕不顧及戰事，被陳玉成人馬萬槍齊發，勝保軍士死傷不計其數，因此大敗。玉成乃領兵直衝清營，要尋殺勝保。管教：

屍橫遍野，英王方奏捷而歸；身陷孤城，良將又盡忠而去。

要知勝保性命如何？且聽下回分解。

守六合溫紹原盡忠　戰許灣鮑春霆奏捷

話說勝保一軍，被陳玉成用計：令軍士拋擲財物，致令清軍爭時忘戰，以致大敗。陳玉成即令左右兩軍齊進，自率本部大軍，直衝清營，要捉勝保。時勝保見軍士爭取財物，禁止不住。又見陳玉成軍士進如潮湧，陳玉成居中，蒙得恩居左，林紹章居右，三路一字兒追趕。萬槍齊發，來勢十分凶猛。即傳令：「諸將雖敗，亦要力御追兵；若只顧逃走，不知敵軍追至何時，反要片甲不回，性命難保也。」諸將聞言，便振聲一呼，於是李若珠、舒保、阿勒、恩布四將，也鼓勵三軍，分頭抵禦。太平軍見清軍忽然回戰，以為清兵有了救兵，軍心稍卻。不想李若珠、舒保正在抵禦來兵，突見陳玉成一支人馬，直衝入清營中軍，當者披靡。又聽敵軍揚言道：「勝保已被困矣！降者免死。」清兵聽得，各自慌亂。李若珠、舒保聞主將勝保被困，不知是真是假，急回軍救護，隊伍一時慌亂。太平將林紹章、蒙得恩乘勢猛擊，清兵更分頭亂竄。陳玉成軍中槍炮齊發，清兵死傷更眾：但見屍橫山野，血漬荒原。陳玉成率兵踐屍而過，仍不住追擊。李若珠、舒保、保著勝保奪路而逃，回望後面，喊殺連天，也不及回顧。少時阿勒、恩布二人，亦領敗殘人馬趕到，謂敵軍勢大難以抵禦，須從速逃走。勝保方仰天而嘆。徐見後路喊聲又近，陳玉成人馬，又漸漸逼至。勝保此時唯與諸將沒命奔走，被陳玉成追殺三十餘里，方始回軍。陳玉成大獲全勝，仍暫屯八閂嶺，大賞三軍。一面令三軍將兩軍死亡者掘土掩之；一面向金陵報捷。

時勝保既敗，見陳玉成人馬退去已遠，方始心安。計點攸殘兵士：合各路只存萬餘人，其餘或死或傷或降或逃，已折去二萬有餘，將校死傷數十人。勝保乃嘆道：「勇如林鳳翔，吾尚破之。偏屢與四眼狗交戰，未嘗一勝，豈天不欲吾與洪黨戰乎？何不幸至此！今二停人馬折去兩停，挫動銳氣，復損失諸公虎威，皆吾之過也。」即入奏報告大敗情形，將李若珠、舒保兩路分隸欽差和春部下，而以本部及阿勒、恩布兩路軍馬，引向淮南，招集逃亡，再圖恢復，復行奏請降去欽差大臣之職。

時清廷咸豐帝頗能用將，唯降旨慰諭勝保，復留為欽差大臣。著以整軍再戰。然自勝保敗後，當時人士乃起一種謠言道：勝保音似兔，陳玉成名「四眼狗」，兔非狗敵，故必敗。這等語，至今依然傳誦。這都是閒話，不必細表。

單說洪秀全在金陵，自李秀成復取武昌；今陳玉成又大破勝保，自此江楚局面聲勢復振。視譚紹洸失守武昌，乃黃文金被困浦口，向榮屢撼金陵之時已自不同。怎奈和春、張國梁二人仍屢攻金陵不已。正自憂悶，恰李秀成至，洪秀全大喜，即把金陵情形，向秀成細述一遍。並道：「得卿如此，朕無憂矣。」秀成先述報江楚情形，又道陳玉成軍鋒極銳，但已疲戰矣。強而用之，如強弩之末，難穿魯縞，宜令暫行留皖休養。秀全復向秀成問以防守金陵政策。秀成道：「和春本非將材，唯所部多向榮舊部，久經戰陣，故其兵尚可用耳。張國梁屢敗不懼，精悍好鬥，與和春共事一方，亦足鼓和春之氣。若能以勁力制和春，和春一敗，張國梁勢孤，破之至易。彼二人本以揚州為根據，今德興阿力圍揚州，實為根據計也。吾已令驍將李昭壽領銳卒繞道先趨揚州，以卻德興阿。若德興阿一退，和、張二人俱腹背受敵，吾再以兵力懾其前，彼不退何待？是金陵之圍自解矣！」洪秀全道：「吾甚憂江南大局，唯卿足以解吾意耳。」秀成又道：「但退和春、張國梁，本是不難。恐退而復至，是吾等亦疲於奔命。查六合力金陵與揚州往來要道，上抗天長，下撼江浦，彼若出攻金陵，瞬息即至。今六合久為敵人所據，屢攻不下，使和春、張國梁隨時得六合為根本，以擾金陵，實吾之大害。今當先破六合，使彼失其依據，則彼自易退矣。」洪秀全以為然。秀成乃部署所部人馬，揚言單攻和春。

時李昭壽一軍亦已馳到揚州，在城外駐紮，與劉官芳互為犄角，屢挫德興阿一軍。以致德興阿立腳不住，引軍奔回興化，揚州之圍遂解。那和春聽得德興阿已退，料太平將李昭壽必取建瓴之勢，從揚州而下。又聞李秀成一軍將到，心中益懼。料此次窺取金陵不得，且恐腹背受敵，為害更深，便先自引軍回駐天長，江浦之圍亦解。只有張國梁一路，恐六合不能久守，欲為六合聲援，仍未退兵。李秀成謂諸將道：「國梁蠢悍，竟敢不退，吾有法以處之矣！」乃令賴漢英一軍，與張國梁相持，以牽制之。令羅大綱分撥部雲官一路，助賴漢英聲勢：上遏張國梁，使不能在援六合；再令羅大綱會攻六合一城；復調李昭壽回軍，與賴文鴻各為一路，分攻六合，秀成乃居中指揮。左右皆疑道：「六合一縣城耳，即欲破之，胡費如此兵力？李秀成道：「非爾等所知也！六合城小堅固，守將溫紹原極為英雄，部下亦多能戰之人，守禦甚為得力。回思數年以來，六合一城，屢得屢失，然每攻下此城，皆在溫紹原既離之後，可知此人精於守禦，非以勁力致之不可也！」左右皆服其論。於是太平兵馬，環集六合攻城。

且說清提督溫紹原，自奉命鎮守六合，與部將李守誠、羅玉斌、海從龍、夏定邦、王家乾等，前後六年間，共守了六合數次。若溫紹原往攻別處，六合即為洪秀全所得；若溫紹原在六合鎮守，即經洪秀全命將調兵，屢次攻擊，皆為溫紹原所卻。以故溫紹原英勇之譽，附近婦孺。無不知名。當溫紹原最後回守六合時，察度地勢，修繕城垣，於城垣內增築輔牆，較城垣略低些，以便駐兵守禦，使能向外攻敵，而敵人不能攻及守兵。所部八千人，以一半屯城外，互為救應：如敵軍在遠，由城垣外守兵擊之；敵軍若近，由城垣內守兵擊之。或內外夾攻，相機發令。復在城外增築炮壘，分駐炮隊，以為助力。大凡炮壘，其炮位必然向外。唯溫紹原所築炮壘，無論向內、向外，皆有炮位，不幸城垣已陷，倘炮壘未毀，仍須攻戰，大有城亡與亡之勢；又於城垣外掘有深坑，以防敵人偷掘道地，並防埋藥焚炬。種種裝置，十分完密。且溫紹原平日，優待部將，皆稱兄弟，示以親厚，以期得力。若軍士被傷，必親自慰問；即軍士遇有疾病，亦給資調理，以是極得軍心。所以將校士卒，無一不為溫紹原願效死力。自再守六合以後，知六合為洪秀全所必爭，每日必親自巡視四門各營。又恐士卒勞苦，將所部千人，分為兩班；十日為期，屆期瓜代。及聽得李秀成將攻六合，乃鼓勵將校軍士道：「李秀成在敵軍中最為勇悍。今合兵來爭，非尋常敵兵可比。諸君各宜努力。金錢獎敘，某不願獨私，此諸君所知也。今和春既退，張國梁又被牽制，是六合之勢已孤，唯不可因此即生畏懼。吾與諸君受國厚恩，兼承重任，吾早以死自誓。一息尚存，斷不少懈。吾不負諸君，想諸君必不負吾也。若彼此同心，共行奮力，彼李秀成豈能正視此城！故城之存亡，盡在諸君奮力與否耳！諸君如能用命，固在今日；如其不能，請各自離去，慎勿中途貽誤大事。即諸君散盡，吾唯獨坐孤城，以死報國耳！斷不忍遽去也。」說罷放聲大哭，三軍無不感動。皆大呼願從軍令，以效死力。於是溫紹原先行圍聚糧草，以壯軍心；伸明號令，整肅旌旗，準備守備。

早有訊息報到李秀成那裡。秀成以溫紹原守禦完密，極為焦慮，乃令軍中盡購攻城之具，無一不備。以便隨時可以應手。正欲商議進攻，適李昭壽帶兵到。李秀成謂昭壽道：「吾知君衝鋒陷陣，最為驍勇，此任非君不能當也。君可領精兵為前隊，溫紹原非尋常可比，可冒死撼之。六合一下，即江南之大患已去，君此功不小也。」李昭壽慨然領諾。秀成又喚賴文鴻道：「君有神槍手飛將軍之名，百發百中！可領本部自為一隊。某料溫紹原必臨城督兵。君領兵休便近城，可望城上有紅頂花翎青，先發槍擊之，若擊得溫紹原，則六合不下而下矣！」賴文鴻領命而去。李秀成即與羅大綱督兵繼進：各路鼓譟而前，且攻且進。不意六合城中，全無動靜。

李昭壽方領兵先行。賴文鴻亦依秀成所囑，用望遠鏡窺定城上，次第發槍，皆不能擊中要害。因溫紹原早知秀成軍中，有一賴文鴻槍法精利，懼為所擊，先在城上築定堅厚短牆，凡將弁俱立在垣內督兵，以避槍擊。故賴文鴻仍不濟事。忽然六合城上號炮一響，槍聲齊發，秀成軍士大受損傷。李昭壽背上先中一彈子，昭壽大怒，不特不退，反欲奮力，以報一彈之仇。唯秀成知此次攻城，必不能得手，徒損將士，只得傳令收軍。賴文鴻人帳稟道：「溫紹原守禦極嚴，可仿做呂公車攻之。」秀成此時亦未有奇策，乃依文鴻之言，將人馬分四路環守，以決六合通運之路。然後召工役萬人，不分晝夜趕做呂公車。

唯溫紹原見秀成連日不出，即謂諸將道：「秀成雖敗，仍未大傷，何以不進？必有異謀。」乃令城外軍士增固長壘，準備火器，以防衝突。約數日後，秀成軍果至。以呂公車為前部：車中軍士各執長槍，俾向外攻擊；復以炮隊為第二路，諸軍隨後而進。令攜帶火藥，從備行近城時，焚炸城垣。不想溫紹原從城垣上窺視，乃謂右左道：「秀成所用乃呂公車也！若以槍擊之，必不中要害；可待其近時，以火焚之。」傳令既畢，秀成軍士已至。唯溫紹原軍中絕無動靜，遠地但見城外長壘，已經增高；壘外復鎮以亂石，以圖堅固。秀成仍令前隊呂公車護軍而前。先令車中軍士，發槍試敵，乃六合城內外全不答應。

清兵只伏在內垣，外壘之間亦不見一人。李秀成再令炮隊發炮，以攻長城外壘。奈長壘之外，溫紹原早布以鐵網，外即是橫濠，故彈子俱落在濠中。秀成大怒，唯令三軍冒險而進。忽然城內號炮又響，城內炮壘先以炮還擊。秀成中軍及呂公車行近時，清兵紛紛對付火器。那呂公車本是木質，最易著火，故秀成不特不能攻進城垣，反致挫敗，折了好些人馬。秀成沒奈何，又唯有傳令收軍。秀成乃復令羅大綱領軍，巡視要道，以斷六合交通。一面以兵力圍定六合。沉思默想，自籌良法。猛然省起一事：急令人查探六合城濠。

溫紹原欲濠運利便，正深挖濠底。秀成急令購置小艇，艇上支以薄鐵，並裹以棉花，以御彈子；置軍火於艇中，準備攻城，卻密召賴文鴻，李昭壽囑道：「溫紹原所恃者大砲耳！吾以小艇沿壕而進，非炮力所能及；若彼用槍擊，吾以薄鐵片及棉花置諸艇上，即可以御之。方今清朝時節，雨水正多，小艇可往來於濠中，吾此計可行矣。」乃令賴文鴻、李昭壽，各領小艇隊，分沿東南兩濠而進，待逼近城垣時，即擲彈藥焚之。李、賴二將領命去後，秀成復令軍隊隨後起程。意待賴、李二將，焚陷城垣時，即擁兵而進。復令羅大綱率兵擾攻西北兩路，以分溫紹原之力。計劃既定，各皆依令而行。原來溫紹原亦防城垣或陷，致被秀成撲進，卻撥二千人，分隊為城中游擊。無論何處城垣陷了，即一齊發槍，以拒來兵。自己仍不住的在四門督視。那日正見無數小艇，沿濠而進，溫紹原看了，面色為之一變，已知秀成用意。但念此等小艇，非炮力所及，用槍又恐擊不中要害，一時無計，唯秀成的小艇隊漸漸逼至，只令守兵權且發槍御之。卻令城中游擊各路，盡向東南兩門，囑令若見城垣一陷，即一齊發槍猛御勿退。軍中得令，已見秀成小艇隊，已搶近城垣，離不及百丈，溫紹原傳令發槍。唯槍彈到艇面時，即卸落水中。賴文鴻、李昭壽卻冒險而進，直撲城垣，一齊拋擲火藥。忽然轟天震動：東南兩處城垣，皆陷了十餘丈。

時秀成方隨後繼進，仍以呂公車為前隊，向城垣陷處直搶。不料城垣之內，又有輔牆城內守兵，千槍齊發。溫紹原的部將李守城手執令旗，指揮軍士，被賴文鴻眼快，提槍一發，李守成已先死於馬下，清兵稍卻。那溫紹原恐軍士退後，即親自擂鼓，清兵卻不敢退，仍不住手的放槍抵拒。故秀成小艇隊，終不能登岸。李紹壽大怒，急提槍向城內執旗官猛擊。那執旗官，正是溫紹原部將海從龍，早應聲落馬，把令旗撒在地上，部兵一時驚潰。李秀成乃發令猛攻。所部將抵城垣，不意溫紹原仍督率各軍，將火器擲下，焚毀秀成所用呂公車。城內部將如羅玉斌及夏定邦繼李守城及海從龍之後，率軍在城內守禦，城已幾陷，清兵依然奮勇。溫紹原在城樓上又奮勇督戰，不退半步。軍士見之，皆道主將如此，吾輩何必畏死乎！一齊依舊還槍抵拒。忽北門飛報：太平將羅大綱，率大兵來爭北門。溫紹原道：「此李秀成恐攻城不下，故以囉大綱分吾軍力耳！」只令部將王家幹，奮力守禦北路；並令此軍，不要慌亂。故李秀成幾番猛擊，終不能進城；且見士卒死傷甚多，呂公車又多為溫紹原所毀，唯有傳令左右小艇隊先行退出，將本部護小艇隊而退。這一次攻城已陷了城垣兩次，仍不能得手。計點士卒：又死傷二千餘人。退兵之後，一發納悶。傳令將各路約退十里，只令環守六合，使斷絕外來交通，另籌良策。

隨即大會諸將商議，李秀成道：「吾用兵以來，未見有守禦之能如溫紹原者！與吾國林啟榮之守九江，實相伯仲，即古之張巡不能過也。六合不下，金陵不安，諸君有何良策？」羅大綱道：「吾軍以十萬之眾，不能下一六合小城，實足為天下笑！請不必多用別法，唯以軍力猛勇攻之：如鼠鬥穴中，唯勇者勝耳。」賴文鴻道：「不如赴金陵，再請增兵以撼之。」李秀成道：「吾軍在此不可謂不眾，何待增兵！吾今已思得一計，可柔以制之也！」李昭壽便問以柔制之道？李秀成道：「吾今先停止攻城之事，而以兵四面環守六合，彼交通既斷，城內必有絕糧之日。此時欲取六合，如反掌耳。」李昭壽道：「然則以大兵停滯於此乎！」李秀成道：「非也！張國梁一軍尚在，溫紹原猶有待救之心，不如增兵以助賴漢英，先退張國梁，使六合外援既絕，糧道又困，人心必亂，吾始因而乘之，是即以柔制之道也！」諸將皆以為然。秀成便令羅大綱前往助攻張國梁，然後將本部人馬四面環守，以絕六合水陸交通各道。令賴文鴻、李昭壽各統兵馬，輪流虛作攻城，以擾城內軍心。李秀成復引兵四面巡視，以防六合於意外得有接應。因此把六合一城斷絕外應。唯六合城中以連日不見秀成攻城，以為秀成將退，心中竊喜。獨溫紹原更為納悶，密謂部將羅玉斌道：「秀成用此計，六合殆矣！」羅士斌急問其故？溫紹原道：「我軍只能戰，而必不能守；彼若來攻城，猶可挫之，待其銳氣折盡，即可退兵；今彼不來攻城，將四面斷我交通，城中軍民雜處，糧食浩繁，焉能持久？是彼不戰，而吾等已坐斃矣。」羅玉斌道：「張國梁大軍離此不遠，或不久可來援應也。」氣溫紹原道：「此更無望矣。秀成若不來攻，來必先退張國梁一軍也。彼能斷我交通，豈不能斷我外援乎？」羅玉斌深以為然，然終無法以對待，唯有督軍修繕城垣，將人馬日日訓練，並不將秀成四面圍困六合之事說出，以穩住人心。

早有人報知李秀成，以溫紹原日日修城操兵之事。李秀成聽得大喜，人都不知其故。次日忽報清欽差和春，特遣總兵陳升帶兵一隊，約五千人前來助守六合。秀成道：「彼此次援兵，必有輜重。」乃令李昭壽領本部人馬，往襲六合援兵。並囑昭壽只要掠其輜重，即放他援兵進城。李昭壽領命去後，時陳升領兵由天長而至，李昭壽先在中途埋伏，待陳升過後，果然有輜重相隨，李昭壽乃引兵直襲其後。時陳升人馬以為中了敵人埋伏，不敢戀戰，盡棄輜重而逃，及陳升知得已回救不及。李昭壽盡焚其輜重，復引兵陽作追趕之狀。陳升見隊伍已亂，不能回戰，只率兵直奔六合來。溫紹原見援兵已至，見敵兵隨後追趕，援兵為人所擊，急開門迎納陳升。那李昭壽亦不再攻城，只引兵回營繳令，并問李秀成道：「前聞溫紹原修繕城垣，操練人馬，大王既喜形於色；今又令未將縱其領兵入城，不知是何故也？」李秀成道：「此易明耳。吾正欲斷其糧道以乘之。彼日唯修城練兵，工事過多，則軍中食糧尤巨也。吾唯懼彼屯田裕餉，今溫紹原於前不及見此，今已無及矣！且吾軍非眾寡不敵，彼僅增數千援兵，於吾何損；彼若有謀，當以死士殺出重圍，催大兵以接濟糧餉，方為上策！吾料溫紹原方寸已亂，見不及此。今只增數千人於城內助守，則無須此兵，而城內人多，則糜餉尤大，是絕糧益速，吾故縱之入城也。」李昭壽深為拜服，自此依然分道環守。

如是又兩月有餘。時羅大綱、賴漢英兩路，已攻退張國梁。而洪秀全又以六合未下，令遵王賴文光引兵來助。李秀成乃大會諸將告道：「吾今番可以破六合也！吾昨日帶兵佯作攻城，見溫紹原守兵槍力已緩，而隊伍不齊，蓋軍心亂而精力減，餉項之睏乏必矣。今勿失此好機會。若再閱時日，恐和春知陳升輜重已失，必糾合張國梁、都興阿同援六合，則吾軍殆矣。不知諸將誰敢當先？」說罷羅大綱、賴漢英、李昭壽、賴文鴻、賴文洸等，一齊應聲願往。李秀成道：「羅、賴二將疲戰方回，可分道繞攻六合各門，以助聲威。」乃令驍將李昭壽、賴文鴻，為左右兩路先行。卻令賴文洸，先攻南門，然後各路繼進。秀成並道：「若賴軍先攻南門，而敵人若多，移兵南路助守，則吾之破敵更易；不然彼亦不能久持矣。務使四面圍攻，水洩不通方可。」羅大綱道：「何不分攻三路？特留一路，以待溫紹原逃走乎？李秀成道：「溫紹原必不逃也。非四面分其兵力不可。且勇如溫紹原，安可留之，以資敵乎？吾意決，請匆多疑。」秀成更令李昭壽、賴文鴻，制定大面堅厚藤牌，以御槍彈，使為前路護軍前進；各人皆攜帶乾糧，毋得退後，以攻進六合為止，那時自有重賞。分撥既定，準備進兵。

原來溫紹原軍中輜重乏絕，乃盡出私款購米於民，亦所得無多；因城中已被困三月，粒米未進，居民已有菜色，安能再助軍兵。溫紹原不勝憂悶。忽羅玉斌入見，請辦屯田。溫紹原道：「此時亦不及矣！益以陳升一路無糧之救兵，更為緊迫。且不特糧草已乏，子藥亦稀，若秀成來攻，如何拒敵？」正在嗟嘆間，忽報張國梁一軍已被秀成攻退，外援更絕矣。溫紹原道：「此亦意中之事。所惜和春全無將略；統數萬之眾，乃觀望不前，坐視危我六合，喪我三軍也。」說罷，又報李秀成引各部人馬大至，分四面攻城。溫紹原聽得，乃淚如雨下。哭道：「吾死不足惜！然誤我軍民矣！」乃一面拭淚，赴城督戰。先是南門告警，溫紹原道：「被必注意東門。今先向南路進攻，只欲移我軍耳！唯令諸軍不要張皇，敵來則奮力抵禦。」溫紹原雖如此說，奈軍中糧草既絕，而子藥亦微，無有不必慌之理？還虧溫紹原平日治軍有恩，放大局雖危，軍中猶樂為用命。於是聞溫紹原之令，尤勇往守城。奈李秀成率軍大至，環迫四門，城內子藥不敷分布。李秀成見城內槍聲極緩，知城內子藥已盡，乃下令軍中：謂城內已無子藥，可放心勇進。故軍心更奮，直抵城垣。初時清兵猶有發槍，此時已槍炮全歇，蓋子藥真盡矣！時太平兵已毀城中炮壘，城中清兵絕不逃竄，仍用短兵抵禦。李秀成下令招降，亦無降者。秀成令軍士發槍擊之，清兵屍如山積。秀成大為哀慟，乃令軍士止殺。奈溫紹原部兵，仍持短兵撲來，秀成揮淚道：「吾非好殺，奈不得已耳！溫紹原真得人心，吾甚敬之。」遂下令軍中，如見敵兵來撲，方可發槍；否則勿妄殺一人。唯令發槍攻陷城垣，及四門俱陷，率軍直進六合。唯溫紹原與諸將，仍率兵以短兵器巷戰。秀成只令先擊將官，餘外軍可勿多殺。少時溫紹原與陳升、羅玉斌、夏定邦、王家於，皆中槍陣沒。秀成下令著清兵繳械投降，乃除陳升一軍在外，溫紹原所部，無一陣者。即秀成軍士，不加殺戮，彼等仍以短兵相纏，至是乃不得不殺。城內屍骸盈街塞巷。秀成見了，意殊不忍。一面檢葬溫紹原、陳開、羅玉斌、夏定邦、王家乾等屍首；餘外軍士遺骸，俱撿至城外山丘掘入墓葬，名其地為義勇墳，以示敬愛之意。復以六合被兵既久，發款販濟，乃檢查倉庫，已見子藥糧餉，無一遺存者。秀成嘆道：「使溫紹原若有接濟，勝負之數，未可知也。」乃傳城中諸父老，問溫紹原治兵守城之法？父老一一告知，秀成不勝讚歎。並道：「清國軍中，只有溫紹原一人耳！吾若有暇日，當為溫作傳也。」隨以破六合之事，報捷金陵；即留李昭壽鎮守六合，修繕城垣。又囑昭壽：「只宜固守六合，不宜再失，以生金陵之患也！公以溫紹原自勉可矣。」說罷乃回兵金陵，暫行休養，然後商議北爭。且說太平主將侍王李世賢，自統兵入江西，縱枝全省，及楊袁福、塔齊布、李續宜卒兵赴援，皆為世賢所挫，於是東至樂平、景德，西至建昌、安義，沿鄱陽湖一帶，皆為李世賢所有，威聲大振。不特南昌震動，即湘鄂西省，亦俱戒嚴。鄂中官文、胡林翼，湘中駱秉章，皆懼李世賢移兵相犯，極為憂慮。時提督鮑超在湖南通城養傷，甫愈，自請獨當李世賢，兼保南昌。胡林翼與駱秉章，皆壯其志，並令增益人馬，以江忠義、江忠浚軍助之，共大軍四萬餘人，望江西出發。

原來鮑超本四川奉節人，以落魄長沙，先應募為江忠源部卒，所向有功；後隸塔齊布部下，始升守備；再隸楊載福部下，便補都司，積功至任湖南綏靖鎮，隨調至鄂，歸胡林翼調遣。及當獨一面，將所部號為霆軍，敗岡王楊柳谷於東壩；卻陳玉成於英山；退李秀成千無為州。時洪軍大將以忠、莫兩三為最，號東西二成。數年間所向無敵，唯鮑超獨能卻之。至是乃補湖南提督，復轉戰安徽，先後破翰王項大英，烈王方成宗等，戰功卓著，與多隆阿齊名。軍中稱為多龍、鮑虎。實則多隆阿戰跡，萬不及鮑超也。當下奉令馳至江西，欲直躡李世賢之後。時世賢方據許灣，欲爭南昌。而太平將聽王陳炳文，寧王張學明，獎王陶金曾，亦分據雙鳳嶺、琉璃岡、九子嶺、苦竹沖州洋等處。與世賢在許灣一軍，互相為犄角之勢，合各路大軍約五萬人，連營四十餘里，遠近震動。及探子來報提督鮑超領兵來爭江西，李世賢乃謂諸將曰：「鮑超憨而悍勇，貪鬥耐戰。若能破之，敵將再無人敢視江西矣。」乃一面使人打聽鮑超行程。時鮑超正由通城馳至江西，探得李世賢軍勢浩大，自念軍行疲憊，未可淬戰。忽聞撫州已危，因李世賢欲並拔撫州，為會攻南昌之計。故令聽王陳炳文繞趨撫州。鮑超以為撫州若失，南昌更危，不如先救撫州一地，遂以大隊望撫州出發。李世賢聽得鮑超先往撫州，乃召陳炳文先回。陳炳文遂問何以撇回撫州之圍，並間以攻剿鮑超之策？李世賢道：「鮑超用兵向無軍法，唯恃蠻鬥耳。以吾人馬之眾，不患不敵！一經交綏，各自奮力可矣！若破了鮑超，南昌且為吾有，何優撫州不下乎？」便準備與鮑超接戰。

原來鮑超平日治兵極嚴，唯一經得了城池，即縱兵三日：此三日內無論軍士如何搶掠姦淫，皆不過問。故各處人民，以霆軍不勝為幸。唯他的軍士只望得勝後，可以淫掠，故遇戰無不奮勇。當時霆軍既抵撫州，乃大集諸將分令：時部將宋國水、婁雲慶、唐仁廉、王衍慶、孫開華、蘇文彪、段福、譚勝達等，皆在帳中。鮑超乃令諸將：各統二千五百人，分為八路；自統中軍萬人，準備迎頭大戰。不論如何，有進無退。又令江忠義、江忠浚兩路為左右翼，使一面助戰，一面分防掩襲。分撥即定，向許灣進攻。鮑超乃脫下烏靴，足登草履，用紅錦制兩面小旗，旗上各書鮑超二字，以示聲勢。

那日黎明，即分道同進。兩軍相近，便槍聲齊發。時李世賢一軍亦工力悉敵，兩軍喊殺連天，自辰至午，未分勝負。兩軍死傷極眾。李世賢見戰鮑超不下，忽引軍移左而出，單攻江忠義，進勢極猛。江忠義措手不及，軍勢大挫。李世賢乘勢迫之。江忠義已望後而退。鮑超軍以為右軍已敗，戰力頓怯，軍中已有些紛亂。忽然聽王陳炳文復乘勢猛搗段福一軍。那段福臂上中了一顆流彈，墜下馬來，軍中以為段福已死，一時大亂。同時鮑軍各路皆以驚疑之故，軍勢稍卻。侍王李世賢下令道：「吾軍已勝矣，速宜猛進。」於是太平兵馬一齊擁進。李世賢復捨去江忠義一軍，轉疾趨鮑超中營夾擊。鮑軍死傷不計其數。鮑超大怒，立令江忠浚以左軍掩擊李世賢後路；復親自擂鼓，令左右軍掌旗官，各拔兩面錦旗，衝前而進。鮑超在馬上擂鼓直前。並下令退後者斬。時部將王衍慶、唐仁廉兩軍，正湊近鮑超。那鮑超又傳令王、唐二將道：「此戰若敗，非死二萬人不了。退而必死，不如進求不死。諸君可憐鮑某從軍七八年，未嘗少挫，今若喪於此地，諸君亦損威名也！」唐仁廉、王衍慶聽罷，雄心大發，立殺退後軍士兩名，大呼道：「三軍進則可以求生，退則反以尋死矣。」說罷，唐、王二將，先馳馬獨進，諸軍乃一齊繼後。時李世賢見戰事得手，又時以夕陽將下，以為若持兩句鐘，霆軍必大敗，即不敗亦退；退而乘之，當獲全勝。方令軍士且追且戰。忽見清兵回擊，聲勢尤猛。只見鮑超居中，王衍慶在左，唐仁廉在右，一字兒率軍撲回。隨後婁雲慶、宋國永、蘇文彪、孫開華亦徐進。江忠義、江忠浚兩軍亦夾輔回戰，只有段福因傷重不能督兵。鮑超乃令段福先回，自行兼統段福一軍，同時大進。侍王李世賢，亦知此戰關係重大，乃併力堅持。故兩軍又復喊殺連天。兩軍戰法俱亂，唯相逼近，互相撲殺，不料聽王陳炳文以為擒賊擒王，若結果了鮑超，即萬事俱了。乃引軍欲橫衝清軍中營，單攻鮑超。不料反為衍慶截擊。槍聲響處，陳炳文先落馬而死。李世賢肩上同時又中了一顆流彈，幾乎墜馬。由是鼓聲頓歇，太平兵大亂。時已日落，清兵仍乘時猛擊。萬槍齊發，太平兵遂不能支援，乃大敗而退。這一場大戰，管教：

壁壘連營，幾番戰績崇朝喪；屍骸遍野，一將功成萬骨枯。

要知後事如何？且聽下回分解。

金陵城大開男女科　李秀成義葬王巡撫

話說侍王李世賢、聽王陳炳文，正與鮑超鏖戰，軍事方自得手，忽然陳炳文斃於王衍慶槍下，李世賢又已受傷，遂為鮑超所乘，因此大敗。李世賢只得策馬望北而逃。自恃天將入夜，敵人不久收軍。但鮑超比不得他人，只是好鬥，今乘我兵敗，必然窮追。乃心生一計：今大軍北還，自與寧王張學明分東北及西北而遁，果然鮑超亦分兵追逐，沿途發槍，死傷極眾。誰想李世賢一面逃走，一面分留人馬，擇樹林山嶺埋伏。待鮑軍追近，以橫槍擊之，鮑軍頗受重傷。部將唐仁廉乃請諸鮑超，以窮寇莫追，且夜裡不便進兵，鮑超乃傳令收軍。計此一場大戰，追殺二十里，兩軍死傷遍地，太平將獎王陶金曾一路，為王衍慶及孫開華所逼，乃率本部萬人投降。其餘陳炳文戰役，李世賢受傷，黃衣紅衣將領，死去五十餘名，除陶金曾一路投降之外，軍士死傷仍不下萬餘人。至於清兵一方則段福因傷重致斃，蘇文彪亦被重傷，婁雲慶、宋國永、譚勝達各受微傷。其餘將校，亦死傷數十名；軍士死傷八千餘人。一場惡戰，壘屍十餘里，沿山遍野，皆為血水流注。鮑超收軍後，調諸將道：「此次獲勝，實是天幸！自辰至午，幾為李世賢所困，幸能以死力持之耳。然若非王衍慶一軍，先斃陳炳文，以亂其軍心，其勝負仍未可知也。」乃錄王衍慶為首功。並道：「今李世賢既退，必回靠九江：將左連瑞昌，右連湖口，以阻我北進。李世賢誠為勁敵，吾此後亦不能輕視之矣。且彼回九江，尚有林啟榮相助，攻之尤非易事。今唯收復各郡，再商行止耳。」時自李世賢退後，所有樂平、景德、饒州、鄱陽，俱不復守，鮑超乃乘機收復各郡縣，即向各路報告捷音。稍休士馬，然後再圖進戰，不在話下。

單表李世賢敗後，各地震動，這訊息報到金陵，洪秀全大為憂慮。即召李秀成計議道：「自前者武昌失陷，幸年來所戰皆捷，吾軍已回覆元氣。今侍工此敗，干係非輕，不特江西各地，化為烏有；且傳聞鮑超且沿廣信攔人浙江，是南方大局，正未可知。不知以何計處此方可？」李秀成道：「勝負乃兵家常事耳！侍王雖敗，必能阻鮑超北行；今唯令林啟榮在九江嚴備一切，並令李世賢暫且固守，待回軍勢，再圖進取可也。若浙江一路，密邇金陵，倘有緩急，臣自有法以處之，天王不消憂慮。」洪秀全乃從其計，即傳諭林啟榮、李世賢固守。

時金陵城內，自洪秀全建都後，改為天京。自前者武昌為官文、胡林翼所奪；黃文金被左宗棠困於浦口；向榮屢撼金陵，軍勢乃大挫。及李秀成破向榮，退張國梁，收復武昌；陳玉成又大破勝保；李世賢縱橫江西，又先後大軍拔揚州，下六合，軍聲復振。洪秀全乃大封諸臣。因其起義之初，非兩廣人不王，此時乃一體封贈。計當時爵位最高，權力最重的：文衡總裁總統十門御林義宿都衛軍都督各部忠王李秀成；文衡總裁都督十門御林忠勇羽林軍英王陳玉成；文衡副總裁九門御林忠慤都衛軍輔王楊輔清；文衡副總裁九門御林正系都衛軍侍王李世賢；九門御林忠貞朝御軍贊王蒙得恩；九門御林忠義都衛軍燕王秦日綱；九門御林忠毅敬御軍堵王黃文金；九門御林靖虜都衛軍慕王譚紹洸；九門御林蕩妖衛御軍勇王羅大綱；九門御林敬升都御軍章王林紹章。

餘外如林啟榮、李昭壽、賴文鴻、賴漢英等，皆積功封王，並稱丞相。如汪有為、汪海洋、洪容海、洪春魁、晏仲武、陳宗勝、陳其芒、劉官芳、周文佳、汪安均等皆為副丞相。又封賴汝光為遵王，郜雲官為納王，伍文貴為比王，吉志元為莊王。餘外大小官員，皆有封賞。以安王洪仁發、福王洪仁達，駐衛天京。

時洪仁玕，方出使美國回來，乃封為開朝精忠殿右軍王，總理政事。復劃清兵權，任陳玉成為前軍主將，以潛、太、黃、宿等處為根據；任楊輔清為後軍主將，以殷家匯、東流等為根據；任李世賢為左軍主將，以贛、浙二省為根據；任黃文金為右軍主將，以安徽力根據；任李秀成為中軍兼五軍主將，並專征伐。各路支配既妥，以洪仁玕曾駐美國，熟知外國文明政治，乃令與劉狀元參酌中西，改制政法。洪仁玕首乃禁絕人民吸食鴉片，訂立市政制度，按太平實錄所載：當時所定軍民法令，願者從軍，不願者營業；男女街行，各有一路，不得混雜；百工商賈，凡累重貨物，準用車運，不得肩挑背負，以省人力；官兵不得私人民居，違者立斬；工商士庶七日一休息，凡無業遊民，俱罰令挑築營壘；夜行不能過三鼓，唯街上有巡更者，身懸小燈，手執小旗；有事夜出者，須巡更人保其行往。所有官制：天王玉璽，長二尺，寬一尺，用黃印泥；諸王印寬五寸，長一尺，用紫印泥，唯李秀成統領十三王，其印略異，寬六寸，長一尺二寸，用鴉藍色印泥；丞相印寬四寸，長八寸，用紅印泥；天將及副丞相，用橫印，以黃金飾之，用綠印泥。忠王李秀成，印內篆文書：文衡總裁十門御林義宿都衛軍、統領十三王忠王李印，共二十二字。官制凡稱文衡及丞相，則文武兼理；行軍則全屬武職。天將以下有三十六檢點，七十二指揮，皆衣黃衣。武職有諜探司、理糧司、遞文司、運糧司、火藥司、洋炮司。文官則自丞相以下皆為專官，最高者為祕書監，以劉狀元任之，總理樞府文務。其次則有審訟官，稽查戶口官，主考科舉官，其餘則盡習簿牘及演說而已。又據《南都新錄》所載：太平天國七年，適開科舉，有陳生贊時上書，略謂江南歷來建都諸帝，皆有女官。故江南文風之盛，端由於此。請開女科，與男科並重：使女子尊重讀書，為家庭教育之本等語，洪秀全覽摺大悅，故又設女官，以便掌司祭祀，及批答文牘。是年科舉男狀元，為池州程文相，以下八十人，皆賜及第；女科則得傅善祥為狀元，鐘漢華為榜眼，林瑞蘭為探花。男科題文：為《蓄髮檄》，程文相文內有雲：「髮膚受父母之遺，無剪無伐；鬚眉乃丈夫之氣，全受全歸。忍看胡族椎髻，衣冠讀亂；從此漢官儀注，髦弁重新」等語，乃拔為狀元。女科題為《北征檄》，傅善祥文內有雲：「問漢官儀何在？燕雲十六州之父老，已嗚咽百年；執左單於來庭，遼衛百八載之建制，當放歸九甸。今也天心悔禍，漢道方隆。直掃北庭，痛飲黃龍之酒；雪仇南渡，並摧黑羯之巢」等語，故拔為女狀元。

又傅善祥應制詩有：「聖德應呈花蕊句，太平萬歲字當中」之句，洪秀全大為嘉許。凡男女及第，皆以筍輿文馬，遊街三天，時人以為榮幸。洪仁玕又制定宮室制度，第一為龍鳳殿，殿上匾額題為龍鳳朝陽，即為議政臺，凡有要政，君臣會議於此，皆有座位，言者起立，方許發言；第二為說教臺，高數丈，其式圓臺階百步，皆以大理石排之，洪秀全每登此臺，穿黃龍袍，朝靴底厚三寸，冠紫金冕，垂三十六疏，後有二侍者，皆執長旗演說宗教，又有議政院，院長始以東王領之，自東王歿後，翼王領之，翼王去後，以忠王領之，類如各國議院。凡此皆略見當時洪秀全制度。自男女科盛行，人才益多，除武職料理軍事而外，不廢文事。嘗有美國人大隊遊於金陵，見其一切制度，大為嘉許。謂其士人道：「金陵政治，與我外國立憲政體相似。」因此許為東方文明之國。當春秋佳日，秀全與文官、女官盪舟於玄武湖：文官則隨侍秀全之側，女官則隨侍妃嬪之左右。彼此唱和詩歌，略去尊卑之分。彬彬文化，盛極一時，因秀全度量，頗為活達。

時金陵東，有一李生，為江南名士，以廉潔自持。平日談講性理，讀書鄉中，每經年不到城市。洪秀全慕其為人，聘之不至，乃令殿前指揮使，以筍輿舁至殿前，詢以治安之策。李生初唯不應，及授以筆墨，李生乃書十八字，呈諸秀全。書道：一統江山七十二里半，滿朝文武三百六行全。

這十八字，蓋譏秀全坐守金陵，不思遠取；又譏其在廷文武，為不懂政治也。秀全覽畢，遍示殿上諸人，左右請殺之。秀全道：「彼有何罪而殺之耶？匹夫不可奪志也。」命左右善遣之回家，人以是許秀全為大度。當秀全初下武昌時，湖南舉人左宗棠尚未出仕，曾上書於秀全：力稱秀全武將有餘，文事不足；且稱秀全不宜信仰外教，宜尊崇孔子。秀全看罷，覺左宗棠所言有理，但由廣西以來，相隨者數百萬人，皆皈依自己所說宗教；今一旦捨此，將來人心不可知。唯眼前相隨之數百萬人，不免以自己有始無終，從此離散矣。用懷此懼，遂接見左宗棠，告以現在相隨者數百萬人，若一經改變，恐難於收拾；若現在相隨者離貳，而改靠未經歸服之人心，其勢必難制。唯待天下平定後，再行設法而已。左宗棠聽罷，知秀全起事以宗教引導人心，猝難改變，斷難從自己之言。故秀全欲爵以大官，左宗棠已離武昌而去。遂就駱秉章所聘，繼乃出仕為滿人督兵。自秀全失一左宗棠，此後乃反增一勁敵矣。今把閒話擱過一邊。

且說李世賢自敗於鮑超之手，隨後鮑超將江忠義、江忠浚兩軍回湖南調遣，復遣半軍回鄂，然後自率所部，再趨浙江。那左宗棠，時以功授太常寺卿，留皖襄辦軍務，與安徽布政使李孟群共爭安慶，為太平將黃文金所劫。及左、李兩軍退至銅陵，又為英王陳玉成所截擊，左、李兩軍俱敗。李孟群乃回軍祁門，而左宗棠一軍亦退至寧國。適曾國藩以丁艱在籍，方請終制。咸豐帝不準，催令墨經從軍。於是曾國藩復至江西視師，舊日塔齊布、楊載福、彭玉麟等軍乃復隸曾國藩部下。那曾國藩以九江為數省咽喉，若不能復取九江，則軍中訊息梗斷，援應俱難，乃銳意要攻九江。遣塔齊布會同李續宜攻之；又遣楊載福、彭玉麟以水師會攻；而以塔齊布由陸路會同攻之。皆被九江太平守將林啟榮所挫。曾國藩前後損兵折將，不計其數，終不能得一九江。唯曾國藩雖不能取勝，但以大軍駐九江附近，則洪秀全在九江之軍力，無不震動。致令侍王李世賢，時方屯兵小池驛，被曾軍牽制，亦不能抽動。故洪秀全於贛、浙兩省，已大為吃緊。時曾國藩以屢攻九江不得，即思先定浙江，以斷洪秀全援贛之師，較為得計。恰值浙江藩司王有齡，領兵萬人，由紹興往爭杭州。而鮑超由江西入浙江，由景德繞皖南之祁門，並下休寧，直趨淳安，復沿饒州，以至新城，軍鋒極銳。曾國藩乃乘機令鮑超會同王有齡，合取杭州；又請左宗棠，由寧國赴杭，為三路會取杭州之計。合併鮑超、左宗棠、王有齡三路，不下三萬餘人，齊向杭州攻擣。時太平在杭守將，只翰王項大英及天將周文佳、顏金，指揮李雅風，胡湯銘，以眾寡不敵，杭城遂陷。李雅鳳、胡湯銘，俱戰歿城中。翰王項大英，及天將周文佳、顏金引敗殘人馬，遁回金陵。顏金為粵人，乃東王楊秀清之婿，後降清回粵，為虎門參將。自杭城陷後，洪秀全在贛、浙之勢力盡去，遠近震動。洪秀全大為憂慮，急與李秀成計議。秀成道：「此時又不能北爭矣！非先復浙江，無以固金陵，此事臣願任之。」秀全大喜，乃令秀成出軍，便宜行事。李秀成乃先行知照英王陳玉成，請他移兵撫定皖省西南各地，以牽制鄂、贛二省。自己簡閱師徒，共大軍五萬餘人，以賴文鴻、陳其芒領兵萬人，為左右先鋒；以賴漢英、陳宗勝為副將，井同指揮檢點部將二十人，為中路；復以遵王賴文洸，領本部萬人為合後。前後三路人馬，浩浩蕩蕩，殺奔杭州而來。

時清廷自攻陷杭州之後，論功行賞，加左宗棠以欽差字樣；鮑超則賞穿黃馬褂；而以王有齡為浙江巡撫。原來有齡本貫福建人氏，為人毅勇機警，平日治兵有法，且與士卒同甘苦，故軍士皆樂為用。帶兵數萬，所向有功，至是以功授浙江巡撫。自授任後，修繕城垣，訓練軍馬，並謂諸將道：「杭州與金陵相隔八百餘里，然蘇、浙密邇，杭州又為浙中要地，敵所必爭。且敵將李秀成方回金陵，料來爭杭州者，必此人也。此人若來，誠為勁敵。諸君宜枕戈待旦，以圖功名。」於是諸將聞言，皆奮勇自勵。王有齡復迎家眷於城中。人問其故？王有齡道：「家眷隨軍，本不是正當辦法。但某以死自誓，即舉家殉難，亦所不惜。倘有不幸，吾全家將以此為死所也。」各人皆為嘆息。

且說李秀成引大軍前赴杭州，王有齡聽得秀成軍勢浩大，時清國一軍因英王陳玉成，縱橫皖、鄂兩省，先後李續賓、李續宜、及總兵李續燾、藩司李孟群等軍，皆為玉成所挫，故胡林翼特調鮑超回軍鄂省。左宗棠一軍，亦向安徽與堵王黃文金相持。因此鮑、左二軍，已不能授接。王有齡乃派員六百里加緊赴江西，請曾國藩調兵相助。曾國藩乃調知府張運蘭，及提督張玉良、況文榜，各領本部，往救杭州；又令幕友李元度，帶兵五千同往。那李元度久居曾國藩幕府，策畫軍務，號為能員，故此曾國藩抬舉他，為獨當一面。於是各路星馳赴浙。

那巡撫王有齡，便與將軍瑞昌決定：議以瑞昌鎮守內城；自己鎮守外城。卻令浙江提督饒廷選、總兵文瑞、副將繼興出城屯紮。待張運蘭、張玉良、況文榜、李元度等軍到時，即會同拒戰，王有齡又於中策應。並以鹽運使莊文煥、道員錫庚應付各路糧草。時藩司林福祥，方調任他省，尚未離省；而新任藩司麟趾已到，唯尚未接印。故王有齡一併令林福祥領兵出城助戰；而新藩司麟趾及臬司米興朝，則在城外助守。王有齡亦不時領兵出城，籌策軍事，布置既定。

那時李秀成大軍直趨杭州，一路沿溧水而下，已抵長興。打聽得浙撫王有齡，已徵集授兵，乃謂諸將道：「杭州人馬不少！吾欲勝者，只在各將官能征慣戰耳。彼敵人各部進兵，唯張玉良、張運蘭，久經戰陣，彼若至杭，互為戰守，吾軍亦多一勁敵也。今張運蘭由蕪湖赴浙，不如中途截之，以了此一軍，則吾之攻浙較易。」乃令陳其芒領六千人，赴寧國縣截擊張運蘭。並囑道：「吾當故緩行程，以候捷音。以將軍虎威，約一二日間可以了事矣！」陳其芒去後，果然張運蘭並不防及，為李秀成人馬所截，竟敗於陳其芒之手，折兵三千人，乃不敢赴杭州，自還祁門去。李秀成遂直抵浙江，知王有齡大兵聚於杭州，各附近皆以少數人馬把守，秀成乃謂諸將道：「吾此次攻杭，動需時日，今當先取附近州縣，以孤杭州之勢。」乃分途遣兵，奪取各州縣：遂將湖州、桐鄉、石門、德清、武康、安吉等州縣，次第收復，徐悉銳直攻杭州。又以杭州救兵環集，乃令分軍一半，圍攻杭州四門，如攻六合之法，斷絕杭州交通；另分軍一半，攻擊赴杭救兵。故清兵各路赴杭援救的，皆不能進城，又不敢與李秀成明戰，因懼一經戰敗，杭州更為震動。故張玉良，況文榜只與李秀成人馬堅壁相持。唯李元度率軍進攻，以為既敗秀成，杭州之圍自解。

那秀成聽得，卻笑道：「吾聞李元度，字次青，在曾國藩幕裡，倚為能員。今觀之，乃庸材耳！焉有大兵臨城，守禦不暇，而可以少數人馬，彰明進戰者乎？」乃令賴文鴻、陳其芒，先以本軍接戰：以一軍偽為敗北，以一軍設伏以破之。賴、陳兩將去後，果然陳其芒先以本軍接戰，交綏後，即引本軍望山林而逃，李元度捨命追之。忽到林木深處，賴文鴻引兵突出，陳其芒亦引兵殺回。李元度大敗，所有本部人馬，折去十之七八，乃走回江西。自李元度敗後，杭州只存張玉良、況文榜兩路援兵。秀成卻令賴漢英、陳宗勝迭次攻擊，計小戰數次，張、況二軍，皆有損失。張玉良乃謂況文榜道：「吾軍在此，必非秀成之敵。以彼人馬既眾，戰將復多也！但杭城已被圍二十餘日，水洩不通，深恐城內糧草漸盡矣！吾軍隨帶輜重甚夥，本以接濟杭城，今若不能通進省城，徒頓兵於此，不特不能久持，且城內將以無糧自斃矣。不如設法輸運糧草於城中，以鎮人心為是。」況文榜道：「戰且不勝，焉能通運道於城內乎！」張玉良道：「吾得一計：以人馬依舊守營，卻分軍由城濠運送糧草以入城可也。」於是張玉良一面出戰，一面打聽運糧。

時杭州城外守兵，已屢為秀成所敗，清兵死傷山積。秀成乃以大兵重扎鳳山門外，正防杭州有糧草接濟；復分派小隊，四周偵緝。那張玉良卻準備小杉板快艇，乘候聽門潮水漲時，從水道輸進去。那秀成先得張玉良準備快劃小艇訊息，乃笑道：「此準備運糧也！可見城中糧食將盡矣。今查杭州通進城內之水道，皆以淤淺，唯候聽門可容船艇往來耳。」乃令賴文鴻、陳其芒夾攻張玉良，況文榜二軍。並令賴汶洸專截張玉良的糧草。故張玉良甫將糧草安置艇中，正欲駛進時，賴汶洸一軍掩至，早已先攻其運糧兵。張玉良正欲救護時，賴文鴻、陳其芒兩軍亦到，攻勢極猛。張、況二軍大亂，糧草亦救不得，盡力賴汶洸所奪。賴文鴻乘勢掩殺，張玉良、況文榜又以寡不敵眾，於是大敗。時杭州城外清兵，如文瑞、繼興，饒廷選各軍，又迭被李秀成所挫。自知不能再戰，盡數退出外城，以圖固守。秀成率軍環攻，城內亦奮力抵禦，連日進攻，依然未下。

原來王有齡深得人心，軍士皆樂為死守。秀成極為納悶，乃乘馬帶同軍士，巡視城外西門。只見西門一帶，貼近城垣之處，有許多草棚。秀成乃定一計：於夜裡從西進攻，先縱火焚燒草棚，以驚城內軍心。是時為十一月二十七日夜後，月色無光，秀成先以猛力攻東南兩門。王有齡與饒廷選亦悉力抵禦。

忽見西門火光沖天，城內人心大亂，以為李秀成已攻進西門了，紛紛逃竄。時值隆冬，火勢復猛，那草棚之火，並連燒民房。王有齡乃囑饒廷選堅守南路，自率兵往西救應。不想軍中慌亂，軍士多已逃亡。李秀成乃用大砲攻陷南門數十丈，率軍一擁而進。時張玉良知杭外城將陷，乃用死命率軍衝來，欲於夜裡乘李秀成不備，僥倖取勝，以解重圍。乃令況文榜在後，自己在前，馳軍突進。不料甫到鳳凰山前，秀成伏軍突出，張玉良措手不及，先已中炮陣亡。原來李秀成知張玉良人最耐戰，料他必擾攻自己之後，故是夜先派兵二千人，自湖海寺以至鳳凰山一帶，當著張玉良來路，準備伏兵。故張玉良到時，果然中炮。可憐張玉良久經戰陣，積功已至提督，是夜乃死於鳳凰山下。所部尚存五千餘人，或死或降或散，一時俱盡。況文榜身亦被傷，軍士已折傷大半，乃引兵走回安徽。自張玉良歿後，況文榜又去，李秀成知王有齡所恃在張、況二軍，至此更無後顧，先踞了杭州外城。所有清兵除投降死傷之外，已退入內城把守。秀成即下令安撫外城居民，西門被火之家，亦周恤以款項；一面計算進攻內城。

是時外城既陷，凡內城居民，有親眷居於外城的，皆不知安危如何，故人心極為慌亂。王有齡不勝憤懣。及聽得張玉良戰死，況文榜亦因傷引退，自知外援已絕，更難保守，乃欲通函李秀成，請其勿殺居民；任彼進城，以保百姓，然後。自盡，免至塗炭生靈。唯此議先為將軍瑞昌所反對。他幕友又道：「若致書李秀成，究作何等稱呼？若稱之為逆，殊非通問之禮；若尊稱之，人將參劾我公矣。」王有齡聽罷默然不語，唯立心以守自誓。是時杭州內城糧食亦盡，將軍瑞昌一籌莫展，只有王有齡死命撐持。唯城中已被李秀成圍得鐵桶相似，無可輸運。王有齡自知不濟，乃向左右哭道：「今外援既絕，兵士又有饑色，此城不久即破。吾負國家，並害百姓矣！」說罷大哭而入。時秀成困住杭城，見王有齡極得人心，又如此忠勇，心中不勝敬服，故不忍加害。乃寫書夾定箭枝上，射入城中，待清兵拾得，送與王有齡；並分寫數十通，射與城中軍民共看。書道：

太平天國忠王函達巡撫王公麾下，並將校軍民人等知悉：爾奉爾主之命，固守城池；吾奉吾主之命，到茲攻取。各為其主，此攻彼守，固應如是。然攻破在即矣，吾仍不欲極其力者，以爾外援既絕，內糧亦竭，不患此城不破！唯憐巡撫王公平日得人，且忠勇不貳，臨危不變，吾甚愛之。為此之故，欲彼此協商，共保生靈，仰體我天王仁慈本意。爾如撤去守衛，讓吾進城，斷不加以殺戮：欲歸鄉者，準給船隻，如有資財，準其攜去；如乏資斧，吾當給之，送至上海為止。滿人據吾華夏中國，雖非正理，亦有數焉！吾實無仇視之心。顧各扶一君，兩不得已，只以行吾心之所安。現時被獲之滿洲將校，吾概置於營中，優以居處，豐以飲食，固未殺害，亦無苛虐；且下令三軍，毋得騷擾，違者依律抵償：其願留營者即致力營中，不願者送其回國。蓋除兩軍對壘之外，吾實不忍妄殺一人。今與爾等約，皆出至誠，祈於明日復我。如其不然，則吾唯於後日盡其取城之力而已！

王有齡長嘆一聲道：「忠王真豪傑哉！」適將軍瑞昌亦拾得此書，往會王有齡。並道：「想李秀成或知吾將有援兵，彼將要解圍而去，故以此書誘我先降耳！」王有齡道：「援兵究在何處？今日還望保全杭州那？吾與君皆將任失城之罪矣。」瑞昌聞之不悅，即辭回署。王有齡乃略書數言，射出城外，以答秀成。那書道：

謹復忠王麾下：來書已悉。至哉仁人之言！然吾力誠竭矣，唯吾志勿衰，仍當死守；以吾之地位，不能從君所約也。倘不幸吾城真破，望君勿殘殺百姓，並請君先到敝署中，吾將一晤君容，而後就死。以君豪傑，傾慕已久，未識荊州，終以為憾也！

浙江巡撫王有齡啟李秀成讀罷來書，已知王有齡並無降意。唯仍守原約，候至後天，始行悉力攻城，以巨炮轟之。先把東南兩城攻陷，秀成乃與諸將率軍一擁而入。原來城內糧械俱盡，先一日提督饒廷選，向王有齡問防守之計，王有齡唯掩面而哭，已無法可施，至是乃被李秀成把城池攻下。秀成立先傳令：囑軍士不得妄殺一人！即帶領數十騎，直奔撫衙，要與王有齡相會。左右皆止之曰：「設撫衙或有伏兵，王爺危矣！切勿輕身而往。」秀成笑道，「彼方欲求我勿殺百姓，焉敢害我，致激我軍心。且時非對戰，安有挾詐害人之王有齡乎？彼既約吾想見，吾不可不往。」遂不聽左右之言，自領數十騎直奔撫院衙門。時王有齡正在後堂。自聽得城垣已陷，敵軍已進，已整飭衣冠，準備自盡。當李秀成到時，直進大堂，不見王有齡，乃令左右大呼：「忠王李秀成已到！」早有衙役通報裡面。王有齡乃立即出堂，與李秀成想見。王有齡猶從容言曰：「君即忠王乎！想見恨晚。所惜者，二人面交之日，即王某逝世之日也。」李秀成聽了，正說得一聲景仰已久，方欲慰藉數言，王有齡已不得置詞，即轉進裡面。李秀成不知其意，猶在大堂等候，忽衙役傳出：則王有齡已自縊畢命矣！遺下一函，寥寥數語：只求秀成勿殺百姓。李秀成不勝嘆息，揮淚不已。即令撫署舊日衙役，善視王有齡屍首，傳語慰告王有齡家小，不要悲傷。並道：「王大人已死得其所，盡忠報國。當為運柩回歸，一切吾能保護之也。」遂出資千元，盛備棺槨，以大清巡撫之禮，殮王有齡屍首。管教：

孤城失陷，忠臣唯捨命報君恩；兩國相爭，名將竟傾心存友道。

要知王有齡死後如何？且所下回分解。

張國梁投殁丹陽河　周天受戰死寧國府

話說李秀成既盛殮王有齡屍首，又以自己與王有齡先有來往，怕清廷削其卹典。乃特立一碑於撫衙之內：碑文是某年月日，浙江巡撫王有齡盡節於此。

一面設壇致祭，放聲大哭。左右皆為感動。李秀成謂左右道：「吾今生不能與王公為友，當相期於來世。」復飭王有齡家眷運柩回籍：一切儀文，皆如清國巡撫之禮；並發銀五千兩，恤其家小；於運柩起程時，更選出工有齡舊日親兵五百名，護送回裡，備文通告各地，飭為沿途保護。是時杭州殉難各官，自王有齡之外，如將軍瑞昌及都統等俱已自縊。若提督饒廷選、總兵文瑞、副將繼興、鹽運使莊煥文、道員錫庚，皆已死於亂軍之中，秀成一一備棺殮葬。其各家眷欲運柩回籍者，皆助貲斧；又查城中軍民人等餓死、戰歿，不下二萬人，都發給薄板棺木，俱為營葬，共費棺木銀三萬餘元，左右皆以為費巨。李委成道：「城戰與野戰不同，野戰無從購棺木，故唯以土掩之；若在城市，苟不殮葬妥當，易生病疫。吾不忍惜小費，以禍民生也！」

復令由嘉興運米萬餘石，以賑撫貧民。

一切辦妥後，乃集清國尚存的各部人馬，宣布己意：如願從軍者，請留營中；如不願從軍者，可報名給貲，使之回裡。時軍人多感秀成義氣，亦多有從軍。是時清國官員，尚在城中者：為藩司林福祥、臬司米興朝及未接任之藩司麟趾，皆被秀成人馬擒獲，李秀成一一款留，令軍士不得騷擾，待以客禮。新任藩司麟趾，懼為秀成所害，乃乘間逃去，秀成令軍士不得追趕，並笑道：「彼殆以小人之心視我也！」後知麟趾夜間誤跌河中而死。秀成亦為營葬。

秀成每於燈下與林福祥、米興朝談論世情。林福祥道：「久聞忠王大名，今見之果為人傑。然吾惜公不遇明君也！」秀成聽罷默然，徐道：「君或為流言所誤！吾主固文武兼資，勵精圖治者也。」林福祥自知失言，乃不復語。米興朝道：「杭州人甚愛明公，每欲獻城，故明公未進內城前一天：兵民交鬨，損傷三十餘人。軍士不願降者，為念王巡撫之恩；人民願降者，為愛明公之德。此則明公所未知也！數日前將軍瑞昌，請於王巡撫偽為獻城，誘明公以伏兵劫之。王巡撫謂終不能保全杭州城，徒損人命，唯將軍不從。欲使百姓偽降，以堅明公之信，唯百姓不從耳。由此觀之，則明公與王巡撫，殆如羊佑與陸抗，互為人傑矣！」秀成道：「若以百姓偽降，吾或中計；若以軍士偽降，吾必不信。以軍士樂為王巡撫所用，斷不願降，吾應知其偽也。然獻城與破城大異，即以偽降賺吾，吾豈造次入城耶？瑞昌徒多事耳！」言談之間，米、林二人傾服不已。

次日尋得林福祥家小，並尋得米興朝之馬，俱送還米、林二人。米、林二人，大為感激。米興朝乃以其馬，送與秀成部將汪安均，以留紀念。數日後杭事平定，秀成準備船隻，送林、米二人至上海，各贈用資一千兩。米、林二人乃辭別而去。瀕行時，猶依依不捨，與李秀成灑淚而別。

自從杭州既定，秀成布置防守之後，即欲班師。忽報張國梁、和春合兵五萬，力攻金陵。請李秀成速即回軍救應。李秀成謂左右道：「昔清國向榮，屢為吾敗，而百戰不倦；每窺吾遠出，即擾我天京，致我不能北進。吾故以全力置之死地。方以為向榮既死，天京可以稍安，不意張國梁又復如此，真心腹之患也。」左右道：「以忠王神威，何懼一張國梁乎？」秀成道：「誠然！唯彼存一日，天京即不安一日；吾亦疲於奔命。吾今番不殺張國梁，誓不回軍。」說罷便引兵還金陵。沿途接得洪秀全急報，絡繹不絕。

原來張國梁自六合失守之後，退屯丹陽，知會和春，重整人馬，窺便進攻金陵。先以丹陽為根據，上至丹徒，下至常州、金壇，聯繫一氣。自聽得李秀成攻打杭州，以為兵法在攻其所必救，若秀成知金陵有警，必然回軍，是杭州之圍自解。乃以和春大軍，先攻金陵；國梁卻進軍溧水，與和春分東西兩路而進：乃以總兵馮子材、吳全美，分水陸兩路，據湖州、廣德二處。適曾國藩知張運蘭、李元度兩路救浙之師，俱為秀成所敗；又再遣趙景賢領五千人，進寧國，以為聲援。因此浙江境內，如湖州、廣德及皖南寧國，皆有清兵駐紮，以阻秀成。使和春、張國梁得專力金陵一路。若秀成不回，金陵可破；若秀成回軍，又有馮子材、吳全美、趙景賢等，為秀成牽制，自問調遣頗為完密。早有訊息報到李秀成那裡。

秀成方欲回軍，適侍王李世賢領兵到來。原來金陵緊急，李世賢得急報，恰值英王陳玉成，大破左宗棠於桐城；又敗楊載福、彭玉麟於太湖，九江大局頗定。故李世賢得了洪秀全告急，立命林啟榮固守九江，自己即引兵東行。甫至安吉，即與李秀成想見。李世賢具述陳玉成在皖、鄂用兵得手，大局可以無礙。秀成令世賢先攻湖州，以破馮子材、吳全美之師；然後引軍北截張國梁。世賢去後，更令楊輔清，以本部出城拒和春；而以吉志元援應金陵。俱待自己到時，始行大戰。

時廣德一城，馮子材離城東二十里駐紮，欲與湖州相應。李秀成令部將陸順德、吳定彩，攻廣德。那時馮子材被李世賢困住，不能援應，故陸順德、吳定彩，水陸並進，一日夜已攻破廣德城。參將文芳領人馬往依馮子材。眾寡不敵，馮子材亦敗於李世賢之手，於是齊奔湖州。秀成見廣德已下，乃令李世賢專攻湖州，以繞出金壇。秀成仍恐南顧有憂，復調陳坤書由臨安赴杭州助守。始率大隊人馬趕回金陵。乃謂左右道：「吾以楊輔清拒和春，而以李世賢繞出張國梁之後，蓋欲和、張分軍也！和、張軍勢一分，吾即有法破之矣！今去天京只有三百里，不過兩三日行程耳，不患不能援救天京也。便引軍疾行，夜分趕至四明山。

原來自金陵緊急，洪秀全已分道布告，故英王陳玉成亦引軍而東，不期而至會議於四明山。秀成道：「英王到此極佳。可合兵了張國梁那本帳也！」陳玉成道：「某近來破胡林翼於灊山；敗李續賓、李續宜於黃梅；覆敗曾國藩部將塔齊布、楊載福於浦口，敵軍銳氣喪盡。今聞胡林翼回湘募勇，料難急舉。故聞天王告急，特引兵東來耳。」秀成乃與玉成計議進兵。適古隆賢由繁昌通文亦到。秀成一發令古隆賢趨寧國，以壓清將趙景賢；復請英王陳玉成，由西梁山直下江浦，以攏和春之後。李秀成即由赤沙山，直趨黃雄鎮。探得和春兩軍，共有五萬人。提、鎮部將數十員，悉銳以爭金陵，聲勢頗大。李秀成正欲與張國梁會戰，忽接各路軍報：李世賢已攻下湖州，馮子材、吳全美俱走溧陽。李世賢乘勢破溧陽，以繞出金壇之後；陳玉成則由江寧鎮至頭關，進扎紫荊山尾；輔王楊輔清亦引軍由秣陵關而進，駐雨花臺，以應敵軍。各路無不得手。李秀成大喜，即出兵直攻張國梁。那張國梁亦準備會戰。不料張國梁甫行交綏，已報侍王李世賢由後掩至，張國梁自知難以抵敵；又接探馬飛報，派往救杭之兵，俱已敗挫；續派之馮子材、吳全美，又盡為李世賢所敗，湖州、廣德俱已失守。馮子材、吳全美已奔回蘇省；

趙景賢亦被困於寧 國府。種種訊息，張國梁聽得，暗忖：「軍餉全靠閩、浙及廣東三省。今閩、浙運道已斷，只有廣東，相隔太遠，將來糧餉不免拮据。即目下情形：前後受逼。勉強交 戰，損失必多；和春一軍，又不能相應，計不如暫行退軍。」想罷，即令三軍拔隊速逃，望丹陽而退。

李秀成見國梁已退，天京之圍已解，乘勢追殺：「張國梁折傷三千餘人，逃 回丹陽去了。秀成即令李世賢、楊輔清、吉志元，俱屯紮金陵城外；自己進城面 君。具述近來戰狀。

時和春亦為陳玉成所敗，失去營壘四十餘座，折兵四五千人，亦領兵東逃。料得張國梁以丹陽為根據，必退回丹陽地面。故亦引兵同奔丹陽與張國梁會合。

是時太平軍大獲全勝，陳玉成亦同進天京，與李秀成計議進兵之事。洪秀 全設宴款於殿上。並召李世賢、楊輔清、吉志元一同入內飲宴，共商大計。李秀成道：「歷年勝負無常。自前者武昌失陷，吾軍已一弱；及英王破勝保，某等斬向榮，吾軍乃復振；及許灣一戰，吾勢已復弱矣。幸近來仗國家洪福，破六合，斬溫紹原；破杭州，取王有齡；英王蕩掃皖、鄂間；侍王又破馮子材、吳全美；吉志元、楊輔清撐持蘇寧；今又覆敗和春、張國梁，氣勢已大振，是此正進取之時也。然吾國久不能長驅北上者：以天京屢次被人牽制故耳！今諸將環集於此，當悉力 結果和春、張國梁，以絕蘇寧之患，然後留勁將分持鄂、皖、贛、浙省，我即可以 大軍北上矣！」眾人皆以為然。李秀成乃請英王陳玉成，先還安徽，以鎮諸路；留 吉志元駐溧陽，並鎮金陵；留楊輔清駐軍蕪湖，以鎮皖甫、浙北，兼籌糧道，徐與李世賢率軍直趨丹陽。適劉官芳亦引兵至，秀成乃令附於李世賢一軍，以厚世賢兵力，即分左右直趨丹陽。且說張國梁走至丹陽，不多日和春亦到，各訴敗兵之事。國梁道：「此次之敗，失在分兵；今當互為犄角，免中敵人奸計。」和春點頭稱是。忽報李秀成軍到：「張國梁計點部下及和春部下，尚有三萬餘人，盡可一戰。乃自出南門，離城十餘里駐紮；和春亦扎軍東門外，與國梁互為聲援。國梁以知州游長庚及總兵熊天喜，駐守丹陽城內；以馮子材領本部四千人，更撥馬隊一千，使為游擊之師；以吳全美統水師，在內河為援應。分撥既定，專候李秀成軍來交戰。

時李世賢沿句容，李秀成沿溧水，分道共趨丹陽。忽前部先鋒賴文鴻，捉獲一人為奸細，那人口稱：「願見忠玉，有要事報告。賴文鴻即將那人解進中軍，原來張國梁自雄黃鎮潰敗，那潰敗之勇，沿途搶掠民間財物，故居民多怨國梁。張國梁以逃兵留在民間搶掠，頗非得計，故到丹陽後，再招逃兵歸伍。賴文鴻部下所獲者，即張國梁的逃兵。當李秀成傳他訊問時，那人自稱為張英，願作秀成內應。秀成道：「汝既逃，焉能為吾內應乎？」張英道：「今張國梁再招逃兵，免其搶掠，故小人立意歸伍也。」李秀成道：「汝即歸伍，只是一個軍人，又焉能作吾內應？」張英道：「小人在營時，自為一黨，有數十人。若當忠王與張國梁交戰時，吾等從後窺便刺殺之，有何不可？」秀成道：「汝若能如此，當有大功，汝可以行之。但恐不及耳！」張英道：「小人今便去投營。若忠王遲到一日，當可成功矣。」秀成乃贈以白銀十兩，笑而遣之。左右恐以為偽。李秀成道：「吾今自問，除敵將之外，斷無人肯以計賺吾！但某所慮者，只以他區區一個軍人，或不能濟事耳！然事終不成，於吾亦無所損也。」於是率軍緩緩而行。離丹陽二十餘里，與張國梁一軍高約十餘里，即紮下大營，與李世賢左右相應。各結軍壘百餘座，夜後營內燈火沖天，震動遐邇。

秀成令李世賢、劉官芳合戰和春一軍；而以本部獨當張國梁。此時張國梁招集逃兵，軍勢復振，和春戒以戰事在即，不宜再招逃兵，免敵人縱人混進。張國梁深以為然。甫一日秀成已到。張國梁即知會和春：欲乘秀成已到，人馬喘息未定，即行攻之，便與和春相約同進。

時秀成大集諸將，令賴文鴻為前部，先進兵掠陣，首從左路進攻，卻向右奔來，料張國梁必以右路截擊，那時張軍必盡數移動，然後以一軍乘之。又探得清國欽差德興阿一軍，方扎興化，恐聞丹陽緊急，必移兵相救，乃飛令羅大綱、郜雲官，移兵直向揚州，以牽制德興阿，而阻丹陽救應。此時賴文鴻一軍，首攻張國梁左軍。國梁引兵迎敵，賴文鴻卻移兵反向右路，國梁左軍即奮勇躡追，右軍復出，以夾擊賴文鴻。正喊殺間，秀成卻令陳其芒引兵，攻張國梁左路。時張國梁在中軍，只注意李秀成一路，不虞再有陳其芒來攻自己左軍，故被陳其芒一擊，隊伍全亂。李秀成大軍齊出，國梁仍死命堅持，只望和春可以相應。不料和春一軍，亦已被李世賢、劉官芳所困，張國梁更沒援應，那李秀成進勢愈銳。國梁正冒死相拒，忽然後軍大亂，反放槍向國梁中營擊來，國梁措手不及，坐下馬先已倒斃，忽向左右換取馬匹。甫復乘馬，那賴文鴻、陳其芒兩軍，已直撲陣前，萬槍齊發，張軍大受損害。國梁料知不敵，急行軍殺開血路而走，欲奔回丹陽固守。誰想李秀成早防國梁再退入城，卻令賴文鴻、陳其芒，於國梁退時，先行截出張軍後面，以阻國梁入城之路。張國梁軍中後營，又有與李秀成相應的，以截張國梁，故國梁直不能進城。此時喊聲連大，張軍死傷不計其數，張國梁只得引兵望東北而逃。李秀成引軍追襲，沿途奇擊，張國梁無從抵禦。見追軍漸近，欲拔劍自刎，左右急奪其劍。國梁求死不得，李秀成已經趕到，下令捉得張國梁者，賞萬金，授指揮；擊死張國梁者，賞五千金，授檢點，李軍一齊奮勇。

時張國梁左右只剩數十人，拚命前走。忽前面有一河相隔，那河正是丹陽河。水勢滔滔，闊約二十丈。張國梁此際前無去路，後有追兵，坐下馬又已被傷，料不能過河，不禁兩眼垂淚。即下了馬，欲投諸河中。回望追兵，已盡望見旗號，正是李秀成的。忽有一親兵飛步至張國梁之前，自言善識水性，挾定國梁，便欲游水渡河。張國梁回望李秀成軍兵，離不得數十步，恐為秀成所獲，乃盡力爭扎，要投河去；奈那親兵十分粗猛，用力挾定張國梁，竟令張國梁爭扎不得。張國梁大怒，以口奮力嚙親兵之後項，該親兵痛極，始擲放張國梁於地上。國梁即翻身躍於河中。那李秀成隨即追到，已認得張國梁，眼見他投諸河上，只有張國梁從騎三十餘人，口稱願降。李秀成一一撫慰之，並向降兵問張國梁情景？那些降兵便把張國梁兵敗原因，及投河情形，具向李秀成詳述。秀成嘆息不已。謂左右道：「昔張國梁與洪天王共事於廣西，天王以其向處綠林，懼其野性難改，頗輕視之。翼王石達開，謂國梁雖粗武無文，但驍勇善戰，故每向國梁曉以大義，冀為吾國出力也。乃國梁終不謂然。因當時金田初起，人馬不多，以為洪天王難於成勢，故早已心變，欲得清朝一官半職，以為榮幸。那安王洪仁發，又不心細，致令國梁私遁陣清。叵奈執法太嚴，竟以國梁降清，乃盡殺其家小，使國梁以此懷仇，始終為敵人效死，吾甚惜之。今國梁得此結局，真可嘆也。」秀成說罷，仍恐國梁或知水性，可以逃生；乃派人馬環守河面。並囑道：「如國梁泅水得生，則放槍致其死命；如其已死，乃拾而葬之。因各扶一主，各有一忠，生則與之為敵，死則不與他為仇也。」左右聽得，大為感動。

徐見張國梁屍首浮於水面，李秀成即令人撈獲之，復令備棺葬於丹陽城外。可憐張國梁一員健將，由綠林出身，初與洪秀全同事，後投於向榮麾下，始終奮勇，為清廷出力；雖屢戰屢敗，唯僕而後起，數擾金陵，使洪秀全不能安枕。故國梁雖敗，人謂其實足阻洪秀全北上之師，且牽制金陵，為皖、鄂、贛、浙各省助力不少。雖敗亦清國功臣也。今乃敗於李秀成之手，殞命丹陽河上，亡年五十餘歲。後人有詩嘆道：

綠林有豪客，從戎拒太平。
盜魁傳桂省，將略在金陵。
百戰心無懼，三軍勇可驚。
愚忠原可憫，誓死報清廷！

張國梁已死，清廷憐其盡忠，加以太子少保官銜，世襲一等輕車都尉，並賜謚忠武，此是後話，不必細表。

單表張國梁既死，所遺部下軍士尚存數千人，俱為李秀成招降去了。並訪得國梁部下從後營反擊國梁者，如張英等數十人，俱重賞之，升張英為都檢點。秀成全軍大捷，復移兵向右路。時李世賢一軍，與清將和春相拒，世賢卻令劉官芳領兵繞趨後路，以要和春之後，兼攻丹陽。那時丹陽守兵無多，居民又多有思念李秀成者，故城中極形紛擾。見張國梁已敗，乃開門迎劉官芳人馬入城，知州遊長庚、總兵熊天喜，俱已殉難。那和春部下人馬雖眾，以吉林馬隊三千人為前路，死命進衝李世賢中軍，奈不能得手。不多時知道張國梁大敗，軍中已無鬥志；徐又報劉官芳已攻進城，和春已知勢不可為，乃欲退兵，不想劉官芳復由城內殺出，直攻和春後路，李世賢又扼其前，以致腹背受敵，和春大敗，引兵望東而逃；唯前部吉林馬隊，已被李世賢人馬圍困，不能得脫。所有吉林馬隊三千人，已為李世賢攢擊，死去二千有餘。馮子材欲以游擊一路衝人援應，亦被劉官芳人馬擊退，以致和春大敗。李世賢乃乘勢東下。時清將總兵吳全美，方領水師屯紮丹陽河之下流，當李世賢追至時，將其兵船縱火焚燒，數百號拖罟化成一炬。吳全美只得登岸而逃。和春見各路俱敗，所部三萬人只存數千，狼狽在蘇州而逃。那時兩江總督何桂清，在常州尚擁兵萬餘人，聽得丹陽大敗，不敢在救，挈妻小亦向蘇州逃走。李秀成、李世賢大獲全勝，計點清兵屍首，沿途山積，死去不下二萬人；招降者，其數亦有萬人，餘者多已逃散。統計和、張兩軍五萬餘人，張國梁全軍覆滅，和春只存數千人，逃至蘇州滸墅關，方移書詰責何桂清先逃之罪。忽聽得張國梁部下二萬餘人，全軍覆滅，已投死丹陽河中，乃憤不欲生；又因和、張兩軍，向來搶掠，蘇省人民多視之如仇，故和春奔至滸墅關時，見居民戶首多有楹聯貼出，道是：同心盡殺張和賊，協力相扶天國兵。

和春見民心如此，欲在蘇州再復招兵，亦是難事。又思本部人馬，向與張國梁共事，最為得力，今國梁已死，更無人相助。且自覺一敗至此，亦無以見人，乃即吊梁自縊。自和春、張國梁俱死，蘇省清兵勢力已盡，李鴻章時在上海，方配置洋槍隊，欲行上駛，亦已不及。於是李秀成、李世賢，留劉官芳在丹陽附近，檢理清兵屍首，安撫居民，辦理一切善後事宜。並收復金壇、丹徒、宜興各縣。李秀成乃直下無錫，趨蘇州；李世賢則攻下常州。所到之處，清兵皆反，開門迎降。故李秀成、李世賢，自丹陽大捷，順流而下，已唾手得了蘇、常二府。李秀成乃即出榜安民，撥人馬留守蘇、常一帶，與李世賢一齊班師而回。

沿途探聽得清欽差德興阿兵在泰興，本欲移救丹陽，已為羅大綱等截擊，退回淮南；那馮子村、吳全美，亦奔回松江。當李秀成回金陵，一路上出示撫諭居民。那裡居民前見和春、張國梁等軍紛紛搶掠，故無不歡迎秀成人馬，皆道和、張兩軍既去，吾民可以安寧矣！李秀成以居民頻遭兵燹，乃向蕪湖、鎮江運米前來，舉辦平糶，民心益悅。秀成自回金陵，奏報丹陽戰務。洪秀全以秀成此次出兵，往返不過一月，乃破丹陽，和春、張國梁走死，復平定蘇、常二府，不勝欣喜。李秀成乃請大簡師徒，與李世賢一同北征。洪秀全亦以為然。

時洪仁玕出師安撫各省。唯安王洪仁發、福王洪仁達，在南京執權。那洪仁發，自洪秀全既定金陵之後，與平時性情大異：從前是個天真爛漫的人，胸中別無心計；唯洪仁達則度量狹隘，性尤忌刻，至是更唆動洪仁發，同為一氣，只是攬權持勢，妒忌功臣。那洪秀全性又過柔，以兄弟之情，不大敦責。故洪仁發、洪仁達，更為得意。朝中文武，大半趨承其意。洪仁達性又貪婪，臣僚中如有供應的，則視為莫逆；否則諸多阻撓。前既迫走石達開，此時又忌及李秀成。因洪秀全當時政事之權，俱在議政局：那局長實掌政治大權。自楊秀清既死，石達開既去，於是議政局長一任，乃以李秀成領之。洪仁達欲為議政局長不得，更嫉李秀成。李秀成亦知其意，每欲以局長之職讓之，奈洪秀全不允，諸臣亦以為然。故李秀成雖然出征，亦遙領局長之權。及此次大捷而回，數月之間，如王有齡、和春、張國梁皆清國有名將官，盡死於李秀成之手，斬清兵數萬，拓地數千里，威望愈著，而洪仁達之妒忌亦愈深。當李秀成既回金陵，力請北伐，洪秀全已有允意；唯洪仁達百般阻撓，但言東南未靖，一旦北伐，不無內顧之憂。洪秀全因是又不能決。乃以李秀成連年疲戰，暫行休兵江寧，再商進取。

單說皖南寧國府，逼近浙江。從前李秀成下杭州，曾國藩調趙景賢駐守寧國後，以寧國力秀成必爭之地，更令提督周天受領兵五千助守。然自李秀成由浙旋師，已令古隆賢扼寧國一路；及定了蘇、常回金陵，知寧國為四戰之地，不容輕視，乃令部將吳汝孝、陳士章，由高淳移兵，會攻寧國。至是古隆賢、陳士章、吳汝孝三路雲集，共攻寧國府城。

時清將趙景賢，以本部人馬屯紮城外；而以周天受守城，為內外相應。古隆賢乃請吳汝孝、陳士章合攻趙景賢；自己卻親自攻城，果然陳士章、吳汝孝分兩路夾擊趙軍，趙景賢寡不敵眾，欲退入城中，與周天受合守，又為陳士章所截，不能進城。那寧國絕少山嶺，多是草場戰地，無隘可扼。那陳士章、吳汝孝，自以人馬倍於趙景賢，不用奇兵，只用混戰：初猶兩軍合擊，繼而各自輪戰，趙景賢無可休息。連日爭戰，損傷極眾。

那一日吳汝孝、陳士章，乘景賢兵已疲憊，乃奮力合出，趙景賢大敗。部下折兵三千有餘，又不能回城，只得引敗殘人馬，走回銅陵而去；周天受又不能出城援應。自趙景賢敗後，守勢亦孤。陳士章、吳汝孝，乃悉銳助古隆賢，合攻府城。周文受百計死守，終不忍棄城而去。那古隆賢、吳汝孝、陳士章，將寧國圍得鐵桶相似，水洩不通，以絕寧國援應。計自九月初四日，圍至十三日，前後十天，城內糧餉已絕。周文受只望外應，唯絕不見有援兵馳到。眼見糧盡，軍士多有餓斃，遂於十三那一夜，率死士三千人，突開城門，直衝洪軍。但那裡敵得太平兵馬多眾。管教：

死士三千，陡見營前摧上將；孤城七載，又教城內殞良才。

要知後事如何？且聽下回分解。

陳玉成大戰蘄水城　楊制臺敗走黃梅縣

話說周天受被困寧國，知內糧已空，外援亦絕，乃率死士三千人，由城內衝出，志在出敵人不意，可望一勝，以保寧國。不料太平將古隆賢、吳汝孝、陳士章等，已步步提防。故周天受一經殺出城外，古隆賢已督兵重重圍裹，槍聲齊響。周大受身中十數彈子，登時斃命。所有戰士三千人，不能得脫，奮力死戰。古隆賢見其來勢凶悍，且周天受已死，寧國可下，本不欲多殺，乃放條血路，讓他逃出。唯該三千人，以死自誓，不特不退，且力攻太平兵，要為周天受報仇。古隆賢無奈，只得再行合圍，故三千死士，無一存者。計此惡戰：自趙景賢之退，以至周天受之死，清兵折去五六千人，太平兵亦折二千餘人。古隆賢遂直撲城池。時城內以糧食睏乏，死傷枕籍，料不能守，乃開城投降。古隆賢遂率兵直進寧國府城。因城內米糧俱盡，急令人由蕪湖運米前來接濟，民心稍安。一面將戰況報知金陵。李秀成為寧國四戰之地，據此可以扼皖南咽喉，亦可為金陵、浙江封鎖，乃令古隆賢等力守寧國，緊固皖南門戶，窺便援應各路。

忽得報告：「堵王黃文金進兵江西，已下浮梁縣，收里布，復渡西瓜州、羅家橋諸鎮，乘勢攻下景德。清將左宗棠，以糧道不繼，已引軍回撫州，唯提督鮑超及總兵陳大富兩軍，繞出石門迎戰，一日數十合，兩軍死傷山積。今鮑超、陳大富已退回建德矣。」李秀成道：「黃文金雖勇，然自用兵以來，未嘗有此血戰者。敵將陳大富不打緊，鮑超精銳好鬥，左宗棠亦有戰備，黃文金竟能挫之，吾國其有起色乎？」忽又有探馬飛報：「清將鮑超、陳大富兩軍，會同副將貝廷芳，三路直攻建德，欲乘勢撼安慶也。」李秀成道：「建德為安慶下游保障。建德若失，必搖動安慶，我不能吝此一行矣。」遂引兵望建德而來。

時太平將會天侯林天福，在建德把守，城中兵有八千人。鮑超、陳大富、貝廷芳三路不下二萬餘人，軍勢浩大。林天福不敢出戰，只閉城拒敵，以待救兵。正值正月天氣，雨雪交加，秀成到寧國，抽出古隆賢一軍，令為前部，冒雪直趨安慶下游，由池州而進。恰侍王李世賢，以蘇常既定，金陵可免東顧；復率兵下浙江，進江西，入婺源，聽得建德有警，復移兵北向，與李秀成同時趨到。李世賢先攻貝廷芳一路。那貝廷芳不虞李世賢猝至，嘆道：「豈吾國在贛浙軍官，皆已死盡乎？何李世賢縱橫千餘里，如人無人之境也！」說罷奮力接戰。不意砲彈飛來，閃避不及，就此嗚呼，時林天福在城上督戰，已為鮑超槍斃，鮑超方率兵人建德城，及聽得貝廷芳戰歿，而貝廷芳所部，又懼是浙江兵，見主將已亡，無處可逃，已大半投降於李世賢一軍。鮑超遂令陳大富守城安民，急欲出城援應，奈李秀成大軍亦已趨到。鮑超知兩面受敵，料不能支，乃令陳大富復棄建德，相與望彭澤、湖口而逃。李秀成等進了建德，與李世賢計議，以蘇，浙現在可以無事，留李世賢經略皖南、贛北一帶，以古隆賢暫守建德，並為安慶、九江聲援；復移文陳玉成，使進兵皖、鄂間，然後引兵回金陵，準備北上，不在話下。

且說陳玉成，自入江甫合破和春、張國梁之後，回軍皖省。以連年東援西戰，北伐無期，探得捻黨龔德樹，聚眾十餘萬，欲聯合之，以鎮東南，然後可以北上。時李昭壽以移守滁州，亦與捻首張洛行有八拜之交，遂函商李秀成：令李昭壽聯合張洛行，大舉以破曾、胡等軍。李秀成深韙其論，即函覆贊成。陳玉成乃一面令李昭壽約會張洛行；自與龔德樹合兵出發。

原來龔德樹，本眇一目，時人呼為龔瞎子。初時本從洪秀全，自初進武昌，乃附入捻黨，因龔瞎子與捻首張洛行、苗沛霖向為舊交。是時捻黨勢大，在齊晉河洛之間，縱橫無敵。故李秀成、陳玉成之意皆主與之聯合也。時龔德樹正扎皖北穎川。陳玉成在麻城本籍時，即與龔德樹互有來往，至是乃與之聯合：計本部三萬人，合龔德樹大軍三萬人，共眾六萬，乘勢南下。

卻因當時曾國藩一軍，銳意欲先復安慶，彼以安慶在長江中央，若一經收復安慶，則隔斷洪氏東西訊息，庶大局易於著手。便遣部將彭玉麟、楊載福、塔齊布會同皖將布政使李孟群、巡撫李續宜會攻安慶，由江西進行，先後下彭澤東流，逞渡長江，入望江，沿潛山以趨安慶省城。復令道員趙景賢，提督周鳳山，道員王珍，皖南道李元度，分握太平、石棣、銅陵等處，以斷洪氏東來救應之兵，俾得專力安慶。那曾國藩本最愛李元度，從前任以幕府諸事，謂為運籌帷幄，算無遺策，至是乃以布政使銜保為皖南道，並令扼守險要，以拒洪秀全東路。並馳書以戒李元度。書道：

次青方伯大人左右：公韜略在胸，僕久資倚俾。唯公生平，有為僕所不解者：料事則纖悉如神，定謀則百無一誤；及至事權在手，竟無不失敗，古稱李廣數奇，足下豈其流亞乎？抑如孔子所雲：足下為趙魏老則優，而終不可以為大夫乎？皖南管鑰，非常重要，以公大才，故以相委。今僕悉銳以撼安慶，志在必得，藉公為東方屏障，公將有以慰僕乎？伏祈勉黽，並候捷音。僕曾國藩頓首。

此書去後，曾國藩覺東路可無顧慮，便令諸將奮攻安慶。

唯英王陳玉成，平日軍勢既張，此次復合龔德樹之眾，聲勢尤大，遂取廬州，沿廬江而下，探得清副將成大吉，聚守松子關，乃以松子關為安慶要道，若先破松子關，則安慶氣脈易通，軍事即易著手。遂率眾先擊松子關一路：以龔德樹為前部，直攻成大吉一軍。那成大吉雖然死戰，怎當得陳玉成之眾？且龔德樹初次來助洪氏，正欲一顯其勇，故卒軍進如潮湧，成大吉大敗。忽然龔德樹所騎之馬，失了前蹄，把龔德樹掀在馬下。清兵乃反擊之。幸諸軍力持一陣。折了千餘人。龔德樹遂引兵而退。

次日龔德樹乃大舉復仇，進勢愈猛。成大吉防戰一晝夜，不能抵當，大敗而逃，為亂槍所擊斃命，軍士紛紛逃散，龔德樹遂據了松子關。時曾軍以楊載福、彭玉麟從水路進攻，而陸路塔齊布等，亦先後趕到。陳玉成聽得，謂左右道：「曾國藩以五路爭安慶，若其五軍齊至，吾軍必不能敵。今陸路塔齊布、李孟群到此，或先或後，則雖五軍，不啻一軍耳！如此已失了布置，吾可陸續破之。」時清將李孟群一軍，正趨松子關，欲援應成大吉。到時始知成大吉已死，全軍盡散，李孟群又以軍士初到，喘息未定，龔德樹已先受陳玉成之命，立擊李孟群。

那陳玉成卻移軍而東，與塔齊布人馬遇於觀音墟，塔軍亦以跋涉而來，未及休息，陳玉成亦乘勢迫之。故塔齊布、李孟群兩軍，所部不過五六千人，一來眾寡不敵；二來勞逸不同；三來以乘勝之威，是以塔齊布、李孟群二軍，即為陳玉成、陳龔德樹所敗。

原來陳玉成一軍，最為精悍：他在部下挑選健兒三百人，謂為小兒隊，皆十四五齡之童子充之，各冠紅中，綠綢圍腰，從英王執令旗。凡被選者薪俸極優，且各授以指揮使銜名，唯須矯健機警，飛走過常人者，方能入選。此小兒隊長即為陳國瑞，驍勇無匹。陳玉成倚為護衛；此外又有五色旗親兵，每旗二十人，稱紅黃白黑青五旗營，此五旗皆百戰健兒，唯不用以當前敵。每次臨陣，在大營中先建一將臺，玉成立臺上指揮將校，五旗營軍環立臺前：前軍若勝，則五軍齊出追敵；若前軍陣腳稍有移動，急調青旗營繼進；如青旗營仍不勝，則急調黑旗，以次及紅旗營，即無有不勝。因紅旗營尤為健中之最健者也。聞紅旗營下各兵，皆矯捷如猿，善於飛走，軍中號為紅猿隊。每接戰時，皆腰懸雙劍，不事洋槍，唯舞長矛衝陣。僅見紅旗營之影，即倏忽已至陣前：近敵即舍矛舞劍，劍復鋒利，若雷疾電閃，敵軍遇之莫不奔潰。除紅旗營之外，又有三十六回馬槍，尤為精利。設紅旗營仍不能勝，即令退後，而以三十六回馬槍應之。每槍百人，皆背紅黃綢袱，納金銀之屬於袱中。當紅旗營退時，馬槍軍亦散袱中金銀而退。敵軍追至，一見金銀，必爭執取，於是馬槍隊及五旗營一齊回擊敵軍，無不取勝。又有七十二行軍檢點，押住後陣：有退後者，即截殺之。安營後，必每夜守嚴糧屯及軍門左右，與探隊互通訊息。若有警報，即監護糧草，鳴號告眾，故七十二檢點，亦不臨前敵。計英王行軍幾千里，未嘗一日乏餉，皆七十二檢點之力也！陳玉成又善騎，唯非屆臨陣，必不騎馬；平時喜乘筍輿，控兩馬以隨，輿後輿中縱橫史策，實剛好乘輿，以便觀書。遇急時即改而乘馬。兩馬皆日行五六百里：一名追漢，一名破楚。玉成每當乘馬時，有持黃羅實蓋者隨之。此持蓋人，其行如飛，遲疾皆與兩馬相等；所步之小兒隊亦然。故陳玉成一軍，稱為最健。當下破了松子關，乃與龔德樹分途並進：龔德樹先破了李孟群，陳玉成亦破塔齊布於觀音墟，以眾寡勞逸之勢既異，塔、李兩軍如何抵敵？李孟群即望湖北而逃，塔齊布亦退回頓省。及塔、李兩軍退後，李續宜一軍始到：陳玉成乃與龔德樹合兵夾攻李續宜。原來李續宜兵到時，先扎潛山，滿意與塔齊布、李孟群合兵，好與陳玉成大戰。不想人馬到時，塔、李兩軍早已敗退，自知本部不能敵陳玉成、龔德樹兩路之眾，又聽得楊載福、彭玉麟兩路水師，欲進攻安慶，時已為太平將林啟榮，由九江發軍，直趨下游攻擊。且李世賢自攻破鮑超於建德，已分道援安慶，由小軍先渡對岸，故楊載福、彭玉麟兩路水師，皆不能立足，已先後退去了。李續宜此時更不能久留，即欲退軍，忽陳玉成與龔瞎子分兩路大至，直向潛山，合逼李續宜。那李續宜所部不過三千人，如何抵敵？早望英山而逃。陳玉成調齊五旗營，與龔德樹分頭尾追，李續宜大敗，折了二千餘人馬，走回英山而去。陳玉成與龔瞎子大獲全勝。

時安慶之圍已解，陳玉成乃移家眷於安慶城內，並令部將陳得才、張朝爵入安慶助守；附近安慶之集賢關，乃令部將劉瑲琳、李四福領一萬人駐守，瑲，以為安慶聲援。此時太平大將成天豫，正沿廬州而下，因聞安慶有警，亦欲馳救安慶。乃至時，安慶已經解圍。陳玉成便令成天豫，先回金陵坐鎮，以替李秀成出征；而以李世賢顧江西一路，並請秀成以楊輔清顧浙省，玉成自認保障皖、鄂一帶。計劃既定，乃與龔德樹，齊向英山出發。

那時陳玉成連破各路，軍威大振，李續宜以孤軍難敵，先行退回湖北，駐紮蘄水。故陳玉成與龔德樹，一舉拔了英山。玉成謂龔德樹道：「李續宜在敵軍中，用兵最久，性亦耐戰；彼為李續賓胞弟，皆負時名，若能斬得李續宜，固除去敵軍一員健將；且李續賓聞之，亦必大舉為弟復仇，因而破之，併除續賓，則挫敵人銳氣不少矣！」龔德樹道：「英王之言固是，且我以乘勝之威，彼以挫敗之眾，乘勢蹙之，如狂風之震敗葉，無有不勝，亦足以張吾國威也！」時探得李續宜已退至蘄水，與劉坤一軍會合，陳玉成大隊乃並趨蘄水而來。李續宜聽得，乃與劉坤一計議道：「吾處潰敗之後，方寸亂矣，公有何良策？不妨賜告！」劉坤一力主出城迎敵。李續宜道：「吾軍不特眾寡不敵，且既敗而後，軍心如驚弓之鳥，戰必不濟；若復潰敗，恐全軍俱沒矣。」劉坤一道：「公言雖是，然使敵至則逃，恐敵軍不知追至何時始止。今鮑軍在江西，令兄軍在皖北，而李孟群與曾軍諸將，又皆同時並遭挫敗，眼見湖北境內，除胡林翼以外，再無能員，恐更為敵軍所乘，則湖北全境亦不能駐足矣。」李續宜聽得，躊躇無計。乃一面固扼蘄水，一面飛報胡林翼，使速籌戰守，兼請援兵去後，陳玉成大軍已到。見李續宜只守城內，城外並無人馬迎敵，即行攻城，將蘄水四面圍定，晝夜攻城不息。李續宜以既催湖北援兵，不欲遽退，唯督軍固守。

一連兩日，兩軍矢石交加，陳玉成仍未能攻陷蘄水。遂與龔德樹分甫北夾攻。龔德樹戰尤奮勇，用槍炮向城上轟擊，城上亦以槍炮還下，不料龔德樹正當撲進時，竟為城上守兵一顆彈子，擊中頭部。龔德樹被擊，大叫一聲，早已斃命。軍中已嘩亂起來。劉坤一在城上見擊斃龔德樹，乃乘勢開城殺出。時陳玉成部將葉練坤及松王陳得風，正攻東門，見龔德樹一軍嘩亂，料知有故，乃以葉練坤依舊攻城，陳得風乃領兵轉向南路，知龔德樹已死，知府劉坤一方從城內殺出，陳得風率兵直攻劉坤一。時龔德樹部將蘇老天，見陳得風救兵已到，乃撫循所部，與陳得風夾攻劉軍。劉坤一所部三千人，不能抵敵，欲退回城中，奈既出之後，城門復閉，只得引兵望西逃。陳得風乃令蘇老天追趕劉坤一，陳得風自行續攻南路。那時李續宜在城內方竭力拒御陳玉成，忽聽得劉坤一擊斃龔瞎子，已殺出城去，乃大驚道：「峴莊出城必敗矣！」

急欲止之，然已不及。後聽得劉坤一果敗，自知孤軍必難久守，正欲引軍逃出，不意陳玉成已攻陷北門。原來小兒隊長陳國瑞，領小兒隊殺至城邊，移米成壘，一躍飛登上城，殺散守卒。小兒隊三百人，一齊飛躍登城，殺不盡的守卒，都已逃走。陳國瑞乃率小兒隊斬開北門；陳玉成留三十六回馬槍在外，率五旗營一齊進城。李續宜乃殺條血路，走出西門而去，卻又為陳玉成手下健將林紹章截擊。幸有護兵千人，非常奮勇，擁護李續宜西奔。奈林紹章人馬多眾，又都是百戰精銳，已把李續宜困在核心，不能得脫。續宜恐為林紹章所擒，方欲拔劍自刎，忽見林紹章後軍自亂，原來知府劉長佑、總兵李續燾在黃州聽得李續宜被圍，乃統兵前來救應。到時正見李續宜為林紹章所困，即奮力殺進重圍。李續宜見林紹章後軍已亂，知有援兵趕到，遂亦率護兵千人，奮力殺出，裡應外合，遂透重圍而去。時陳得風、葉練坤，已分頭攻下東南兩門，只顧進城去。及陳玉成知李續宜逃出，方調陳得風、葉練坤合兵出趕，李續宜已逃去多時了。蘇老天亦追劉坤一不上，引兵自回蘄水。陳玉成大獲全勝，唯以龔德樹陣亡，又擒李續宜不得，心中甚憤。遂一面表告金陵，追封龔德樹為勇王；令龔德樹部將蘇老天，統領龔德樹舊部，會同直趨黃州。時李續宜、劉坤一、劉長佑、李續燾，以敗後不能立足，紛紛潰退，陳玉成遂復陷了黃州。所有羅田、麻城、黃陂、孝感各地，前為清將鮑超、李孟群、李續賓、李續宜等先後收復者，皆復被陳玉成攻陷，聲威大震。

官文、胡林翼、曾國藩等，大為憂慮。曾國藩乃馳至漢陽，與官、胡會議：以陳玉成一軍，且不能敵，焉能平得東南？各省務須設法制洪秀全死命；九江為數省咽喉，此次五路會攻安慶，所以為陳玉成敗者，以五將不能如期會合。而楊、彭兩路水師，又為九江分兵襲擊所致，不如先取九江。官文、胡林翼、曾國藩皆意見相同。座中楊沛發言道：「某亦願先取九江。某雖不才，於九江地形頗熟，願以本部人馬，取還九江，以贖前過。」原來楊沛曾任湖廣總督，以失機開缺，留辦軍務，自以曾任九江知府多年，熟識地勢，故願當此任。曾國藩道：「敵人在九江守將是林啟榮，非等閒可比。他原是石達開部將，轉戰各省，所向無敵。自駐守九江以來，吾等屢以大軍撼之，未嘗得手。洪秀全以九江重地，東西南北交通，不委他人，而獨委林啟榮者，以啟榮固有將材也。其人胸儲韜略，腹有機謀，且極得人心，恐未可輕視之。」楊沛道：「別人重視林啟榮，然吾獨不然。彼扼守九江數年，未嘗出境一步，吾未見其有材也！此行如不勝任，任從參辦。」各人見楊沛如此果決，只得允其進兵。胡林翼仍恐其軍力不足，乃於其部下六千人，再令增募六千；另以曾國荃一軍相助，直望九江出發。

且說太平將真天侯林啟榮，駐守九江，數年以來，連敗清將，九江得以保全。只會聽得楊沛以大軍萬餘人，益以曾國荃相助，來爭九江，便與部將元戒、李興隆計議道：「楊沛此來，志在必勝；彼前以失機落職，欲立功以光復其官階，故誇下大口而來。其志極驕，吾當以驕破之也。」遂移書堵王黃文金，於湖北之大冶、興國、金湖，以至江西之瑞昌附近，皆派少數人馬駐守：每處約二三千人馬不等；若遇楊沛兵到，只要潰敗而逃，不必力戰。待楊沛來至九江，自有計以破之。去後復在九江城外，離十里五里不等，俱埋伏地雷；另伏人馬，以備發炸。計劃既定，時楊沛引兵，由漢陽起行，望東而下。所過之處，凡有太平兵馬駐守者，皆乘勢攻之；太平兵略與接戰，即紛紛逃散。楊沛自為前部，曾國藻在後，奮力前進，所過大冶、興國、金湖，太平兵無不披靡。楊沛勢如破竹，乘勢直下瑞昌，皆無敵手。楊沛大有得色，顧謂左右道：「吾固知敵軍易與也！此行業直陷九江府城，斬林啟榮之首，以雪歷年諸將屢敗之恥矣！」說罷置酒痛飲，復引兵直進。時官、胡各人，方懼楊沛不敵，欲派兵為後援，及聽得楊沛連敗敵兵各路，直衝千里，如入無人之境，皆道楊沛此次戰功，其銳足與敵將陳玉成相比，可以洗數年挫敗之羞矣！因此不復置意，亦不再派人馬為楊沛援。

那楊沛以為九江唾手可得，不欲分功與人，故亦不請兵相助，即號令人馬，由瑞昌鼓行而東。那瑞昌離九江府城不遠，瞬息可至，遙望太平兵馬，沿途皆有駐守，卻是林啟榮部將李興隆。楊沛更不躊躇，揮軍直進，李興隆即棄營而遁。楊沛傳令急追。曾國葆時在後軍，急趨前向楊沛諫道：「洪秀全自起事以來，其手下將士，皆勇敢好戰。今我軍由湖北至此，沿途太平兵馬，皆望風而靡，其中過於易勝，恐有奸計，不可不防。」楊沛道：「君知其一，不知其二。每次戰事，敵軍動有數萬人之眾，故勝之尚難。今我直行數百里，所遇敵兵，每處皆不及萬人，故以吾軍遇之，如摧枯折竹，不足奇也。君休要過慮。看歷年屢攻九江不克，吾軍今夜便要成功。」說罷率軍前進，李興隆又覆敗走。已離九江府城不遠，轉出林啟榮部將元戒，略與接戰，亦棄營而遁。楊沛更自得意，曾國葆諫道：「林啟榮精悍強鬥，其部將亦皆堅忍，屢次大戰，皆為所摧。今吾軍至此，彼此不欲交戰，即紛紛退後，吾甚疑之。」楊沛至此，頗覺醒悟。原來曾國葆甫至瑞昌時，早懼孤軍無繼，為兵家所忌，已密報其兄曾國藩，請為援應，唯時已不及。及楊沛省悟，亦欲退軍。

不提防堵王黃文金，自在饒州戰退左宗棠之後，已扯回九江，故由下游掩至，夾擊楊沛。那林啟榮又見楊沛追近九江府城，乃將機關發作，所埋地雷，皆爆炸起來，如天轟地裂，楊沛軍士血肉橫飛，死者不計其數。急領敗殘人馬，殺出重圍，又被黃文金截擊，軍士死傷大半。還虧曾國葆死命前來相救，相與望北而逃，後面黃文金、李興隆、元戒已分頭追趕。幸曾國葆先報請曾國藩援應，故曾國藩特派彭玉麟，領水師駛過右岸；楊沛奔至時，得下舟而渡，直望廣濟而退。管教：

千里縱橫，反以驕誇遭挫敗；全軍覆沒，頓固羞辱喪殘生。

要知楊沛敗後如何？且聽下回分解。

李秀成義釋趙景賢　林啟榮大破塔齊布

話說楊沛兵至九江，中了地雷，軍士大半被炸；又中了埋伏，被黃文金、元戒、李興隆諸將追殺一陣，還虧曾國藩特派部將彭玉麟領水師來助，才得相救，遂得借舟渡過對岸，計部下萬餘人，已折傷大半；即曾國葆所部，亦損失八百餘人，相將退至黃梅縣，志在小息。忽謠言傳布：謂陳玉成回軍英山，將欲再下黃梅，以通灊山、太湖之路。楊沛此時如驚弓之鳥，聽得訊息，自念所部兵馬萬餘人，益以曾國藩之助，為林啟榮所敗；今日兵微將寡，如何抵禦陳玉成？欲迴向漢陽去，又以請攻九江時，誇過大口，有何面目見曾、胡二人，故不免進退兩難。後聽得李續宜、李孟群復行招募湘軍，已抵廣濟，欲相機收復黃州，為攻取武昌地步。現二李正在廣濟訓練人馬。楊沛便與曾國葆引敗殘人馬，同奔廣濟而來。正是：初逞雄心思破敵，今偏喪膽要依人。

當下楊沛與曾國葆二軍，齊到廣濟。李續宜、李孟群接著，追論兵敗原因。李孟群道：「敵兵聲勢，近日更為精悍；吾等身任重寄，成敗本不足計，唯有矢勤矢慎，實心任事，必有奏功之日。若因勝而喜，因敗而怯，驕矜用事，此取敗之道也！兵法雲，『輕敵者必敗』，孔子雲：『臨事而懼，好謀而成。』吾等今後，當以此互相策勵也！」李孟群本屬平心而語，唯楊沛聽得，以為揶揄自己，不覺滿面羞慚。那楊沛更自以身居前輩，自己任湖廣總督時，彼等不過一同知，遂以為李孟群自恃有點戰功，就語語侵諷自己，羞憤交集，遂成一病。自念從前以戰事失機，失去總督一缺；只望此次立功，回覆官階，不幸又遭挫敗，為孟群等譏諷。越想越憤，不覺咯出血來，病勢愈加沉重。請醫服藥，終無起色，數日歿於廣濟城中。自楊沛既死，所餘部下人馬，撥由李續宜兼統，仍暫住黃州附近，聽候征伐。

唯楊沛死後，曾國藩、胡林翼等，一發注意九江：計數年以來，諸將皆攻九江不克；大小數十次，皆為林啟榮一人所挫，心中更憤。遂欲合諸將之力，悉數精銳，以撼九江。早有訊息報至李秀成那裡。

李秀成時在金陵。聽得林啟榮覆敗楊沛，而曾、胡等乃欲全力撼九江，乃入見洪秀全奏道：「林啟榮坐鎮九江多年，大小已數十次勝仗，誠古今不易得之良將。他內撫人心，外挫強敵，視張巡之固守睢陽，真無異也。自宜封賞，以酬其功。但林啟榮雖謀勇足備，恐敵一將則易，敵諸將則難。九江為四戰之地，敵人尤易進兵，今聞曾、胡等欲以全力爭九江，以九江為數省咽喉，若一旦有失，則吾國東南西北，訊息梗滯矣。吾恐林啟榮久守易倦，久戰易疲，今欲固九江根本，必掃清九江附近之清兵方可！故臣不能惜此一行。待金陵無近顧之憂，然後可以安心北伐也。」洪秀全亦以為然。李秀成即打點出師。唯恐安、福兩王，恃是洪天王之兄，要攬權誤事，適贊王蒙得恩及成天豫俱在金陵，乃以政事轉託蒙得恩、成天豫與劉統監三人主持，又設立軍報司，專司文報，以狀元程文伯相司其事。又以鎮江一帶，為金陵爪翼，令陳坤書駐守。其間專為安撫人心起見，時吉志元已歿，並令陳坤書兼統其軍。令羅大綱顧淮南、皖北。復以輔王楊輔清，由殷家匯入浙江，兼平、閩浙兩省。以侍王李世賢、堵王黃文金，管江西軍務，以卻曾國藩、左宗棠等，並為九江下游屏障。若皖、鄂兩地，有英王陳玉成大軍，可以無慮。

籌劃既定，李秀成領了人馬，由金陵西行：大軍沿太平、蕪湖而下，令松王陳得風與健將賴漢英，先趨石埭，自率大軍直走銅陵。

時清道員王珍，方扼守石埭。那王珍亦湖南人氏，從戰湘、鄂、皖、贛各省，所向有功，在湘中號為儒將，與羅澤南齊名，最為曾國藩所賞識。此時以所部六千人，扼守石埭，以當賴漢英、陳得風等軍。而李元度、趙景賢、周鳳山等，把守銅陵一帶。聽得李秀成大軍已過蕪湖，乃集議應敵。趙景賢力主固守，欲催請曾國藩移兵直救，然後迎敵。並道：「李秀成為敵軍著名勁將，且此來帶戰將多員，復擁數萬之眾，吾軍中固無秀成敵手之人，且又眾寡不敵。若勉強出戰，徒取敗耳！一敗之後，則皖南一帶必為敵有，而自金陵以至安慶，敵人已貫通一氣，此後大局益危矣！」李元度聽得，頗不以為然。自恃曾在曾營，久為國藩器重，因瞧趙景賢不起，故一力主戰。並道：「向榮敗死，張國梁、和春、王有齡復相繼敗死，吾國軍成盡挫。復經敵將陳玉成，縱橫東西，久視吾國如無人，此次若再讓之，恐敵氛益熾矣。屢敗之後，正當再振軍威。我以三路之兵，若謂不能敵李秀成一路，則吾等真無用矣！」李元度說罷，再決於周鳳山。那周鳳山是個武員，自無有不主戰，遂不聽趙景賢之言，令周鳳山左，趙景賢在右，自己居中，共為三路。計每路約五六千人，共計一萬五六千人之眾，離銅陵十五里下寨，專待李秀成交鋒。趙景賢又諫道：「空城出屯，為兵家最忌。昔公在曾國藩幕府，於沈藻楨守南康之日，公曾致書沈葆楨：以空城出屯為戒！故卒能保全南康。今日何自己反忘之耶？以沈葆偵遇黃文金一軍，猶不宜出屯，況今遇李秀成之眾，又安可棄城於不守？公等若必主戰，某願守銅陵。在某非畏戰，特以留此一城，固有駐足；即留此一軍，亦可備緩急也！公等以為何如？」李元度道：「公真食古不化。軍法乘宜制變，彼一時，此一時也。當時只有南康沈葆楨一軍，故不宜妄戰；今三路之眾，故不宜因守。若公必守城池，是前軍又少一枝兵力矣；前軍若敗，城池又焉能保守耶？」趙景賢無可如何，只得一同出屯。早有探馬飛報，李秀成已陷了繁昌、南陵，今乘勢向銅陵來也。李元度聽得，令部署隊伍，待秀成到時，以逸待勞，即行接戰。忽又報李秀成一軍，不下五六萬人，沿途逢山開路，遇水疊橋，已離此不遠矣！李元度聽得，殊不以為意，只下令如敵軍到時，乘其喘息未定，即迎頭痛擊。

此令既下，李秀成前部已到：左右先鋒為陳其芒、賴文鴻。不知秀成久知軍法：過勞者必蹶，沿途雖聲勢浩大，仍緩緩行程，與李元度一軍，沿距十五里，即不待清兵來攻，先已進戰。秀成並下令道：「吾軍眾而彼軍寡，彼且用奇兵，我宜用混戰；今彼駐於平原，以待交鋒，不敗何待？」說了乃親日擂鼓，諸軍齊進，相與混戰。李元度只有鼓勵軍士，責其奮勇，奈李秀成人馬眾多，又復強悍，如何抵敵？自辰至午，雖李元度竭力撐持，軍勢已漸不支。李秀面見陣腳移動，乃以中軍突出，直擊李元度一軍。如波開浪裂，清兵不能抵禦，於是大敗。趙景賢知軍不能挽回，又恐銅陵有失，沒奈何乃回銅陵扼守；李元度大敗而退；周鳳山一軍卻望石埭奔來，志在與王珍等合兵，不想賴漢英、陳得風兩路人馬，已攻下石埭，王珍已死於亂軍之中。除死亡之外，餘軍非降即竄。周鳳山聽得，更不敢赴石埭，乃引敗殘人馬，急奔池州暫駐。

李秀成既獲勝仗，料知敵軍必有一路回守銅陵，故當兩軍未戰之時，先分數百人，皆不用武裝，乘敵兵由城調出時，即乘勢混入銅陵城中。此時既已得勝，知趙景賢回城駐守，乃併力圍攻銅陵。令先鋒陳其芒，自引本部先追李元度，以斷銅陵救應，自己卻率全軍，專力於銅陵一城。

那時趙景賢在城中，知秀成必來攻城，只得鼓勵三軍死守。並傳令道：「銅陵城池雖小，卻有可以固守之處。且銅陵為皖南要衝，此處若失，是皖南全境皆休矣。今幸糧食尚多，固不患絕糧。況李元度、周鳳山，既已敗去，必然催取救兵，亦可無被困之虞。望諸君努力守禦，趙某斷不忍負諸君也！」正說話間，城外已呼地震天，李秀成已引大隊攻城，將銅陵四面圍得鐵桶相似。趙景賢正指揮軍士防守，忽報北門火起，趙景賢大驚，深恐城中有敵人內應，只令三軍不要驚慌。不想沒一刻時間，已紛報火起。趙景賢已知不妙，急傳令不要救火，只先拿姦細。突見東路上火光更烈，居民紛紛逃走，原來東城已陷。因自城中報導四處起火之後，趙景賢分遣兵搜拿姦細。李秀成乘其守力一緩，即令銳卒五百人撲近城垣，用藥炸陷數十丈，遂攻破東城，率兵大隊擁入。自東城陷後，守卒皆慌忙失措；甫門亦被賴文鴻攻下，都一齊擁進城來。趙景賢自知不免，乃率親兵望西門而逃。不知李秀成自攻破銅陵而後，已將人馬遍繞四門，故趙景賢奔至西門時，已有敵兵大隊攔住，為首的大將：乃先鋒賴文鴻也！趙景賢不敢前進，拔轉馬頭，再向北門奔來。又被李秀成部將汪安均殺了一陣，所有親兵，非降則死。趙景賢單人匹馬，轉望南路而來，乃見一隊人馬，一字兒攔住去路：為首大將正是李秀成。趙景賢至此，走頭無路，正欲拔劍自刎，李秀成已率人馬上前，一傭圍定，把趙景賢拿下來。李秀成見捉了趙景賢，諸事已了，立令三軍將城中餘火救滅，再令發款賑恤被難諸家。先將趙景賢送至一處，令護卒看守，以優禮相待。徐把軍馬安頓停妥，然後請趙景賢至帳中，秀成一見，即下階相迎，待以客禮。趙景賢道「敗軍之將，何勞優待？」李秀成道：「勝敗乃兵家常事，弟仰幕大名久矣！」說罷便力勸趙景賢投降。趙景賢不允，並道：「弟久知忠王大名，今日幸得想見，然使李元度肯聽我言，恐亦未必能與忠王想見也！吾意欲緊守銅陵城；另以一軍力城外犄角，守險不守地，以待曾國藩救兵。然後東連都興阿，北告勝保，一以大軍撼金陵，一以大軍躡忠王之後，忠王豈能遽勝乎？惜李元度自恃才能，以致於此。今既被捕，只求速殺可也！趙某非不欲與忠王共事，然忠臣不事二主。若畏死求榮，某不為也。」李秀成聽得，大為嘆服。並道：「某生平並不好殺。今為吾敵者，不止足下一人，即殺一足下，於敵何損？於我何益？君既不降，吾當縱足下回國矣！」遂命置酒款待趙景賢。

席間縱談世事：趙景賢先謝不殺之恩，再說道：「弟於再生之身，出於忠王所賜，論情本該圖報，論理則兩為敵國。尚不知如何而後可以言報也！」李秀成道：「吾豈望報者乎？若必望報，吾何為釋君；然君亦幸而獲釋耳！如易地而觀，設不幸而吾為貴國所擒，尚能如今日樽酒晤對，賓主歡飲乎？」

李秀成說罷大笑。趙景賢聽了，不勝感動，為之揮淚不止。復道：「忠王固人傑，惜我所處之地位，無可報德。然此次被釋，而後若再蒙國家赦宥，從事於疆場，吾固非忠王敵，亦誓不與忠王交鋒矣！」李秀成聽得，唯頷首而笑。趙景賢又道：「既蒙不殺，不知於何時始允放回？」李秀成道：「唯君所欲。戎馬倉皇，兩皆不暇，無論何時，皆任君回去，吾亦當派人護君出境也！」趙景賢道：「若此，吾當即行矣！誠如忠王所言：戎馬倉皇，未得長侍左右，深以為憾！」李秀成遜謝一回，乃令左右準備，明早送趙觀察出境，未幾終席，李秀成更邀趙景賢至寓縱談一夜。

次早趙景賢急欲回去，李秀成已準備夫馬護送。更派親兵二十五人，持忠王令箭，到處放行。李秀成乃親攜趙景賢之手，送至營外，趙景賢力請秀成不必遠送，秀成不從，直攜手同行，親送一程，又一程。趙景賢力止之，李秀成乃止步，謂趙景賢道：「君才過於李元度輩多矣！惜君屈為道員。若君兵權在手，吾國亦多一勁敵。吾緣分淺薄，不能長留足下，至為可惜。」趙景賢道：「忠王不必過獎！吾輩各事一方，唯各盡其力而已。然此次別後，深望彼此皆無再見之期；除是分國而治，或能周旋來往耳！唯今當遠別，願忠王以一言相贈！」李秀成道：「心中本有數言，幾已忘卻矣！聞巡撫李鴻章，已借洋兵，以與吾國構戰，此非長策也！煩君寄語李中丞，彼此皆中國人，以土地之故，各輔其主，致起爭競。勝負之間，悉付天數。慎毋借外力，以殘同種。語雲：『一將功成萬骨枯』，殘殺同種之性命，以成外人之戰功，而索此後酬報，斧柯倒持，胡可為也！」趙景賢聽得不勝嘆息。正向秀成辭別，仍依依不捨，復送一程，乃各道珍重而別。

不說李秀成自行回去，且說趙景賢回時於路上讚歎李秀成不已！及高洪秀全兵力境外，乃遣秀成親兵回營，卻困曾國藩當時駐兵江西，乃策馬望江西前來，先謁曾國藩，首訴在銅陵兵敗原因。曾國藩道：「李元度慷慨談兵，夙嫻韜略；胡一當事權，無不潰敗，此真奇事也。」乃聽得趙景賢訴說：李秀成如何豪傑，自己如何被釋，細述一遍。曾國藩聽了，默然不語。只令趙景賢暫行休息，卻與部下諸將計議道：「李秀成此來，實欲故示兵成，以鞏固安慶根本。竟戕我王珍；辱我趙景賢；敗我周鳳山、李元度，此仇不可不報也！」部將彭玉麟道：「李秀成軍勢潔大，破之殊非易事。且秀成此來，志在求戰；我若進而與之戰，中彼計矣。況根本未立，即破秀成亦所無用！欲立根本，先圖安慶，以隔斷敵人訊息。然欲圖安慶，又須先圖九江。願大帥毋捨本以求未也！」曾國藩道：「吾亦知九江為重要之地，不可不圖。叵耐林啟榮一人，屢次敗吾上將，損吾軍威，今欲取之，須用何策？」帳前閃出提督塔齊布進道：「量林啟榮一人，未必有三頭六臂；昔者之失，全在吾軍未出，敵已先知。故彼得慎為防備耳！以小將愚見：不如舍明攻而從暗襲。如某不才，願領本部人馬，往襲九江。倘有不勝，願當軍令。」曾國藩道：「吾固知將軍謀勇足備，但恐一人之力，仍非林啟榮敵手耳！」塔齊布道：「凡攻城掠地，貴在出人不意，兵法有以小致勝者，此類是也。故小將此行，不願多帶軍馬，只領部下七千人足矣！攻而弗克，再動大兵，未為晚也。」曾國藩道：「李秀成一軍，既尚在銅陵；我即以大軍攻之，彼必來救，是祇與李秀成宣戰耳。故今日欲取九江，吾亦暗襲為是也。今準將軍領本將人馬，往襲九江，將軍早報捷音，以慰吾望。吾當密遣水師，潛渡湖口，俟將軍攻城時，得水師力，以壯聲援。更拔一員上將，助將軍同去，吾早晚看將軍成功！」說罷便令部將楊載福，領水師潛渡湖口；又令部將吳坤修，引本部人馬，望九江而來。

原來林啟榮人最精細，凡事不肯託大，即未有戰事，仍多派間諜，以探敵人蹤跡。且平時防守之力，亦步步嚴密。故不論何時，皆無懈可擊。且自王珍、李元度、趙景賢等敗後，料曾國藩等必來爭取九江，故益發注意。一日得報清提督塔齊布與吳坤修及各部將引人馬來襲九江。林啟榮道：「不出吾所料也！彼軍重視九江，屢次以大兵來爭，今只用塔齊布一人，斷非明攻。乃欲出吾不意，以暗襲之耳。」故令城內不必張揚，只如平時，以作安閒之狀，而密布銳卒於城樓；各持火器。所有一切城垣，亦派守兵在垣上偃臥，不令塔齊布知道有兵把守。待塔軍來近時，出其不意以攻之；又令部將李興隆、元戒各領精卒千人，當著來路，擇地分左右埋伏；任塔軍前來。待聞九江炮聲，一齊分道殺回。分拔既定，時塔齊布以為此次出軍，林啟榮必無準備，故得意而來：人銜枚，馬勒口，星馳電閃，望九江出發，到時正在夜裡；但見刁斗無聲，城內寂然。塔齊布大喜道：「林啟榮果無準備。吾今番可以成功矣！」遂飭備登城之物，揮軍直進攻城。忽然城內火光沖天，鼓聲震地，塔軍逼近城垣，城垣上擲下火器，放出槍彈，紛紛攻擊，清兵死傷甚眾。塔齊布大驚，知道中計，正欲撤軍，肩上已中了一顆彈子，翻身墜地。左右急為救起，不多時背上又中一彈，乃急令兵速逃。忽聽得喊聲大震：左有李興隆，右有元戒，分兩路伏兵殺來。遠地早已大叫：「休走了塔齊布！」管教：

孤軍深入，頓教良將殞軍前；五路難平，又見忠臣殉地下。

要知塔齊布性命如何？且聽下回分解。

曾國藩會興五路兵　林啟榮盡節九江府

話說清提督塔齊布，正領人馬與吳坤修往襲九江，忽中林啟榮之計：當清兵攻近城垣時，被城內守兵掩擊，塔齊布身上已中了兩顆彈子，正要走時，又被李興隆、元戒兩路殺至。塔齊布更不敢戀戰，只領賊兵望東而逃。那李興隆、元戒，已隨後趕至，軍中大呼塔齊布快來納命！那時塔齊布更自心慌。又見李興隆、元戒依然尾追，不覺反慌為怒，乃謂吳坤修道：「人生終有一死！丈夫得死於沙場幸也！吾治兵多年，未嘗挫敗至此。今卻被林啟榮匹夫所辱，吾安能忍乎？」說罷乃與吳坤修再成列，以與李興隆等決戰。不料布陣未竟，那李興隆、元戒兩軍已經追到，見塔齊布忽然成列，料其必欲回戰。乃乘其布置未定，急揮軍攻之。李興隆在左，元戒在右，奮勇殺來，塔軍大敗。一來既敗之後，軍中未免心慌；二來布置未定，盡失形勢；三來李興隆、元戒，兩軍乘勝之威，更加生龍活虎，塔軍如何抵擋？被李、元兩軍直人陣來，如人無人之境。吳坤修急著保塔齊布出重圍，塔齊布道：「吾將死於此矣！即幸而獲生，何面目見人也？君可任吾死於此地，猶博個殉國之名；他日好封妻蔭子。」吳坤修道：「將軍若死，自為計則得矣。然大將系三軍性命，將軍若死，全軍俱覆矣！將軍不為一身計，亦當為萬人性命計也。」塔齊布覺得有理，於是帶傷而逃。李興隆、元戒復追了十餘里。

這一戰直殺得屍橫遍野，血流成河。塔齊布軍中萬餘人，只剩得四五千人：都是傷頭損額，衣甲不完。乃嘆道：「大丈夫所志未終，先行殞歿，此大不幸也！」說罷眼中垂淚，又復嘆道：「吾治兵多年，今日乃死於林啟榮匹夫之手，至為可惜耳！」說罷竟咯出血來，不省人事。左右急為救起，乃徐徐復甦。便索筆墨為函，以致曾國藩。並將遺摺大意，請曾國藩著人代繕為之遞奏。寫畢即送至曾國藩處。函道：

滌生大帥麾下：弟以一個武夫，辱荷陶成，廁身行伍間，已八九年矣。復蒙天恩高厚，為不次之升遷；迭領導數，責任專閫：上念國恩，下懷私義，方謂粉身不足以圖報。故自從戎以來，自知才具既短，韜略不嫻；唯有奮不顧身，以補其拙耳。此次九江之役，弟憤林啟榮匹夫，屢次摧我軍威，損我將士，每欲得當以一洗前羞。何期才識短陋，竟中敵人狡計，全軍幾歿；身受重傷，今將不起，大帥視弟豈畏死者乎？特以敵氛方熾，國事且不知何如？而自恨治兵多年，不及親見肅清，至為可憾！此則丈夫死難瞑目之時也！雖江左英雄，湘中俊傑，如雲如雨，必不難殲大敵，以奏承平。然時事如此，實堪痛恨！無論東南半壁，遍地瘡痍，欲竟其功，固非易事；即九江一地，握長江之中央，為數省咽喉，東連江左，西接湘鄂，上枕安慶，下撼江西，一得一失，實關大局，故九江不復，即武昌、安慶不可圖，即不足以制金陵死命，大帥其以全力圖之可也！弟今再不能從事疆場，以受大帥驅策矣！東南大局，慘淡風雲，悠悠蒼天，蜀其有極！為寄詞同袍諸君：努力國事，勿如弟之無德，自取敗也。弟之部曲，皆堅強耐戰，若大帥量才委用，加以陶溶，必有可觀。臨死神馳，欲言不盡！弟塔齊布頓首。

塔齊布寫畢，復大叫一聲，再又咯血，是夜遂殞於軍中。可憐塔齊布，以英勇健鬥，從軍多年，為清廷效力，所向有功。今以恃勇妄行，徒死於林啟榮之手，豈不可惜！故時人有詩嘆道：

早歲從團練，終身輔大清。
心雄思拔地，膽壯作干城。
名欲千秋著，功由百戰成。
九江星殞後，遺恨挫軍聲。

塔齊布已歿，年只四十餘歲。報到曾國藩那裡：曾國藩知道塔齊布已死，不覺拍案大怒道：「塔齊布堅勇耐戰，慣摧強敵；自從軍多年，久立戰功，實足與多隆阿、鮑超，鼎足齊名，為陸軍健將。何物林啟榮，以奸計壞我良將。今後吾軍折一左臂矣，此仇不可不報也！」時彭玉麟在旁，乃進道：「自九江為洪秀全所得，使我軍情梗滯，訊息不靈。那林啟榮又復凶悍，屢次與吾軍為難。由今思之，九江不復，不能通軍中訊息；林啟榮不死，不能除心腹大患也！」曾國藩道：「今當以全力撼之。然非假以時日，不足了林啟榮那本帳也！今一面為塔軍門繕遞遺摺，請加卹典，以示將來；然後與官、胡二公圖之可矣。」便單銜具摺奏報塔齊布死事，並陳須以全力，先復九江。又顱列塔齊布生平戰績，為請恤蔭。清廷知塔齊布是個能員勇將，多立戰功，故數年之間，由守備洊升提督，以攻九江之故，被傷殞命，大為震悼。即有諭旨降下來：加塔齊布為太子少保官銜，合從前雲騎尉輕車都尉，改贈一等男爵，賞銀治喪；賜謚忠武，入祀昭忠祠；令大史將其事績立傳，並蔭他的子孫。又以塔齊布一軍，向來勇戰，其部曲必多有長材，故令曾國藩，將塔齊布部曲分配備軍擇尤重用；其餘在此次九江戰事陣亡者亦有多員，都一概獎恤，並附祀於塔齊布專祠，及塔齊布本傳。曾國藩一一遵旨辦理：將塔齊布舊部，分撥於李續賓、胡林翼二軍，餘外概留於自己部下。

時清廷又以曾國藩所陳九江形勢，最為重要，乃責成曾國藩、官文、胡林翼先取九江。且自江督何桂清潰敗後，已有旨遞問，至是乃升曾國藩為兩江總督，並加欽差大臣，節制江蘇、安徽、浙江、江西四省軍務。因清廷此時已知曾國藩可靠，從前多有以曾國藩兵權太重者，更有雲：「曾國藩雖官居侍郎，然在籍只一匹夫耳！乃一呼而萬軍即集，恐非國福。」至此時咸豐帝亦不復思疑；且鑒於宗室大員，先後如賽尚阿、琦善、訥爾經額、桂良、默特等，皆老師糜餉，久戰無功，益知漢大員，皆肯為己盡力，故重用曾國藩。

那時曾國藩自拜任為兩江總督，於收復九江之舉，更為注意。乃備函知照官文、胡林翼，互相酌議：須合力取回九江。那日會議之際，曾國藩先說道：「自九江為洪秀全所踞，七八年來，誤我軍情，故鄙意屢圖恢復。雖屢經挫敗，未嘗少怯。非謂今日力兩江總督，始欲盡守上之責也！叵耐李秀成擁數萬之眾，其部曲又非常精悍，我若往攻九江，必多費時日，而李秀成救兵已至，恐亦不能收效耳！諸君有何高見？請發奇論，以抒茅塞。」胡林翼笑道：「弟等未嘗或分畛域：吾、等只為鄂省督撫，然年為分兵援湘，援皖，援贛，皆可見矣！彼此皆為國家公事，滌生不必芥蒂。」曾國藩聽罷，面色不覺發赤，遜謝一會。胡林翼道：「自楊沛、塔齊布，先後殃於林啟榮之手，弟心未嘗一日忘卻九江也。弟今思得一計：非合數路之眾，十萬之兵，必不能對付林啟榮一人。今當以我三人領銜，先備文知照德興阿及勝保，使會兵合攻金陵。想洪秀全以金陵為根本，不思遠圖；一聞金陵有警，必調李秀成回南京。我又令勝保等故延時日，以牽制李秀成，則秀成必不暇救九江。吾等乃得以全力制林啟榮死命也！」曾國藩、官文聽畢，皆鼓掌稱善。曾國藩道：「詠芝此計，弟極贊成！但李秀成那人，終不能輕視！今欲伐九江，須揚言先伐武昌、安慶，使秀成不做準備，更為得計。」當下三人議妥，便會銜通告，德興阿、都興阿與勝保，使會攻金陵。時勝保方在河南，攻伐捻黨，至是乃以僧格林沁代勝保攻捻黨，而改以侍郎呂賢基、前任桂撫周天爵及欽差大臣袁甲三為助，替出勝保，使再復南下。同時德興阿駐淮南；都興阿在皖北，都會同取齊，共攻金陵。

官文與胡林翼乃編定隊伍，揚言先取武昌。而曾國藩亦傳令各部將，揚言先取安慶。先以多隆阿、鮑超單攻陳玉成求戰；以左宗棠、李續賓等，擾皖南贛浙一帶。然後曾國藩、官、胡三人，部署人馬，計分五路：第一路是鄂督官文，以將軍福興、都統舒保屬之，由金湖而進；第二路是鄂撫胡林翼，以藩司李孟群、總兵李續煮、江忠濟及知府曾國藻等屬之，由廣濟而進；第三路是巡撫李續宜，以總兵江忠義、臯司劉長佑、知府劉坤一等屬之，由黃梅下駛；第四路是水師，以提督楊載福、桌司彭玉麟、總兵黃冀升統之，沿長江會進；江督曾國藩自為第五路，與部將道員李元度、提督周鳳山、總兵周天培、普承堯、知府張運蘭、同知吳坤修、劉崇佑等，由江西直攻九江。共五路大兵：合計十餘萬人馬，大小將校數百員，水陸並進，以攻九江府城；專待勝保等往攻金陵，然後望九江出發。

早有訊息報入李秀成軍中。時李秀成正撫定皖南各郡縣，聽報多隆阿由河南迴湖北，與鮑超共攻陳玉成；接連又得安慶守將陳得才、張朝爵文報說稱：曾國藩、胡林翼有會攻安慶之說。秀成初時聽得，卻謂左右道：「以多、鮑二人，牽制陳玉成，料玉成必不能回顧安慶。若不派兵往授，恐安慶危矣！」說罷沉吟少頃，即拍案叫道：「非也！曾、胡二子，不遽攻安慶，不過聲東擊西之小計耳！」時部將汪安均、石貞祥在旁，急問其故？李秀成道：「此易明耳！安慶雖為要地，唯咽喉命脈，不如九江，曾國藩勢所必爭也。況數月之間，總督楊沛，提督塔齊布，皆死於林啟榮之手。那楊沛猶不打緊，唯塔齊布為敵軍健將，與多隆阿、鮑超齊名，曾國藩倚為左臂。既歿於九江戰事，曾國藩焉能罷手？吾固決其必爭九江也。」石貞祥道：「然則何以御之？」李秀成道：「敵軍數年以來，為爭取九江之故，損兵數萬，失去大小將校不下數百員，彼恨林啟榮深矣。以九江重地，又深恨林啟榮，此次敵軍，必盡傾精銳以爭之！然以林啟茉英勇機警，敵人縱慾制之，亦非易事。吾亦唯相機以定行止可也。」於是回覆陳得才等，以安慶必無警急，可以安心；但仍須勤修守備，以防不虞。一面又飛函陳玉成，勸以慎防鮑超。又函告李世賢，不必遠離，當在贛、浙之間，以打聽九江聲息，隨即報告金陵。輔王楊輔清以福建未定，清兵每由閩、粵兩省接濟糧道；且每由福建發兵，以擾江西及浙江等處，故楊輔清由殷家匯起程，領本部人馬，由浙入閩而去。李秀成聽得方與左右談論此事，以楊輔清有大將才，不以之北伐，而反用為南征，未為得計。說猶未了，又接金陵告急軍報：知道清國欽差勝保，會同德興阿，三路取攻金陵，故洪秀全恐金陵有失，特催李秀成回去。秀成道：「德興阿、都興阿二人，久不敢動；勝保又在河南，今忽然攻金陵，必非主力，想不過欲移動我軍，又不知作如何狡計耳！我軍若急回金陵，必中其計。」乃令大將陳其芒先領本部一萬人馬，回應金陵地面；復令松王陳得風萬人扼雨花臺，以備不虞；又飛令地官副丞相周勝坤及周勝富，往守六合；以比王伍文貴及大將汪有為助守江浦，並為金陵犄角；再令陳坤書、洪容海駐軍於傈水、鎮江之間；又以天將蘇招生、陸順德領水師遊弋常州、金壇、丹徒一帶，以壯聲援。一面傳令金陵城中蒙得恩及成天豫二人，顧重防守。又傳令羅大綱，駐兵揚州，以為金壇、丹徒、江浦、六合等處聲援。自經種種布置停妥之後，知道金陵萬無一失，決意不得回軍。不想洪秀全一再催促，秀成嘆道：「我欲回金陵，必中敵計矣！」因此心極焦躁。部將汪安均道：「昔錢先生在時，謂吾等欲成大事，須天王肯捨去金陵方可。今觀之益信矣！天王視金陵為家，稍有兵警，即自疲其全力，此實一大患也。」秀成道：「正為此故，吾屢欲北伐，唯料清兵必乘虛躡我金陵，那時天王必又將我召回，是徒勞跋涉耳。故屢欲撫定東南，然後北上。今敵軍唯恃牽製法，以疲我兵力；而天王又唯恃我以鎮金陵。是以北上無期，至為可惜。吾心唯汝知之耳！」說罷不勝嘆息。乃為書表奏金陵，奏道：

臣弟李秀成頓首言：竊唯大王首事之初，不二年而戡定東南一帶，遂立天京。乃六七年來，土地不增，國勢不進，何也？則以大王前則首棄桂林，繼棄長沙，不區區於寸土尺地，唯務進取；後則徒事固守，使師徒百萬，日唯賓士於蘇、浙、皖、鄂之間，不聞遠征故也。以棄一長沙，而即足據長江數省；則今日縱失一城，棄一地，而其收效，必有過於其失者，皆意中事矣！中國幅員遼闊，若唯恃救危守險，則進取無期；縻餉老師，亦終有救不勝救，守不及守之時也。滿人命脈，厥在北京。昔軍師在日，曾謂天下大勢，北京為首，傾其首，剛立亡：猶言北京定，而全國皆定耳！自林鳳翔殉難於天津，李開芳殞命於高唐，吾國北伐之師，已無後繼。滿人遂得安居都會，號召四方，以與吾為難矣！得失比較，情勢顯然。故臣弟屢議北征，即原子此。而議者謂為非計。謂昔者符堅，奄有中國三分之二；然國本來固，這下江南，卒有肥水之敗，而國亦隨亡，不知時勢固不同也。昔者正統猶在東晉。外族符堅覬覦神器，非國民所樂從；今則正統倒移久矣。北京未亡，即中原未復，故縱能保全十金陵，終不如光復一北京。誠以北京一破，即大局隨定，人心亦移；前之為我敵者，至是亦反為我助。觀元順帝一離大都，而各路強敵，盡附朱明，皆前車可鑒也。今大王而不欲恢復中原則已；若曰欲之，則唯冒險以爭北京，斷不能為東南尺寸土地，至躊躇重計。此則大王聰明睿智所自知，毋煩臣弟再言耳！蓋唯敵人屢遭潰敗，乃狡計百出：以擾我天京，使臣弟疲於奔命。大王縱不以鄙言為是，亦思天京根本鞏固，人心團結，糧械充實，敵人非旦夕兵力，即能動搖。況復以囉大綱、陳其芒援應於上游；陳得風、陳坤書、蘇招生、陸順德維持於附近；蒙得恩、成天豫主持於中，已萬無可慮乎？今臣弟駐兵皖南，猶去金陵不遠，倘有緩急，亦回應不難。故臣弟非不欲回軍也！誠以敵人非以全力撼金陵，而將大逞於皖、贛。一經回軍，必受牽制耳。區區愚誠，願大王之垂察！

此折既上，洪秀全仍放心不下，乃與諸臣計議。成天豫進道：「忠王向來鞠躬盡瘁，如諸葛武侯所謂死而後已！此次不遽回軍，彼必有深謀，或料金陵未必便危；或料敵人只以虛攻金陵為牽涉，故留鎮皖南，為兩面照應耳。臣等當力顧天京大局，大王不必多慮也。」洪秀全聽罷不答。洪仁達道：「李秀成部下數萬人，又為五軍主將，百萬大兵俱在其手，兵權太重矣。若無異心，是國家之福；倘意圖不軌，誰能制之！今彼聞召不回，於君臣之義已背矣，忠臣豈如是乎？」蒙得恩道：「福王之言差矣！忠王苟有異心，豈待今日，願大王勿信此讒言。今天京兵馬既多，糧草又足，何懼勝保？以忠王不肯回軍，必有高見。且天京大局，臣等自問亦足以撐持，又何必勞忠主往返乎？且臣弟更有一言：以吾國之有忠王，類如擎天一柱。若東有事則調之往東，若西有事則調之往西，反中敵人奸計耳。今請由忠王留鎮皖南，臣與成天豫願保天京，倘有差失，甘當死罪。」洪秀全聽至此，意似稍解，不料洪仁發大怒道：「汝等謂天京有失，願當死罪，但恐天京失時，治汝罪亦不及耳！」洪秀全聽罷，不作答言。蒙、成二人嗟嘆而出。蒙得恩乃暗謂成天豫道：「亡國者其安、福兩王乎！天王唯念親親之義，不加罪責。而彼二人，乃益逞其威，詢私好貨，進讒妒賢，安得不敗？自今以往，吾等不知死所矣！」說罷互相嘆息。

自此洪秀全亦把召回李秀成之議，暫作罷論。不想十餘日後，勝保及德興阿、都興阿三欽差已會合人馬，共約六七萬人，號稱十餘萬，共攻金陵，分東西北三路齊進。天京得了只個訊息，大為震動。蒙得恩乃與成天豫，力籌捍衛之策，及分布人馬，分道守險；復依秀成號令，以松王陳得風領二萬人扼守雨花臺；並令各路人馬不離天京附近，以備緩急；又令蘇招生、陸順德將水師移在金陵內河遊弋，以壯聲援。蒙、成二人以為布置完密，可以安洪秀全之心，即可以罷召回李秀成之令。不意東路又飛報急事：清廷以前任江蘇巡撫薛煥，駐上海辦理交涉，購借新式洋槍，以應轉運；而以新任江蘇巡撫李鴻章，會合各路進攻蘇常一帶，特來告急。

洪秀全聽得，又吃了一驚。那洪仁達更以為金陵危險，李秀成既擁重兵，非調秀成回京不可！洪秀全自無有不從，立即降諭飛召李秀成回軍。那秀成此時仍不欲遽回，再陳金陵險固，萬無一失，不宜回去。洪秀全那裡肯從。一連數日，連發幾道敕詔，催李秀成回軍；末後一詔更為嚴厲：謂李秀成擁據重兵，坐視天京不救。秀成乃無可奈何，一面布置皖南各路，復囑林啟榮鎮守九江一地；並命侍王李世賢，須駐兵九江附近，以為聲援，始傳令班師，直回南京而去。

且說曾國藩會合五路大兵，為攻取九江之計，至是乃探得李秀成全軍已回金陵，乃與各路水陸並進。仍讓鄂督官文為主將，沿長江而下；曾國藩先以本部人馬，由建昌起行，先奪了南康府。侍王李世賢本欲往救，卻為左宗棠所牽制，移動不得。曾國藩遂奪了南康，復以知府沈葆幀駐守。乃規畫將攻九江時，正是三月將盡，天氣晴和，正合用兵。適接官文來書：欲以四路分攻四城，而以水師為助。曾國藩以為不然：以林啟榮精悍得人，語雲困獸猶鬥，況勇如林啟榮乎？遂改令只攻三面，留東路讓林啟榮逃走。於是鄂督官文與諸將攻西路，曾國藩與諸將攻北路，胡林翼、李續宜與諸將攻南路，以水師為會攻。計劃即定，準備出發。

及九江太平守將真天侯林啟榮聽得訊息，謂左右道：「清兵此來，不啻以全國大兵與吾決生死矣！不特五路之眾，大兵十餘萬，戰將百餘員，為爭九江；即用以牽制各路者，亦皆為九江。彼以全國之眾，以爭吾一九江，吾此次若能破之，彼此後再不敢正視九江矣！諸君立功，盡在今日，各宜勉之。諸君不負吾，吾亦不負諸君也！」左右聽得，皆為感動。林啟榮知此次戰事，必然利害，乃先行表告金陵，即商議應敵。正在籌議間，已報官文、曾國藩、胡林翼、李續宜及水師楊彭等將，已各路齊至。林啟榮即率兵登陣守禦；傳令以洋槍從遠擊之，休令敵兵近城。部將李興隆問道：「昔者九江屢次戰事，將軍皆調兵於外，另內外夾攻。今獨主內守，不主外戰何也？」林啟榮道：「兵法不能執一。此次敵兵太眾，即調兵於外，亦不能制之；故不如以全力守之耳。」李興隆又問道：「前破塔齊布，乃故令縱之近城；今必從遠擊之，不令敵兵逼城下，又何也？」林啟榮道：「塔齊布兵少，且志在暗襲，吾故將計就計，因其意其用之；今官、胡等以十餘萬眾，若一經近城，彼將開道地、埋地雷矣！是以從遠擊之。此時勢不同故也！」李興隆聽得，大為嘆服。正說話間，已報敵兵大至。曾國藩從南路攻來；官文從西路攻來；胡林翼、李續宜從北路攻來，並會同水師夾攻。為水陸並進，各路人馬不知多少，唯聲勢甚大，已將至城外矣！林啟榮聽了，卻令九江水師，固守濠道，不宜遠攻；所編划艇，俱阨城下水道，以防掩襲。即令陸軍以火器拒戰，每六十人為一隊，以二十人持火器，以二十人施放排槍，以二十人司放巨炮。時林啟榮早知敵人屢窺九江，已從上海與洋人購得槍炮。故所用槍炮，亦多新式。林啟榮復與諸將衣不解帶，手不離旗，指揮諸軍抵禦；又令軍士各備乾糧，晝夜禦敵，不準退後。時三月二十九日，天有微雨，清欽差官文與諸將齊出，且攻且進，以逼府城。那林啟榮下令遠者炮擊；行近時即放洋槍；再近者即拒以火器。

自辰至午，清兵各路共傷死者八千餘人，絕不攻得九江要害。官文乃傳令暫退，以林啟榮所用槍炮，多新式利器，反受吃虧，正要另籌別計，李續宜道：「我眾而彼寡，我攻而彼守，自宜分兵輪班，不住攻擊，使彼應接不暇而後可，此李秀成攻六合法也。」官文以為然，於是分兵為兩班。次日改以巨炮為前驅，鼓譟而進。不料林啟榮亦知此次清兵以全力到來，志在必克，非一二日戰事可了，自不應疲其兵力，故亦分兵為西班，輪流拒守；另招鄉兵為工程隊，以備城垣若有損壞，好隨時修輯；又分兵守險，以為犄角。到次日清兵又復至，沿途不發槍，只從遠發炮攻城。那林啟榮卻早已準備在先：預將城垣增加堅厚，此昔日城垣加高五尺，厚八尺；以軟灰雜以碎石，築城堅固；並植以野草，使日益堅實。外垣鋪以棉花，外罩鐵網，以御砲彈。城垣復掘長濠，深逾一丈五尺，闊逾二丈，所有外攻的砲彈，既遇棉花，自然不著城垣要害，且砲彈更從鐵網，瀉於濠中。故九江城垣，號為至堅最固。時清將官文、曾國藩等，憤前日之敗，折去八千餘人，及次日進勢愈猛。官文並檄告諸將道：「是役無論生死，務要拔九江險要，則長江敵壘可覆，一勞永逸，是所望於諸君。」故諸將聽得，無不奮起。官文更會同各路奮進，直薄城下。林啟榮在城上指揮軍士，遠者炮攻，近者槍擊，清兵死傷盈道，仍不退卻，冒死直撲城下。林啟榮更令以火器擲下，清兵多葬在火坑，計又死去七千餘人，清兵大為震懼。官文見攻不著九江要害，徒進無益，只得傳令退軍。

時清兵各營經兩次敗挫，共死傷萬餘人，無不震恐，各有退心。官文與曾國藩大為憂慮，乃作慰勞書，以示諸將，由此人心稍定。官文乃大會諸將，會議再攻九江之計。李續宜道：「九江四面而我軍只攻其三，只欲留一路，以待林啟榮之逃，或可省去兵力耳。早知林啟榮精悍好鬥，必不輕棄九江，徒留一生路，以便其轉運，實非長策也。今唯有將九江四面圍定，使其運道不通，斷了接應，然後假時日以困之，庶乎可矣。」各人皆以李續宜之言為是：以官文攻其西，以曾國藩攻其南，以胡林翼、李續宜分攻東北，四路並進，而水師則沿河且攻且進。林啟榮欲先破其水師，乃令水軍部將魏超成，偽為通款於清提督楊載福，約以西門濠道相獻。楊載福信以為真，約以二更時分，與彭玉麟同率水師，直搗西濠。魏超成又約以白旗為號，如見白旗掩映，即可進兵。

果然二更時分，楊載福在前，彭玉麟在後，領水師船二十餘號，偷進西濠。果見濠口白旗當風招展，正欲猛進，忽然迎頭炮聲震動，槍彈如雨，兩邊火器紛紛擲下。彭、楊二將正待退時，各船早已著火；城上又叫喊助威。楊載福乃改乘小艇而逃，還虧得彭玉麟在後接應，始得逃出。所有二十餘號船上水軍不死於火，即死於水。是時官文等正奮攻九江西門，與林啟榮軍併力搏擊，自午至夜，清將輪班攻擊；城內亦輪班抵禦，兩軍各有死傷。忽見西門外火起，官文自念此次攻城，未嘗定火攻之計。此次之火，定是林啟榮之火，究不知是何原故？唯見城上林軍耀武揚威，料知是己軍有失，正躊躇間，已報到水軍中計大敗。楊、彭二將雖然逃出，唯兵士已死者數百人了。清將聞得不免心驚。以為林啟榮能用計破我水師，不難用計破我陸軍，故清營大小將校，又多疑懼，因此攻力已緩。

林啟榮卻令船隻載運陸軍二千人，由西濠出城登岸，直劫官文大營。那時官文不料城內有兵殺出，故絕無準備，時林啟榮所遣二千人，由驍將李興隆領著，直衝官文大營。一頭放槍，一頭縱火，官文部下將校，皆措手不及，死傷五千餘人。提督李曙堂，都統舒保，俱受重傷。其餘軍校死傷亦數十名。敗走三十餘里。此及胡林翼遣軍來救時，林軍已自回城去了。

白宮文大敗，各路亦死傷不少，於九江城池仍毫無動靜。曾國藩、官文唯有傳令暫退。自計三次進攻，死傷二萬餘人，尤以官文一軍吃虧更重。到夜裡曾國藩微服巡視各營，見諸將皆有怨聲，以為徒恃兵力攻人，並無妙計在先，以至屢敗；今頓兵城下，徒自取死而已，曾國藩聽得，更為憂慮，急與官文計議。時官文亦因屢敗損兵折將，心甚焦躁，聞諸將已無鬥志，即問曾國藩汁將安出？曾國藩道：「吾等以五路之眾，十萬大兵，若不能敵一林啟榮，誠為天下後世笑矣！」說罷不勝嘆息。適胡林翼到來，曾國藩具述其故。胡林翼道：「諸將若有退心，大事去矣。正唯九江難攻，則九江益為重要，吾等寧死於此地，亦斷不能退軍也。此次以全國兵力，爭一九江；若不能克，自後更無人敢窺九江矣！是九江永為洪秀全所得，東南各省亦無恢復之日也。今當一面慰告諸將，以激起其雄心；一面將九江圍困，斷彼交通之路，料九江城內必有絕糧之日，此時因而破之易如反掌耳。」曾、官二人遂從其計。乃為檄示普告各營：力言與諸軍共死生，以十萬之眾，而不能克一九江，不特為林啟榮，且為後世譏也。自此諸將稍有奮志，乃定議先進者賞，後退者殺。即將各路人馬，又復分班，效李秀成取杭州之計，以一半剪除九江附近地方，使九江孤立，並防敵兵外援；其餘一半即分四面圍定九江，以四路陸軍輪流攻擊，使九江城內糧械盡絕，然後乘之。官文、曾國藩等，計劃既定，依次而行。

不意又歷攻兩月，清兵若猛攻，則林啟榮用猛御；清兵若緩攻，林啟榮用綴拒，終不能奈九江何？原來林啟榮最得人心：白鎮守九江以來，初則與地方縉紳款洽，不計尊卑，不拘形跡；以次及於居民，如同一家，於貧民尤時有賙恤。在九江數年，設立義學，以教貧家子弟；設保嬰局，以撫養無靠之孩童；又立義倉，積穀防饑，隨時賑濟。並立善堂，以贈醫施藥，居民無不歌功頌德。又設宣講所，勸民以大義，人民多受感化。五六年來，無有構訟者。每月四次，在四城親自演說，居民皆呼為林侯爺，沒有一人喚及林啟榮名字者，林啟榮又能敬老愛幼，每屆冬至前後，必預期布告，置酒款宴鄉老。凡年六十以上者，皆得與會，故每次赴宴者，常至千或數百人。又設恤嫠局，凡婦人夫死無依，一屆歲暮即按名賙給。以故九江城內，軍民人等，無不悅服，林啟榮又善於將將：所有部下諸將，皆稱為兄弟；既不愛惜金錢，又好歸功部曲，將校多樂為用。且能與士卒同甘苦。慰問死傷，待如子弟。因此鎮守九江數年，最得人愛戴，每有戰事，莫不甘為效死。那林啟榮既優待一體軍民，自士卒以至居民皆共相守望。

又知九江為重要之地，敵人在所必爭。於太平天國六年，增鑿四門河道，引水入城，以防斷絕水道；又闢墾荒地，令軍士屯田，且與業戶稅田開耕，以裕糧草，務使九江城內，常有二三年的餉項；復開闢鐵鏈局，製造器械，遂使九江一城，無物不備。

種種計劃久為清將所知。以至曾國藩亦稱林啟榮為林先生，景仰極切。

此次曾國藩會合五路來攻九江，前後數戰，損傷二萬餘人。於是從胡林翼之策，圍困九江，志在斷絕九江交通，以望九江糧械，當有斷絕之日。不料林啟榮既籌備在先，防患未然，故雖被困日久，九江全無損害。官文一發納悶，又與諸將計議。

李續宜道：「攻之不克，困之不能，唯有挑選死士，自為一軍，以與林啟榮決個生死耳！」官、曾、胡三人，至是亦無別法，急下令軍中，募死士二千人，分為四隊：每隊五百人，欲冒死至城垣焚之。其願充此役者，死後恤銀二百；傷者恤銀五十；若不死不傷者，每人將銀十兩，以資鼓勵。此令一下，約二日後，已募得二千人，準備行事，而以大軍為後繼。

那林啟榮見清兵三日不出，料其必有異謀，急令軍士小心防備。時九江居民，見九江被困，多願出營助力。林啟榮大喜。乃令鄉民備任工役；將一切兵士，盡作防戰，增攜火器，以為對付。到次日果見清兵前隊人數不多，分四路而來，大軍則隨後擁護繼進。林啟榮見之謂左右道：「彼前驅小隊，殆將冒險誓死以來矣。」即下令軍中，休令敵兵前隊近城：凡見火器可及，即擲火焚之。軍士得令，果見清兵前隊，每約五百人，並無長槍，各攜短火，另負小包而來，至是已知清兵志在焚城。唯林啟榮已令軍士，先擲火器，從遠焚之。還虧林啟榮平日訓練軍士，卻另有兩法：一是令軍士由高跳下，或由下躍高，初則由二三尺，或四五尺，漸至丈餘皆可跳躍；一是令軍士拋擲對象，使能及遠，視所擲之物，重量若干，看擲得最遠者，即受上賞。軍中練習有素，故那時拋擲火器，皆能及遠。當清兵前隊猶未至城下，已多被林軍火器所焚。唯是時清兵前隊，亦能冒險，皆衝火林而進。把縱火之物，向城垣擲來。只一場算是火戰：兩軍煙火薰天，喊聲動地。清兵所擲火器，還是不多，因前隊各五百人，多已先為林軍燒斃。林啟榮令軍士一面擲火，一頁發槍發炮，清兵死傷極眾。鄂督官文見焚不著九江城垣，急令發炮攻擊。少時清兵火器亦盡，火煙散處，已見屍骸遍地。唯林啟榮一軍，仍不住拋擲火器，清兵死傷山積。胡林翼見勢不佳，急下令退軍。計是役清兵死傷萬餘。巡撫李續宜，亦被槍彈擊傷左腿，其餘各路部曲，亦死傷數十人；林啟榮軍中亦死傷二千餘人。自辰至申，歷戰八句鐘，方始收軍。林啟榮知清軍損傷更眾，唯本軍亦死傷二千餘人。自念清兵在外，即死傷眾多，亦易催救；唯自己在城內，死一千，即少一千，乃飛報各道，催取救兵。奈金陵被勝保等所擾，洪秀全不肯放李秀成離去金陵，陳玉成、李世賢又各被牽制。李秀成乃飛報李世賢，力當各路，使抽出黃文金，往救九江而去。唯官文等敗後，覺迭次進攻，皆徒損人馬，未嘗攻得九江要害，乃大集諸將計議；胡林翼道：「鬥智鬥力，林啟榮皆足以拒吾。今唯有開道地，埋地雷，以炸之耳！」曾國藩道：「波拒御極能，安能埋藏地雷乎！」胡林翼道：「今當令三軍步步為營，節節而進，一面攻城，一面掘通道地，以炸之可也。」官文道：「恐兵士損傷過多，不得不退，是道地反無成矣！」胡林翼道：「此易事耳。前軍宜結陣堅固，陽作攻城，以專從事於道地。四門皆用此法，林啟榮不能出而求戰，即不能傷我道地工兵矣。」諸將皆以為然。乃每日必派兵攻城，先固前陣，虛作進勢。

林啟榮在城樓上觀望，不覺面為變色。暗謂部將元戎道：「敵人非真進攻，殆有預謀也。觀其後營塵頭大起，往為擠擁，是從事於道地無疑。此次若無外援，九江危矣！」說罷欲就近飛催李世賢來救。怎奈四城被圍得鐵桶相似，不能殺出；又日望救兵不至，林啟榮悶極。猛思一計：急令三軍亦從城內開掘道地，以透出城外，直透城外長濠。在道地中排以鐵板，並壘以巨石，以阻清兵道地之策。畢竟清兵人馬多眾，自屢敗後，又復增兵以數十萬，從事四城道地。林啟榮又不知其著力何處？四城遼闊，反防不勝防，唯日日鼓勵三軍，以圖死戰。

那一日大集諸將語道：「今清兵以數十萬眾，來撼九江；若外援不至，九江必有難守之日。林某受國重寄，當與城存亡。吾實不忍禍諸君。如諸君見事機難挽，請各自圖生，另立功名可也。」諸將聽得，無不垂淚。皆道：「某等斷不忍離將軍而去。若九江失守，則將軍死忠，吾等死義，亦分也！」說罷大哭，林啟榮亦哭。此時林啟榮早以死自誓。忽報敵兵已各率大隊，猛撲四門，林啟榮聽得，乃復卒兵登城抗守。管教：

玉石俱焚，頓教土地成灰燼；虎龍會戰，又見霆軍奏凱歌。

要知林啟榮勝負如何？且聽下回分解。

龍虎戰大破陳玉成　官胡兵會收武昌府

話說林啟榮在九江城內，知道清兵要開掘道地，定計亦從城內開掘以拒之。叵奈清兵人馬多眾，雖自攻圍九江之後，死傷不下四萬人；又復陸續增兵，竟將九江東南西北，四面開掘。真令林啟榮防不勝防，阻不勝阻；林啟榮自知難破此策，奈救兵不至，只得以死自誓。那日報到清兵大隊，分四面圍攻，林啟榮即引兵抵禦。還幸士卒用命，各願受聽指揮，並無分毫畏俱。城內居民亦出而相助：或從事工役；或為軍人炊爨，不辭勞苦。林啟榮見之慨然下淚道：「有兵如此，有民如此，若吾不與城共存亡，非人也！」

當時城外清兵槍炮交攻，林軍亦率兵槍炮還擊，兩軍喊殺連天。林軍憑高視下，死傷清兵極眾，幸城樓上各有躲身之所，故城內林軍還不大受傷；奈清兵雖死傷枕藉，又陸續加增，並不退後。甫進一程，即紮營停止，不再攻擊。林啟榮見此情景，知道官文用意，視道地所至，為進攻之程。欲不住抵攻清兵，又恐槍彈不繼，心極焦急。惟督兵猛力開掘地穴，以阻清兵道地政策而已。是時城內守兵，已逐漸稀少；困死傷數千人，雖僅在清兵死傷十分之一，但一來城內守兵，只約二萬人，除死傷外，只存萬餘人；二來城已被圍，凡死傷之人，其屍首無法出城安葬，只埋諸城內道地。且屍首久停，遂成瘍疫，從前林啟榮所設贈醫局，皆應接不暇，或兵或民，日中死者常數百人，病者不計其數；藥肆幾為之一空。從前只準備糧食，那有準備藥材，因是居民大為惶恐。林啟榮意殊不忍，欲圖自盡，任軍民獻城。唯一切軍民，皆不願見林啟榮自盡，於是病者多諱言疾病。奈死者眾夥，林啟榮無可如何。乃在城北購民房數十間，闢為空城，以葬死者於一隅。居民一聞此令，皆願獻屋，不願領價。唯林啟榮不忍，飭令給還價值，使另行覓地而居。自此另闢葬地，疫症似乎略減。但此時兵力不免稍疲，唯仍體諒林啟榮，各賈餘勇，以待救兵。

是時李世賢亦得李秀成文報，著以援應九江。李世賢以苦被左宗棠牽制，不能抽出，乃力當各路；令黃文金馳救九江。那黃文金即引所部人馬，直向九江出發，以擊李續宜、曾國藩兩軍之後。清兵以九江救兵已到，心固惶急；又因各處開掘道地，已被林啟榮破了兩處，清兵更有些灰心。都統舒保，乃請諸官文，以九江難克，宜約兵暫退。是時官文已無主宰，乃商諸胡林翼。林翼大怒道：「吾軍到此不易。若即行退兵，恐已死之數萬人，亦有怨聲也！」乃決議力攻。即令李續宜一軍抽出江忠義，曾國藩一軍抽出周風山，胡林翼一軍抽出江忠濟，共三路合當黃文金。其餘諸軍，仍悉力攻城。

時林啟榮盼得黃文金援兵已到，唯仍不能通進九江，心中已覺無望。又見子彈漸少，兵、民皆有倦色，不覺雙眼垂淚，唯過一日，守一日耳。時清兵所開道地，前後已被林啟榮破了數處，壓死清兵四五千人，仍從事開掘不已。凡未經林啟榮所破之道地，尚有西北兩處，皆藏了炸藥。那日是六月初七日：官文、曾國藩、胡林翼、李續宜引兵齊進，併力環攻四門。林軍在城上一齊發槍抵禦。清兵死在城下者，又如山積，兩軍方猛戰間，忽然轟天響震，西北城垣陷了百餘丈，磚石與血肉騰飛空中，太平人馬在西北城者，俱已斃命，屍首擲至半空。清兵死傷更眾。官文、胡林翼卒兵踐屍而進。四出放火，乘勢衝殺，太平兵猶抵死巷戰；城內人民亦怒清兵亂殺，皆同在街巷相拒。此時煙焰蔽天，不見人影，但聞喊殺之聲。積屍流血，壅塞街衢。太平守將真天侯林啟榮，先已自盡，其部將李興隆、元戒、張輝、杜應時、陳官義等二十親人，皆奮力抵殺，力盡而歿，至是九江遂陷。

按林啟榮本翼王石達開部將，所向無敵。自奉令再守九江之後，數年間斬敵將不計其數。清兵以攻九江，致斃者不下七八萬人。德澤及於閭閻，名聞於敵國。至今曾國藩、胡林翼、左宗棠等，皆稱為林先生，不呼其名。又曾國藩曾與左宗棠討論圍攻九江。左宗棠道：「吾敢以孤軍與百萬之眾，戰於沙場；不敢以本部與林啟榮決勝負於九江城外。」其令敵人敬畏如此！至是乃歿於九江之役。聞者莫不惜之！時人有詩讚道：

智勇真無匹，將軍本絕倫。
奇才摧大敵，遺愛及斯民。
身與城俱碎，心同石不磷。
古今誰似汝？唯有一張巡！

林啟榮既歿，城中軍民初尚未知。及至西門，見林啟榮身首炸為兩段，身與四肢，已不知飛至何處，只存一顆頭顱，已為藥氣薰蒸，唯雙目猶閃閃如生。其部兵乃取其首級，逃出城外，後以檀木配成全身，為之安葬。唯軍民知林啟榮既死，更奮勇與清兵格鬥；極至手無寸鐵者，猶以石相擲。計城破時，尚在午間，及至夜後，胡林翼首先下令招降：唯自軍人以至百姓，無有一人言降者。城東菜傭張吉，懼其老父被害，詣胡林翼軍前稱降，城中軍民大怒，竟擊死張吉。胡林翼見殺人太多，竟無一人降服，不禁下淚，乃謂左右道：「不意林先生結得人心，一至如此，古所未聞也！」乃請諸官文、曾國藩速行止殺。凡太平兵馬殺不盡的，及城中居民，願留者留城，不願留者聽其自便。於是城內舊日軍民人等，皆各檢細軟出城逃走。行時並將府庫軍械糧食，及田畝種植與房屋所存物業，一概盡行焚毀，並不留分毫，以資敵人。官文大怒，欲追而殺之。胡林翼與李續宜力止乃免。計是役九江被陷，太平兵馬死去萬餘人；城內居民死去八九千人。清兵前後死傷直逾五六萬，可謂一場凶戰。為歷來破城所未有。

警報到了金陵，是時清將勝保及德興阿、都興阿等，各軍只頓兵金陵城外，並不像向榮當時認真攻擊。故李秀成已知清兵之志，不在攻擊金陵，只圖牽制，料金陵萬無一失，已屢欲往援九江。奈洪秀全不允。及聽得九江失守，林啟榮陣亡，君臣無不失色！李秀成進道：「昔日之所以能阻敵人兵力者，以九江為數省咽喉，據之足以制敵死命也！今當失守，局面又大變動。自此清兵往來較易，而吾國於東南益多事矣！」洪秀全道：「今朕以重兵往爭九江何如？」李秀成道：「此時已無及矣！林啟榮布置多年，今已被陷：陷要盡失，菁華俱毀；縱能復之，已難守禦。況清兵頻年屢窺九江，合前後損七八萬人馬，折數十員將官，而始得之，必以重兵駐守。且彼乘勝之威，攻之亦難也。吾恨不早以大兵救九江，致壞我名城，損我良將，白此一戰，關係不少也。」說罷大哭，洪秀全低頭不語，左右皆向秀成勸慰。秀成道：「吾非徒哭九江，實重哭林啟榮也！昔林啟榮在翼王部下，與吾同事：臨事不苟，遇敵則先，待人則恩威並濟；所有餘貲，盡賞戰士，放軍士皆樂為用。因之無攻不克，無戰不勝。稍有暇日，即周覽地勢，繪為戰圖；或研讀兵書，手不釋卷。自守九江以來，皆守險不守地，斬敵將一二品者十餘人。今一旦歿了，此後國家失一長城，安得不哭？」洪秀全乃問道：「然則現在計劃如何方可？」李秀成道：「敵人不啻以全國兵力，爭回九江。以為一得九江，諸事必易著手也。自此東南，必形多事。武昌、安慶，尤為吃緊。故猝然又難北上，必在東南再振軍威，庶乎可矣！」洪秀全道：「朕信卿，任卿圖之。」李秀成遂出。嘆道：「天王不從我言：以致九江失守，實為可惜。苟吾不迴天京，九江未必便失也。」乃一面料理金陵軍務，並賞贈林啟榮，以勉人心；一面致書李世賢，使會同黃文金，顧重韻、浙二省；復致書陳玉成，使進趨湖北，以襲官文、胡林翼之後，然後再商行止。

且說英王陳玉成大軍，既由皖入鄂，自龔得樹戰歿後，所有龔軍捻黨舊部，由蘇老天管帶，隸在自己麾下：計大軍共四萬餘人。初未知九江遽陷，欲取道北行，遂由黃州進占麻城。那陳玉成本原籍麻城人氏，對於地勢更為熟識，先將軍情布置一切，復招本籍子弟數千人，使訓練成軍，以厚兵力。忽聽得清官多隆阿、鮑超兩軍，將由下游上進，陳玉成乃大集諸將計議道：「多隆阿、鮑超二人在清兵中最為驍悍，屢敗不退，清兵號為多龍鮑虎，誠勁敵也。以為犄角，則敵人之勢力孤，而吾之布置易矣。」於是發遣諸將，分道四出，盡收險要之地，以中軍駐紮麻城，設立堅壘五十八座，安置大砲二百門於壘上，深溝固壁，以待敵軍。分撥既定，忽接得安慶守將張朝爵飛報：知道九江被陷，林啟榮陣亡。時陳玉成正與一班部將討論軍事。聽得只點訊息，不覺大驚道：「不料林啟榮乃敗於清兵之手。林啟榮初守九江，已非常得力；及後出兵江右，九江復失，至第二次洪天王奪回九江，復以林啟榮守之。數年以來，屢破清兵，歷斬清將，遠近聞名。今一旦殉難，九江遂失，此後安慶必日形多事矣。哀哉啟榮！痛哉啟榮！」嘆息一回，部將韋朝綱道：「九江既失，自安慶而天京，皆失了屏障，吾等在此，若能以一戰破多、鮑二人，尚可支東南半壁，否則大局漸危矣。英王勿徒自嘆息，且商議大計為是。」正說著，又報多隆阿、鮑超，忽移兵東下安慶；胡林翼卻遣兵來攻麻城。

原來胡林翼探得陳玉成在麻城，經營守戰之策，十分完備，故不欲直攻麻城。改令多、鮑二軍東下，以為陳玉成聽得，必回救安慶，因安慶為陳玉成家小所在，故欲乘玉成回軍時，以多、鮑二將中道求戰，實欲避其險銳也，卻又令提督蘇文煥為先鋒，自率諸將往攻麻城，以牽制陳玉成之後。陳玉成聽得亦知胡林翼之意，即下令先破林翼，後攻多、鮑二軍。即令蘇老天及韋朝綱各引本部離城南五十里埋伏，俟胡軍來時夾擊之。一面率五旗營及小兒隊，揚言往救安慶，僅離東南二十餘里即駐下，打探蘇老天及韋朝綱勝負。時胡林翼只信陳玉成精悍，也不料其獨有深謀。聽得陳玉成趨救安慶，乃大喜道：「吾故知安慶為陳玉成家小所在，必不刻忘安慶也。吾今當先收麻城，然後回軍，以為多、鮑二將後勁可矣！」說罷催兵前行，限今晚即到麻城地面。不。意大軍正行間，尚離麻城四五十里，忽然兩邊山嶺林木內，已現出太平軍旗號：炮聲震動，左有韋朝綱，右有蘇老天，分兩路殺來。胡軍措手不及，一時慌亂。胡林翼方下令分軍抵禦：唯前部提督蘇文煥，已如驚弓之鳥，早以為中了敵人之計，沒命的向後奔逃，蘇老天、韋朝綱分兩路追趕。胡林翼正督兵奮戰，忽然陳玉成大隊擁至，以小兒隊為前鋒，五旗營亦隨後殺將進來，胡軍大敗。小兒隊統領陳國瑞，一馬當先，直衝清兵，要捉胡林翼。正遇清將提督蘇文煥，陳國瑞槍聲一響，蘇文煥已中槍落馬，清兵大亂。小兒隊乘機奮殺，五旗營又一齊擁至，蘇老天、韋朝綱又從後殺來，清兵沒命的奔逃，自相踐踏。胡林翼正走間，忽見前途一隊人馬，迎面前來，正在心驚，卻嘆道：「來截者若是敵軍，吾其死矣。」正嘆間，忽見來軍馳北而行，方知不是敵軍，乃都統舒保也！官文恐胡林翼有失，特遣舒保來助。胡林翼得舒保支撐一陣，遂引敗殘人馬，向南而逃。那舒保終抵當陳玉成不住，亦一同敗走。陳玉成追殺三十餘里，計清兵死者三千餘人，降者其數相當。

陳玉成大獲全勝，部將吳汝孝進道：「乘此一勝，胡林翼必不敢再出，可以馳救安慶矣！」陳玉成道：「敵人正欲我往救安慶，我安可中其計乎？昔孫臏救趙，未嘗至趙；吾今日唯有邀多隆阿、鮑超之後耳！吾早已發人，打探多、鮑兩軍行路矣！」說罷已報到：多、鮑兩軍清兵，並有各路大軍附屬，不下四五萬人，已沿英山而過，一路而來，將抵太湖地也。時陳玉成聽得，乃立令拔隊東行，由羅田直過英山。原來多、鮑二將，方取緩行，以待陳玉成之兵，故陳玉成到時，兩軍相遇於附近太湖之二郎河，兩軍相隔，僅三十餘里。陳玉成知鮑超一軍，必爭宿松，乃欲先踞之，以為聲援。便令大將陳仕章，領本部人馬，間道先奪宿松。並囑道：「若得宿松，鮑軍即有後顧，而兵心亦震動。若到時見宿松已為鮑軍所踞，切勿攻城，可即回軍，以擾二郎河之後可也！」陳仕章去後，陳玉成又令章王林紹璋，與大將塗鎮興，各以本部迎敵多隆阿；而親自率五旗營，以當鮑超；令蘇老天以所部為游擊；以慰王朱兆英，為自己先鋒；以韋朝綱及鐵玉剛為各路救應；復令顧王吳汝孝及李遠繼鎮守大營，並應各路。分拔既定，適大將陳宗勝引兵萬人來會，自稱得忠王李秀成號令，由桐城特來助戰；並稱李秀成已退了勝保等，即率大軍西來。因懼英王以孤軍臨險地，恐如九江故事，被敵人以五路合逼，或至受困也。英王陳玉成大喜道：「忠王西來，皖省無憂矣。」便請陳宗勝會同林紹璋、塗鎮興共當多隆阿，單候清兵迎敵。

且說多隆阿、鮑超兩軍，附以江忠義、江忠濟，而李續賓一軍復為聲援，聲勢頗大。方望而東行，欲待陳玉成回軍，乃要而戰之。軍行既近太湖，已接得湖北文報，知道胡軍往攻麻城大敗而逃。時官文方使清將李曙堂、舒保來助多隆阿，備述麻城戰敗情形。唐仁廉乃謂鮑超道：「陳玉成乘勝之威，恐未可輕視。不如略地而東，使曾軍就近為聲援，較為穩便。」鮑超道：「吾縱不迫，陳玉成亦必追我，故不如先決勝負。且胡中丞既敗，尤宜復振軍威也！」遂與多隆阿計議，意見相同。適胡林翼又有書至，催多隆阿、鮑超開戰。書中略道：「世稱多龍、鮑虎，吾聞其名，欲一觀龍爭虎鬥，毋徒負此虛名也！」書末又有一詩，內有「與君烹狗賀新年」之句。因清兵呼陳玉成為四眼狗，故作是言也。鮑超聽得，以為得胡林翼賞識，雄心頓壯，便與多隆阿決議：以多隆阿本部，及李曙堂、舒保兩軍，共當林紹璋等；鮑超與諸將單迎陳玉成；以李續宜、江忠義、江忠濟援應各路。

時正是十二月將盡，天氣寒冷，陳玉成自恃能戰，以為不過數日，當可破敵，即先還安慶，故冬衣不大齊備，即向鮑超下書：約期十二月二十八日開仗，鮑超批答如期。因陳玉成固欲急戰，又見鮑超批答如期，乃笑道：「吾軍冬衣不備，幸鮑超未知。若不然，彼將以緩戰疲我軍矣！」次日即是二十八日，軍各互進。各距十餘里，即發槍炮。陳玉成只令三軍堅守營門，下令看紅旗一舉，始行殺出；若紅旗退後，即行退兵。唯鮑超將部下分為三路：以唐仁廉、王衍慶為左路；以孫開華、婁雲慶為右路；鮑超自與諸將為中路，勢若長蛇。中軍兩面鮑字錦旗，隨風招展，齊向陳玉成一軍猛擊。而林紹璋、塗鎮興兩軍方合擊多隆呵。時多軍斜左正近山腳，頗失地勢，被太平軍逼至山下，林紹璋與塗鎮興分兩路夾攻。太平軍大將陳宗勝，方在林紹璋之後，高立壇臺，以望兩軍戰狀：忽見林、塗二將已壓多軍至山邊，清兵已多有死傷；隨見多隆阿一面接戰，一面移軍向右，陳宗勝謂左右道：「多隆阿自見失了地勢，故移軍以推廣戰地也！吾當有以截之。」說罷，自料必然大勝，立提筆揮函，以戰情報知陳玉成。並有二語道：「我等屠龍，君自伏虎可也！」因人稱多龍、鮑虎，那陳宗勝故作是言。寫畢遣人送至陳玉成處。即拔隊：以本部萬人，直出夾截多隆阿一軍，多軍遂三面受敵。

自黎明以至巳牌時分，多軍已損傷三千餘人。多隆阿急令李曙堂、舒保合當陳宗勝，奮力拒陳宗勝一路；欲乘勢殺出，志在與鮑超合軍。忽然陳宗勝後軍自亂，原來提督江忠義聽得多隆阿為林紹璋、塗鎮興所壓，已失便宜，乃引本部人馬來援。正遇陳宗勝截住多軍攢擊，乃奮力攻陳宗勝之後。舒保見陳宗勝陣腳驚動，遂振臂向部下呼道：「吾軍外援已至矣！諸君宜速乘此機會，以求一勝也。」清兵聽得，一時振奮，前後夾攻，陳宗勝抵當不住，急領人馬逃出，與林紹璋、塗鎮興會合，亦分三路，與多隆阿戰鬥。那多隆阿見方才失了地勢，死傷數千人，乃下令軍中道：「如不奮力，全軍皆歿矣。」親執令旗，左右指揮：清兵一齊冒彈林而進。那太平將林紹璋仍不少卻，親與多隆阿對壘。忽部下飛出健兒魏超成，向林紹璋道：「人非獨衝敵陣，生擒上將，不為奇！看吾生擒多隆阿，以必成吾父大功。」原來魏超成最有勇力，走路矯捷如飛，林紹璋見其每戰必衝前敵，勇氣過人，認為義子，保為指揮。當下聽得魏超成所言，深壯其志。時魏超成身披皮甲，坐騎駿馬，左右皆挾長槍，獨自一騎，遂直衝敵陣，皆不能阻當。逕發第一槍，欲擊多隆阿頭顱，卻中了頂帽子，揭在後面。多隆阿方吃一驚，第二槍已連珠迸發，復中多隆阿左臂。多隆阿正要墜下馬來，卻為左右扶定。多隆阿忍痛大怒，急割戰袍下幅，自裹傷口，督兵奮戰。那魏超成連發兩槍，以為已擊死多隆阿，即策馬直回，早為多隆阿親兵發槍回擊，魏超成身上已中兩彈。幸身披皮甲，所傷不是要害，而塗鎮興一路，見魏超成直衝敵陣，已隨出接應，故力與多隆阿中軍接戰。但附近中軍各隊清兵，以為主將多隆阿已死，一時大亂，遂為林紹璋、塗鎮興所乘。故多隆阿雖裹傷奮戰，無奈隊伍已亂，復失戰鬥之力，清兵漸漸欲退。陳宗勝又左右會擊，看看清兵將敗，多隆阿正憤怒不知所措，忽部下報到鮑軍大勝。

原來陳玉成平日行軍，最好詐敗，即擲金錢以誘敵人；使敵人只顧搶取金錢，不顧戰事，然後回軍攻之。偏是對付鮑超，此法卻用不著。因鮑超所部霆軍，每勝一仗，每得一城，必縱兵搶掠，任其姦淫。因此霆軍部下，以為一經得勝，即子女玉帛，無所不有。所以陳玉成軍中所擲金錢，霆軍不大起心。其時陳玉成一軍，迎著霆軍來時，先按兵不發，少時始將紅旗一舉，於是三軍齊出。甫戰了一個時辰，陳玉成又將紅旗按下，號令三軍齊退：退時把金錢沿途拋擲。只道待霆軍爭取時，即回軍攻擊。不意霆軍並不爭取財物。鮑超卻下令道：「一經得勝，子女玉帛，何所不有？諸軍勿爭此微資，以中敵人奸計。」於是霆軍各隊唯乘勢追趕。後路以為得勝，亦一同猛進。這點訊息報到多隆阿軍中，多隆阿即下令道：「吾軍與霆軍，勢力相若。今霆軍已勝矣，若吾軍獨敗，何以見人？」當時多軍聽得，一來欲與霆軍爭功；二來又見那一軍已勝，更為心壯氣雄，乃無不奮勇。而林紹璋率眾併力抵禦，多軍只是不退，皆冒煙突火，雖死傷遍地，依然猛進，太平軍無不駭然！不多時鮑軍大勝，陳玉成大敗的訊息，更傳遍兩軍。林紹璋、塗鎮興、陳宗勝各部人馬已是心怯。因以陳玉成一軍，著名能戰，今獨敗於鮑超之手，以為林紹漳等更為可危，戰力大為減退。林紹漳軍裡指揮使萬大洪，看見自己人馬勢漸不支，乃引親兵馳驟而出，欲身先士卒，以為三軍鼓勵。不料甫至前營，萬大洪已為流彈所中，登時斃命。軍心一時慌亂，即乘機望後而逃。多隆阿乃趁勢催進。數萬槍聲，連珠發響，彈子如雨而下，一時殺將進去。多隆阿卻注意猛攻林紹璋一路：是以林紹璋中軍損傷頗多，先已退後。多隆阿乃親自擂鼓，督各路諸將一齊追趕。林紹璋等大敗，太平兵死傷極多。

中營守將顧王吳汝孝，聽得林紹璋、陳宗勝、塗鎮興等兵敗，即率兵馬來援。恰林紹璋正被多隆阿尾追，吳汝孝奮力殺退多隆阿，救出林紹璋人馬，望東而逃。忽然後路喊聲又近，李曙堂、舒保又已追至。林紹璋卻引敗殘人馬轉向東南，欲與陳宗勝合兵，令吳汝孝抵禦後陣，且戰且走。奈清兵屢敗，得此一勝，皆耀武揚威，併力追來。多隆阿一軍又復趕至。吳汝孝抵禦不住，乃一同敗走。正在危迫，指揮使魏超成急請林紹璋不必顧念後路敗兵，只策馬先逃；魏超成卻轉身向後，率健卒五百聲言援應後路，卻提槍備彈，向定衣黃色馬褂的敵將，槍機一發，那敵將應聲而倒。那敵將不是別人，正是提督李曙堂。自李曙堂翻身落馬，軍勢頓歇。吳汝孝令部下一齊發槍，然後逃走。少時塗鎮興已奔到，各路會合，多隆阿亦不敢再迫。林紹璋等乃望灊山而逃，沿途打聽陳玉成訊息。

原來玉成詐敗退兵之後，霆軍並不爭取地上財物，只顧追趕；陳玉成見敵人不中己計，急下令回軍迎戰。唯鮑軍勢如潮湧，槍聲亂鳴，前鋒朱兆英身上先被數傷，不能督戰。陳玉成乃以小兒隊為中軍，而親率五旗營繞左而出，讓朱兆英退後，自己斜裡猛攻霆軍，正當著鮑軍部將孫開華一路。孫開華那如何敵得英王之眾？頭一陣交戰，死傷千餘人。陳玉成乘勢猛進，欲衝擊鮑超中軍，並下令五旗營先進者賞，退後者斬。五旗鼓聲亂發，一齊壓進，霆軍初時只從直追，那陳玉成忽改作横攻，已防備不及。鮑超看看，卻道陳玉成用兵轉移便利，直不可及也。說罷移營。唯陳玉成所帶五旗俱已壓至。鮑軍多受損傷。鮑超大怒，唯令諸將混戰。兩軍方喊殺連天，後路李續宜，知鮑超戰陳玉成未下，即提兵前來助戰。陳玉成乃撥蘇老天一路當之，依然沒半點怯心。五旗營皆奮力相持，忽後路探馬報到：清將多隆阿與提督江忠義，已引兵前來接應鮑軍。陳玉成聽得，一驚非小。暗忖多隆阿移兵而至，難道林紹璋等俱已敗退不成？適才方接得陳宗勝來言，以為我軍已經得手。今又報多隆阿人馬將到此間，心中正自疑惑。不想接續已紛紛報到：林紹璋、陳宗勝、塗鎮興等俱已大敗，已退往灊山去也。陳玉成此時心膽俱裂，以林紹璋既退至灊山，料不能來助；而敵將李續宜既來；今多隆阿一軍又到，似此面面受敵，如何抵當？正欲趁多隆阿未至時，乘勢先退，乃一面催李遠繼來援，一面拔紅旗先退，傳令諸軍，且戰且走。唯後面塵頭沖天而起，多隆阿已自趕到，鮑超又引軍卷地相乘，陳玉成幾不能退出。幸得李遠繼支援一局。唯清兵乘勝之威，非常奮勇，陳玉成正無所措手，忽見李續宜一軍先亂，陳玉成即乘懈而出。

原來太平將陳仕章，以奉了陳玉成之令，往爭宿松一城。到時已探知宿松先為清兵踞了，乃引兵抄出二郎河之後，遠地聽得喊聲大起，已知是兩軍交戰，只未知誰勝誰負？督兵直襲清軍，恰乘著李續宜後軍之去路。李續宜一軍措手不及，紛紛潰亂，陳玉成即乘此機會，當時攻出，望東而逃，與陳仕章一路，互為相應，一同退走。後面清將多隆阿、鮑超等不捨，合各路一齊趕來。時陳玉成軍中心慌，以為本與霆軍兵力相敵，今又益以多隆阿之眾，如何不懼！因此皆亂了隊伍。陳玉成以吳汝孝、陳仕章二軍尚未損傷，乃教李遠繼、陳仕章斷後，即下令望潛山而去，好與林紹璋等會合。後面多隆阿、鮑超、李續宜，分三大路追擊。真是屍橫遍野，血染成河。

陳玉成等正在倉皇之際，忽報李秀成人馬已近潛山，今先遣前部賴文鴻領兵望西南來也。陳玉成軍中聽得，此時人心稍定。原來李秀成自安頓金陵之後，即與諸將引大兵五萬，令賴文鴻為先鋒，望西面來。甫過安慶，就聽得二郎河已有戰事，砍以大軍趕至，繼思「日行百里者蹶上將」，為兵法所忌，即勉強趕至，已是過勞難戰，究非所宜。只得選驍卒六千人，令賴文鴻統領，不分晝夜趕至二郎河。一來使英王知大軍將到，兵心必定；二來敵人知自己已到，亦有所忌也。賴文鴻得令後，即星馳電卷，沿潛山南界而下，猶欲急到助戰。不料潛山還沒有到，陳玉成、陳宗勝、林紹璋、塗鎮興等，俱已大敗。賴文鴻只得奮力援應。果然多、鮑二將，見李秀成兵到，料知不敵；且更防有失，乃不敢再追，即傳令退兵。被賴文鴻截住，清兵折了些少人馬，即先回太湖，一面收復太湖宿松各縣，立行報捷於武昌。計此一場大戰，清兵死傷五六千人；太平人馬死傷一萬五六千人，沿山皆是屍首血跡。陳玉成逃至潛山，嘆道：「吾自用兵以來，未逢敵手！今鮑超真心腹大患也。」吳汝孝道：「英王此敗，誤在簡於號令耳。兵力將才，非減於鮑超也。」陳玉成急問其故？吳汝孝道：「英王始用詐敗之計，若先告之林紹璋一軍，則林軍必不疑英王真敗，自不至驚慌，即不至為多隆阿所乘。若非多隆阿先敗林紹漳，彼鮑軍又豈能為英王敵乎？兵家每失於細微，此類是也。」陳玉成道：「吾唯以屢勝之故，小覷清兵，以至於此耳。」

正說話間，人報李秀成已到。陳玉成即迎接至裡面，先向車秀成道：「吾有何面目再見忠王！若忠王早到兩天，吾軍斷不至有敗也。」李秀成即慰之道：「勝敗亦兵家之常事。所惜者九江被陷之後，英王又敗，不免元氣大損耳。」陳玉成道：「吾生平未嘗挫敗至此，鮑超此仇，不可不報也。說罷複述兵敗原因。李秀成道：「所以行軍之法，凡有所謀，須與諸將透商。今以一誤之故，林紹璋則應勝而反敗；英王不敗，而亦敗矣，不可不懼也。」陳玉成道：「今忠王既到，不如合兩軍之力，復爭太湖宿松，以雪此恨，忠王以為如何？」李秀成道：「仇固當雪，然今非其時也。彼以乘勝之威，軍心振奮。宿鬆去武漢既近，彼援應固近；而曾國藩自收復九江之後，已虎視安慶。我若共出宿松，以爭此區區之地，則曾國藩必出安慶，而宮文、胡林翼亦出援多、鮑，勝負未決，而安慶已危矣，必不可也。」陳玉成聽得，又道：「然則忠王之意若何？」李秀成道：「今蒲圻一帶，多有起義者，已有投函於吾，願附中國，我當撫而收之，以厚兵力；或令其自為一部，亦足以擾鄂、皖間，而分清國兵力也。今既敗之後，兵力損虧，正宜培養。且吾等之兵，疲戰久矣，兵雖聽令，而力已不如。不如派一能員回廣西募兵。以兩廣為天王產地，其人又習於戰鬥，不似江、鄂文弱，必足以敵湘人。待其募兵一至，軍威更振，方可用也。」陳玉成道：「若從廣西募兵而至，動需時日，奈何？」李秀成道：「今請英王駐軍廬、滁一帶，四出招羅稔黨，又可以固金陵、安慶之門戶；我若招撫各地義勇之外，再移軍而東，擇其易與者，求一大捷，即足以鎮人心。想吾二人尚在江、皖，清兵亦不能為害也。」陳玉成深以為然，乃先令洪容海回廣西募勇。

是時湖北境內經陳玉成一敗，人心更憤，於是興國、大冶、武昌、江夏、通山、通城、嘉魚、蒲圻一帶約有義勇三十餘萬，都具稟向李秀成求降。李秀成盡行招撫之。於是與陳玉成相約，一一撫定各郡，並訓練新降之眾，然後再議征伐。

且說官文、胡林翼，自會合五路，攻破九江；此次又會合多隆阿、鮑超、李續宜戰敗陳玉成，自此軍聲復振，決意要先行收復武昌。乃與官文計議：一面調多隆阿、舒保回來相助；時李曙堂已回漢陽養傷，乃令李續宜、鮑超扼守太湖宿松一帶，以阻東來太平軍人馬。以舒保隸諸官文軍中，而胡林翼卻以李孟群、曾國葆為前部，來爭武昌。

當李秀成自前者再復武昌之後，仍留譚紹洸把守。譚紹洸自聽得九江既失，陳玉成又敗，料清兵必來爭取武昌，乃與部下會議預防之計。馮文炳道：「弟以為今日局面，清兵固爭武昌；且武昌亦難久守，不如棄之，猶免塗炭人命也。」晏仲武道：「吾等奉命守此省會，所以牽制漢陽、荊州之眾，而阻湖南敵兵北上，最為重要也。國家以重任付吾等，而兵力又不為弱，若甫見敵形，即棄城而遁，人其謂我何也？」洪春魁道：「以某愚見，一面宜報知忠王，告以武昌危險情形，以候其設法援應；一面繕修守備，以防敵兵，守如不能，救又不至，那時逃走未為晚也。」馮文炳道：「若依洪兄之言，幸勿使三軍得知！若軍中知吾等預作逃計，其力亦緩矣。逃則先逃，守則竟守，不宜游移兩可也。」譚紹洸時亦不願逃。並道：「自復守武昌以來，從戰不下數十次，清兵何嘗得勝？今某斷不輕棄城池。願與諸君共守之。若守之不能，那時再商行止。」於是籌戰守之具。一面並以武昌危狀，飛報李秀成。馮文炳道：「今李孟群復守洪山要道，而妙河復為敵人水師所踞，眼見武昌已盡失戰地矣。今通山、嘉魚，義勇蜂起，不如先調義勇隊，以要敵軍之後。吾即以本處人馬，緊守城他，乘義勇隊與清兵交戰時，然後出而乘之可也。」譚紹洸道：「前往撫輯義勇隊，須得人馬而往，不知誰人敢當此任？」韋志俊應聲道：「某願當之。」原來韋志俊即韋昌輝之子，曾任指揮。前以東王一案，曾經革職，後李秀成保之，此時乃在武昌效力。當下譚紹恍急令韋志俊前往。燕王秦日綱道：「志俊資望尚輕，恐義勇隊不為用矣！某不如親領一軍，往襲漢陽，亦足以少分敵人兵勢也。」譚紹洸並從之。遂並令晏仲武守南門，洪春魁守西門，東北門不當要地，以馮文炳督守之。譚紹洸為各門巡視。

分撥既定。時胡林翼已銳意欲收武昌，乃與官文定戰守。並道：「吾等為湖北督撫數年，尚未安駐省城。今當竭力圖之！不入武昌不休也。但漢陽亦屬要地，不可不防也。」官文道：「若往武昌，吾當親守漢陽。」胡林翼便令李孟群由洪山轉攻南門，而以曾國葆助之；並令羅鎮南、羅信南、及易良虎，為西南兩路游擊；而盡以滿兵及附以吉林馬隊，令舒保統之，併力往攻西門。復令鮑超、李續宜分兵而西，以擾東北兩路。胡林翼自為各路救應。並下令兵貴神速，立刻便行。故譚紹洸甫行分撥，而清兵已至，皆勢如狂風驟雨，尤以南門一路，最為猛力。計李孟群、曾國葆、羅鎮南、羅信南、易良虎，共五路人馬，併力攻擊。晏仲武分頭抵禦，勢漸不支。譚紹洸乃親自來助，但終不能敵五路之眾。胡林翼更下令道：「各軍兵宜奮力，於四門之中只破其一門足矣。」乃復率三軍鼓譟而前，併力再攻南路。晏仲武更不能支。

那時譚紹洸見勢情危急，只望嘉魚、蒲圻等處義勇齊起，而要清兵之後。不意韋志俊在撫義勇，甫起程後，清兵即圍武昌，故義勇隊皆用不及。既日望義勇隊來救不得，乃悉力死守，一面又催促秦日綱渡河，往襲漢陽。唯前次李秀成再復武昌，清兵以其先襲漢陽，故此次清兵重固漢陽一地，不特官文以重兵居中駐守，且分兵屯紮城外，不容秦日綱渡河。時秦日綱以渡河不得，乃欲引回武昌助守，此時又已為清兵隔截，遂兵力益孤。譚紹洸心極焦急。晏仲武道：「武昌此城料不能守矣，將軍當早作區處。以將軍為國棟梁，當與燕王（即秦日綱）留身後用。若晏某將與城俱碎矣！」譚紹恍道：「三軍繫於某一人。若武昌不守，某何忍獨生乎？」晏仲武道：「武昌之難守，早已知之矣。將軍勿守此小信，當留身大用也。」譚紹洸道：「死則同死，逃則同逃，譚某自奉守武昌，諸事多蒙指導，斷不忍獨視足下於死也。」晏仲武力爭道：「今日斷不能同逃也。唯恃某堅持一陣，將軍方能逃出耳。」說罷又力爭之。譚紹洸不得已，乃與晏仲武灑淚而別，急將妻小扮作民居，仍留在武昌城內，即引親兵二千人，欲殺出北門。

時鮑超方派江忠義回軍，助攻武昌北路。唯燕王秦日綱，以渡河不得，又知武昌已危，欲由北門再回武昌城，乃悉力擾攻江忠義一軍。譚紹洸遂乘勢殺出東門，衝過江忠義一軍，正與秦日綱相遇。謂日綱道：「武昌不可為矣。速作逃計可也！」乃以晏仲武之言告之。秦日綱不勝嘆息。再道：「徒走無益，今既在城外，可以分擾清兵；即不幸城破，亦可以救援敗兵也。」遂再復飛報李秀成告急，一面擾攻各路清兵。唯清兵探得譚紹洸出城，又知秦日綱在外應戰，乃傳令西東兩路，勿放太平人馬南下，即盡力合攻南門。晏仲武知守力已竭，自譚紹洸去後，即埋伏炸藥於南門，引兵欲向北，途中正見馮文炳身帶重傷，始知東門亦將失守，乃同向北門殺出。唯清兵自見南門守力已退，乃併力撲至城垣，用炮轟開。忽然霹靂一聲，震動天地，南垣陷了百丈。沙子飛揚，清兵死者不計其數。管教：

萬骨齊枯，已見腥風速鄂省；九江挫敗，又來勇將助清廷。

要知後事如何？且聽下回分解。

救九江曾國荃出身　戰三河李續賓殞命

話說胡林翼，以數路之眾合攻武昌南門，乘晏仲武退去守兵時光，即撲進去，忽然城垣陷了百餘丈，清兵多被死傷。原來晏仲武知不能守，在城垣下埋伏藥線，當清兵攻城時，藥線發炸，瓦石飛騰，清兵被炸屍首不完，血肉橫飛，真是一場慘禍。李孟群督兵先進，亦受重傷，左臂被及，面上被藥氣燻灼，宛如黑面瘟神，登時跌落馬下。胡林翼立令軍士將李孟群救起，先令回營養病。眼見兵士死去二千餘人，林翼不覺大怒，即率兵齊進。清兵更乘機縱火，燒得漫天通紅，大兵在城內的，互相衝突。馮文炳受重傷而死；晏仲武走至北門時，正遇洪春魁，先問譚紹洸何在？晏仲武道：「吾已請他先逃矣！今清兵已紛擁入城，速逃可也。」乃以洪春魁在前，晏仲武在後，向北門殺出。忽然舒保一軍大至，已攻破西門，欲捉洪春魁，乃隨後追來。時太平人馬軍心大亂，唯各自逃竄。晏仲武不敢戀戰，只催令先出北門，忽被舒保所部衝做兩段。那是洪春魁已出北門去了。卻因譚紹洸一軍在外，尚餘清提督江忠議相持，故洪春魁得乘間而出。那晏仲武被舒保所截，不能出矣，乃策馬轉奔東門。是時城內四面皆是清兵，所有太平人馬，除已先逃出者外，或死或傷，幸平日多與居民相得，故有改裝匿在民居者。時胡林翼亦已進城。一面分兵救火，一面分軍搜捕太平敗兵，餘俱陸續進城，故清兵更眾。晏仲武正在奔至東門，又遇羅信南一軍。時晏仲武只存親兵數十人，正無路可脫，舒保又躡追至，晏仲武奮力殺退羅信南，看看已近東門，那易良虎一軍又至。晏仲武仰天嘆道：「吾不能生矣。死不足惜，如國家未定何？」言已拔劍自刎而死。自是武昌城內已無太平將官，胡林翼乃下令止殺，並救滅餘火。一面報知官文，已克武昌，並會同奏捷，不在話下。

且說譚紹洸自逃出武昌，即與秦日綱、洪春魁同奔安慶，途中正遇韋志俊回來，乃相約共奔安慶。洪春魁道：「若全走安慶，恐湖北全境皆失矣。不如就近擇地自守，然後報知忠王，再作區處。」譚紹洸以為然，乃令秦日綱暫住金湖；而與洪春魁共奔興國州，就近與義勇隊聯合。乃使韋志俊往潛山，以武昌失守情況，報知李秀成。

時李秀成接得武昌急報，正自煩惱，忽見韋志俊奔到。李秀成急問武昌近狀？韋志俊乃將武昌如何失守，晏仲武、馮文炳如何陣死，及自己如何往撫義勇隊，救之不及，從頭至尾，說了一遍。李秀成聽了，乃謂陳玉成道：「吾知九江被陷之後，武昌必難久守，但不料其亡之速耳。失一武昌，無關大局。然使清兵得一根據，以臨安慶，則後患正長也。」言罷不勝太息。又道：「晏仲武以義勇出身，來助中國，可謂鞠躬盡瘁。其人得人心，嫻軍略，以之助守武昌，已用違其長。唯慕王必倚之為助，故屈置之，實可惜也。」乃表告金陵，厚恤晏仲武，以為各義隊勸。又以馮文炳為馮雲山之子，足智多謀，父子同死國難，即以南王之爵追賞之。又請開韋志俊之罪，以韋昌輝自殺東王，於其子何罪，宜即開復，以鼓勵勛臣子孫；且韋昌輝雖有罪，但前功不可沒，宜候韋志俊立功後，令其承襲北王之爵。洪秀全皆從之。唯洪仁達於開復韋志俊一事，頗多謗語。秀成乃不敢令韋志俊入天京面君，先留在營中效力；即一面與陳玉成商議出兵。陳玉成道：「吾等奔走馳驅，皆在東南半壁，此最失算也。弟欲引大軍北向，而由君主持東南各事，君意若何？」李秀成道：「此策極佳。但行情疊次挫敗而後，實非其時也。足下雖威震遠近，然若欲北伐，非以全力不能，鳳翔前車，可為殷鑒。今求一大捷，穩住人心，以壯天王之膽，然後以大軍北行。料敵人在東北之兵力，亦將以半還北路，而東南敵勢亦輕，是江、皖之間，亦可以無大敵。所憂者，安、福二王，淫威用事，天王又不能制之。設吾等遠行，或將出大事耳。」說罷不覺流涕。韋志俊揚臂道：「國家內政、軍令，寄於英、忠二王，何不回朝，先清君側？否則養癰為患，非國家之福也。」李秀成道：「自東、北兩王交鬨，國勢衰微至今，固不宜妄舉。且安、福二王，非他人，乃天王之兄也。天王篤於兄弟之情，安容吾等此舉乎！」陳玉成道：「此事不必再提，且商議目前之事，不知忠王欲先求一大捷，當注意何處？」李秀成道：「湖北清兵，其勢方鋭，急未可圖；目下唯有先固安慶根本，則當與曾國藩一戰耳。今皖、鄂二省，留兄坐鎮；吾即舉行南下，揚言欲爭九江，以求戰於曾國藩。若得一勝，則李世賢、黃文金兩軍皆復元氣，吾即回軍，以清皖省敵軍，然後北上，君以為何如？」陳玉成鼓掌稱善。李秀成乃部署人馬：以賴文鴻為先鋒，古隆賢、陳坤書為副將，帶同部將部永寬、陳贊明、黃子隆、蔡元龍、汪安均、汪大成等，及補王莫仕葵，首王范汝曾，共大軍六萬餘人，由潛山而下。先傳令安慶守將陳得才、張朝爵，準備舟楫渡河；又飛令堵王黃文金，由江西接應，以防半渡被擊。一路旌旗蔽野，槍械如林，浩浩蕩蕩，聲言欲奪九江，望南而下。

早有訊息報人曾國藩軍中。國藩即與諸將計議道：「吾正欲進規安慶，今李秀成以大兵先爭九江，是先發制人之計耳。吾料李秀成未能一刻忘九江也！將以何策御之？」彭玉麟道：「九江城未復，恐難固守；不如候其半渡之時，於半江擊之，則江西無事矣。」楊載福道：「敵人渡江，必分軍而渡；吾將於何處御之，尚在難定。今秀成此來，志在必勝。且軍勢浩大，若與交兵，勝負難決。不如飛文湖北，請官、胡二人調鮑超一軍，逕入秀成之後，若幸而得勝，即不渡江，而秀成已退矣。」曾國藩道：「二公之言，亦有見地，但所籌只在未戰之前。設李秀成竟能渡江與我決戰，又將奈何？」部將周鳳山道：「兵來將當，水來土掩，九江雖無險阻，未嘗不可一戰。秀成遠來疲憊，亦易與耳！今當分為十數路，使之接應不暇。而以大軍為後斷，若得數十路中勝負俱半，即以大軍乘之，亦將全勝矣。」曾國藩乃從其計。一面飛文湖北，請胡林翼調鮑超，以要斷秀成之後；卻令彭玉麟盡統水師，以阻秀成渡江；再令部將楊載福轉統陸軍，並部將周鳳山、周天培、張運蘭、吳坤修、江忠泗，各統兵三千人，分屯九江以備交戰；自己卻與劉崇佑、劉連捷、蕭啟江、普承堯等，盡統大軍，由湖口相機而進；又令甫康知府沈藻楨，分兵出瑞昌界，為九江後援。

分撥已定，李秀成知曾國藩重防九江，大喜道：「吾今番必得成功矣！」乃急令陳玉成，故作南下之勢，以防鮑超東來，且兼顧安慶。時太平大將雷煥、張祖元，方由南昌駐軍饒州，秀成即派飛馬傳報黃文金，檄令雷煥、張祖元之眾，沿南康失握九江下游。部將汪安均道：「忠王非趨九江，而必令雷煥、張祖元，獨赴九江何也！」秀成道：「正以此堅曾國藩之心，以為吾必赴九江耳。」說罷又令蘇招生、陸順德以水師壓湖口，以阻彭玉麟。遂領大軍，風馳電卷而下，沿望江夏，直渡彭澤。所有船隻，都是陳得才、張朝爵準備在先，故安然而渡。彭玉麟的上游水師，皆為蘇招生、陸順德所壓。時曾國藩聽得彭澤告警，乃驚道：「李秀成揚言欲攻九江，今非攻九江也！吾中計矣。」便欲移兵而東。忽報黃文金引兵來攻湖口，同時九江各地又報雷煥、張祖元，引兵大至。曾國藩情知中計，但此時已不能移兵。乃督令諸將，奮力戰退黃文金；同時九江諸將，亦將太平將雷煥、張祖元兩路人馬殺退。不料兩地交戰間，李秀成大隊已渡過彭澤。曾國藩此時不敢東進，亦不能退，乃將九江人馬留周大培守九江，餘外盡移至湖口，以圖應敵，一面令彭玉麟引水師泊於江岸，以防太平水軍。而號令各路陸軍，與秀成交戰。以楊載福為前部，而以張運蘭、吳坤修、江忠泗、周鳳山分為四路，自與諸將為中軍。部將劉宗佑道：「敵人雖重屯兵於彭澤，然安知不再調人馬，另取九江。設九江有警，周天培一人，必守九江不住也。」曾國藩道：「吾本欲飽超一軍，急襲秀成後路，今秀成已經渡江，吾料鮑超亦趨九江矣。」正說間，探馬飛報太平將英王陳玉成，現會合稔黨苗沛霖，又得大兵數萬，已離潛山，直下宿松，要與鮑超決戰。今鮑超現駐宿松一帶，若一經離開，恐陳玉成將復進湖北，故鮑超不能來矣。

曾國藩聽得覺少了鮑超一軍，九江更危，乃問部將誰肯助守九江？趙景賢道：「某昔蒙李秀成不殺，得縱回本國，仍得效力於麾下；某曾說過，此後不復與秀成交鋒以報之。今大敵當前，願諸公立功沙場，某願以本部前往助九江，望大帥原諒。」曾國藩聽罷許之。原來趙景賢自得李秀成省釋之後，以不復與李秀成交鋒一語，頗為當道不喜。特以其有用，故仍留之，因此迭著戰功，仍屈為道員。至是乃派守九江一地。

是時李秀成已知曾國藩，檄調九江各路前來助戰，即令黃文金兼統雷煥、張祖元之眾，往躡九江，乘間回截湖口；一面進兵與曾國藩交戰。仍令賴文鴻為先鋒，獨擋楊載福；卻令古隆賢、陳坤書、莫仕葵、范汝曾分當各路清兵，自與諸將與攻曾國藩。並下令道：「若前軍足敵曾國藩各路，吾自破曾國藩必矣。」復令部將部永寬、陳贊明為各路援應。分撥以定，以明日五鼓造飯，平明進兵。

時曾國藩久知李秀成用兵，算無遺策，自知不敵。先把困難情形，報知家鄉。原來曾國藩性情固執，在營中無論如何多事，每日必寫家書，或某日不暇，則下日補之，習以為常。此時所寄之函：已有安危不知，性命不計之語，蓋已自知必敗。當下號令三軍，準備迎敵。部將劉連捷道：「吾軍勢力不弱於李秀成，近見大帥憂形於色，何也？」曾國藩道：「古人說得好，一子錯，全盤皆亂。李秀成揚言欲爭九江，吾據探報即信之。至今吾方重顧上流，而秀成已安穩渡江。軍心氣沮，欲勝難矣。然兵法云：『置諸死地而後生』，務望諸君奮力可矣。」正說話間，已報李秀成兵馬大至：賴文鴻、古隆賢、陳坤書、莫仕葵、范汝曾，相繼並進，皆望曾軍擊來。曾國藩即檄諸軍速進：於是楊載福、張運蘭、吳坤修、江忠泗、周鳳山等，疾忙分頭抵禦。不意秀成養精蓄銳，三軍無不奮勇，曾軍如何抵當？時清將楊載福，正與賴文鴻鏖戰；後面周鳳山、吳坤修等四路亦一齊向前。李秀成即今古隆賢、陳坤書等，分四路而出戰。時已近辰牌，秀成忽令退兵。楊載福恐其中有詐，已不敢逕追。秀成見誘之不動，乃令前軍直退，遂即轉攻曾國藩大營。而自己反與諸將，合擊曾軍前部。清兵見李秀成旗號，心上早吃一驚，楊載福獨戰李秀成，秀成乃將本部分而為二：夾擊楊載福。而以部永寬、蔡元隆、黃子隆、汪安均分敵周鳳山、張運蘭、吳坤修、江忠泗等兩軍，喊殺連天。秀成下令道：「彼一路若亂，則諸路俱亂矣！」乃復分部將汪大成夾攻江忠泗。江軍受斜裡一擊，隊伍俱亂；汪大成復引健卒五百人，直搗江軍。並傳令軍中：「如吾紅旗一舉，即齊向敵人主將擊射。」於是五百健卒，一齊發槍，江忠泗身被數十彈子，登時斃命。汪大成復以第二隊繼進。時江忠泗既亡，全部皆不敢戀戰，互相逃竄。汪大成、汪安均乃合擊江軍，斬首千餘，傷者不計其數。時近午牌，江忠泗既死，汪大成、汪安均在既破江軍之後，乘勢合擊周鳳山、張運蘭、吳坤修等，太平將部永寬，更下令道：「汪公部下已斬將立功，諸君不宜落後也！」軍士得令，更為奮勇，直攻周鳳山。

那時周鳳山方竭力抵禦，忽報到江軍全數覆沒，周鳳山大驚，部下人人膽落。復見張運蘭、吳坤修兩軍，都已敗下，不能立足。誰想太平將汪大成、汪安均，已分道搶來，合約郜永寬，分三路把周軍圍定，彈子如雨點子而下，周兵死傷更眾。周鳳山親自擂鼓，正待殺出重圍，右腕上早著了一顆彈子，痛不可忍，鼓聲頓息。兵士只道主將已亡，一時嘩亂。郜永寬乘勢壓之，周軍左隊兩營，皆逃不及，已倒槍投降。郜永寬乃盡繳降兵槍械，移諸後軍；然後悉心進逼，把周鳳山困在核心，不能得脫。太平將汪大成、汪安均，又都逼進。周軍部下五千人，此時只存二千人左右。正自危急，突見汪大成後軍自亂，只見一隊人馬衝過太平兵殺入，乃吳坤修兵也！周鳳山遂乘勢殺出，並問道：「足下何以至此？」吳坤修道：「吾與張運蘭二軍，已為蔡元隆所截，首尾不能相顧。且聞張運蘭亦敗走矣，吾軍被壓，不能退後。聞足下被困，特來相救。」於是周鳳山，親自當先，令吳坤修在後，奮力殺出。

不意太平人馬，各路齊到。前有汪大成、汪安均，後有郜永寬，一齊夾擊。蔡元隆以既退張運蘭之後，又再復夾攻殺來。周鳳山被四面受敵，料知不能前進，乃與吳坤修約兵退後，轉望東而逃。只顧前走，不顧後追，合力殺退郜永寬，此時部下只存千人左右，吳坤修部下所存更不及千人，乃合而為一，望東而奔。忽見前路喊聲又起：原來楊載福一軍，已為李秀成所敗，楊載福易服雜在軍中逃走，其餘軍士，皆東奔西竄。周鳳山、吳坤修，欲趕上相救，只是後路太平將郜永寬、汪大成、汪安均、黃子隆等四路，已卷地而來。周鳳山、吳坤修，又不能屯駐，乃與楊載福敗兵同逃。此時隊伍全亂，所逃亦無一定方向，唯見路則奔，復被李秀成率諸將大殺一陣，楊載福、周鳳山、吳坤修，三人合計所存二千人馬，落荒而逃。汪安均力請與諸將同追楊載福等，李秀成道：「吾志不在捕一無名小將，而志在捉曾國藩耳。」乃立令諸將會合；仍令賴文鴻為先鋒，直搗曾國藩。

是時曾國藩聽得前軍已自失利，乃盡提本部下大兵與諸將所部，前來接應。忽探馬報到：太平將士賴文鴻、古隆賢、陳坤書、莫仕葵、范汝曾共五路人馬，每路約四五千人，已亦齊攻到。曾國藩大驚道：「賴文鴻乃秀成先鋒，今已到此，豈吾前軍皆已敗績乎？事已如此，只有號令諸將，準備迎敵。」忽又報到：先鋒楊載福、周鳳山、吳坤修、江忠泗、張運蘭俱已潰敗矣！曾國藩謂左右道：「五路人馬不為弱少，何敗之速耶？」此時正不知所措。忽見張運蘭奔到，部下只存約千人，多是焦頭爛額。見了曾國藩氣喘言道：「前軍各路，已盡為秀成人馬所破矣！江忠泗且陣亡去也。」曾國藩急問楊載福、周鳳山、吳坤修何往？張運蘭道：「眼見周、吳二軍被壓，與未將首尾不能相顧，現不知何往？」曾國藩搖首嘆息。忽聽得號角喧天，喊聲震地，賴文鴻等五路一齊擁至。國藩急教迎敵。不想軍士，皆如驚弓之鳥，一聞號令，唯有勉強接戰。賴文鴻乘勝之威，人人奮勇，如何抵敵！陳坤書更下令道：「吾等先與敵人前軍接戰，未能取勝；今反他人立了頭功，吾等有何面目！今唯有竭力以搏一勝耳。」乃領兵一馬當先。古隆賢、范汝曾、莫仕葵亦同時繼進。曾國藩令劉崇佑、劉連捷、蕭啟江、普承堯分敵四路，而以中軍副將周天孚，獨當賴文鴻，自己亦率人馬為各路聲援。唯賴文鴻在秀成軍中槍法著名，準頭命中，百無虛發。故周天孚到時，早被賴文鴻窺定，槍聲響處，周天孚早已落馬而死。於是中軍大敵。賴文鴻乘勢猛撲，直衝敵陣，如入無人之境。那時劉崇佑、劉連捷、蕭啟江、普承堯各路正與太平人馬相持，忽見周天孚全軍俱潰，無不大驚。曾國藩當調軍來教時，方慮各路俱敗：實因所在戰場不好，誠懼一經同敗，更無退路，故那時極欲奮戰。怎奈周天罕陣亡之後，三軍已自驚懼。忽然李秀成大隊又至，陳書坤、古隆賢等，更為得勢，各軍加倍奮力。劉崇佑、劉連捷、蕭啟江、普承堯各軍立足不住，皆望前而逃。李秀成率大軍擁入混戰。一來太平人馬奮勇；二來乘勝之威；三來此時兵數已數倍於清軍，如何抵敵？曾國藩先自逃走，諸將亦隨後俱退。秀成號令三軍：一齊追趕，如捉得曾國藩者，賞銀五萬，位列公侯。

諸將一聞此令，更為奮勇。賴文鴻率兵當先衝進，直向清軍中來，要尋曾國藩。劉崇佑恐曾國藩有失，急以力擋賴文鴻。無奈賴文鴻提槍猛擊，劉崇佑左腿上早已被傷，只得策馬奔逃，軍士亦紛紛亂竄。敕文鴻更不理會，只令降者免死，即直衝清軍而過。是時漫山遍野，皆是太平兵馬，清兵除降者、死者，唯東奔西撞。秀成率諸將直追。忽見首王范汝曾帶傷而回。秀成即問其故？范汝曾道：「某正追趕蕭啟江，看看趕上，方欲發槍，不意面上先著了一夥流彈，故此先回。」秀成即令回營養傷，自卒大軍前進。突見一隊人馬，秀成問之，乃普承堯敗兵也。因普承堯已帶親兵先逃，放軍中無主，特地投降。秀成令盡繳其軍械，褫下號衣，安置在後。令本部親兵穿著，扮著承堯敗兵，直躡曾國藩而來，中途卻先遇劉連捷。那些扮作普軍的太平人馬，不知秀成志在單捉曾國藩，竟乘勢殺起來，劉連捷一軍也被殺去大半。劉連捷也倉皇奔遁，秀成見之嘆息：「吾此計欲捉曾國藩，今卻大題小做矣。」說罷仍督兵奮追。

時古隆賢、陳坤書、莫仕葵等，各軍皆如入無人之境，但聞清兵呼天叫地。賴文鴻一軍，更在秀成之後，遠望曾國藩旗號，早已不捨。國藩正人困馬乏，忽見劉崇佑負傷而至，即道：「後路皆是敵軍，吾軍已覆去大半矣，速宜逃走。」說罷，後面喊聲漸近。國藩嘆道：「吾今番死矣！」正說話間，卻見周鳳山、吳坤修趕到，只存些少敗殘人馬，護著曾國藩而逃。時曾國藩不暇問及敗兵之事，只顧奔走。周鳳山道：「吾等敗後，已落荒而逃；適見後軍又敗，故引殘兵至此。今不特賴文鴻追到，即李秀成大軍亦追近矣！戰力既失，彼來勢更猛，宜早作區處。」曾國藩道：「能逃則逃，否則死之。吾身斷不為辱也！」不料說猶未已，已見前途塵頭大起，忽有一隊人馬擁至，截住去路：乃太平大將堵王黃文金也。曾國藩見了，魂飛魄散。前面既有黃文金，後路又有李秀成及諸將卷地面來，此時清兵皆如七斷八續，已毫無次序，曾國藩前後受迫，傳令暫歇於小山之上，自必料死。

正在急迫之際，已見張運蘭奔到，即言道：「前後大兵至矣。現彭玉麟方引水師屯於岸邊，大帥速下兵船逃生，否則危矣。」曾國藩聽得，即引敗殘兵馬，望北奔來，隨後劉崇佑、劉連捷、蕭啟江、普承堯亦陸續趕到，乃一同奔走。不多時李秀成大軍掩至，清兵皆如波開浪裂：太平人馬皆大叫休走了曾國藩！曾國藩更驚，不覺把馬鞭墜地，幸左有張運蘭，右有吳坤修保著同逃。曾國藩道：「吾兵至岸邊時，若被秀成掩至，則不知死所矣。」乃教普承堯、蕭啟江與諸部將竭力斷後，然後與吳坤修、張運蘭，同奔兵艦逃走。隨後李秀成、黃文金追到，復大殺一陣，清兵已所存無幾。清軍諸將皆奪路而逃，獨不見了曾國藩。後得降兵相告，知道曾國藩在水師逃命。李秀成見多殺無益，即傳令收軍。計這一場戰事，清兵統領以下將校，死傷數十員，軍士死傷約三萬人，降者萬餘，李秀成大獲全勝，諸將乃請進兵九江。李秀成道：「今日九江，非昔日可比。吾國得之在昔日，固倚為長城，以足以阻清兵來往要路也。今則九江已絕無險要可守。今日攻之，誠如摧枯拆朽。

留重兵守之，則徒費兵力；否則今日得之，明日即失矣，徒損軍威無補也！」莫仕葵道：「然則今日大勝，又將焉往？」李秀成道：「吾軍以北伐為主，未得逕行吾志者，固由天王專顧東南半壁，亦由敵軍每以兵力困餘也。今曾國藩大敗，湖北諸將可再出安徽矣，故速宜回顧皖省也。」說罷乃令黃文金，仍留江西，以分左宗棠兵力；並令雷煥、張祖元之眾，並屬諸黃文金，以厚兵力，然後報捷南京。復引大隊渡江，再回安徽境界而去。

且說曾國藩經此大敗，憤不欲生，各路合計不下五萬人，所存不過數千，損兵折將，何以見人？又不知何以奏報？不如索性做一個鯁直，報稱全軍覆滅，僅以身免；一面報知湖北官文、胡林翼，訴說兵敗情況，求互相設法恢復。徐即以水師及敗殘人馬回駐九江。一面又將兵敗幸免情況，函報家鄉。原來曾國藩鄉中尚有兩弟：一為曾國演，表字澄侯；一為曾國荃，表字沅甫。自從曾國藩從軍，本不欲諸弟出身，故屢勸以在家盡孝。怎奈他的兄弟，皆喜功名，樂戰事，故大不以此說為然。以為自己要盡孝，為兄的便可不必盡孝。故自曾國華、曾國葆相繼出身，曾國潢猶可，唯有曾國荃，卻不能隱耐，每欲得一機會出身治兵，圖個建功立業。恰接得曾國藩函報，知李秀成引大隊渡江，國藩正在危急，乃與其父親商酌，立意出身。其父亦欲其往救國藩，乃立即具禀湖南巡撫駱秉章，在鄉招集鄉兵二千名，直望江西九江而來。自此曾國荃一出，而太平天國又多一勁敵矣。

閒語不表，且說曾國藩自經大敗之後，全軍元氣失盡。及走回了九江，仍恐李秀成追至，趙景賢道：「秀成不來也。今日九江本非重要，非彼所必爭；彼若來追，吾不難即退彼。徒耗兵力，究所何用呢？」曾國藩以為然。一面再派人回湘募勇，以復元氣；一面再催湖北請官文、胡林翼進兵。胡林翼聽得曾國藩幾至全軍覆滅，乃嘆道：「近來迭遭大勝，偏遇曾軍有此不幸，殊出意外。今當先挫敵人銳氣，否則再難制止矣。」時李續賓在座，乃進道：「近來秀成全軍南下，破我大兵者，全欲皖省無內顧之憂耳！某願以本部大兵會合各路，由鄂省直趨皖北，東撼金陵，以隔彼之聲勢；則安慶勢孤，而諸公亦得從事於安慶矣。」胡林翼道：「公為安慶巡撫，皖省用兵，乃公之責任，吾其贊公行。且更撥一員上將助公，公其勉之。」乃令曾國華領所部五千人，付於李續賓，立行出發，續賓慨然允諾。乃與部將彭友勝、胡廷槐、孫守信、鄒玉堂、杜延光、趙國棟、董容芳、王揆一、何裕、何忠駿等，以及大小將校數十員，大軍三萬餘人，與曾國華號令三軍，伸明隊伍，一路旌旗遍野，槍炮如林，直望安徽出發。

是時聲氣振動遠近。那李秀成早知曾國藩敗後，敵軍必猛圖安慶，乃調譚紹洸助守安慶，以壯聲援；忽報燕王秦日綱病故，秀成傷感不已！並道：「燕王與天王，共起於貧賤，多立功勞，今遇身故，是誠可惜。」說罷乃令並撤金湖之眾，調洪秦魁回守興國州城。正在商議進兵之際，忽流星馬飛報：清國大將李巡撫續賓，會合諸將，領數萬人馬，要破安省。現由宿松進兵，所經黃梅、太湖、灊山、銅城皆望風披靡；現又攻陷石牌，向廬州來也。秀成聽罷，適陳玉成又有文書飛到，亦說李續賓一路人馬，如此這般，速宜合兵破之；并言自己引兵東回，要先破李續賓。李秀成至是，乃謂諸將道：「李續賓為羅澤南弟子，自用兵以來，久著能名，軍鋒亦銳。今彼以破竹之勢，不乘機下安慶，反北趨廬郡，其用意欲東渡江寧，以擾我根本，而孤安慶之勢耳。續賓得勝後，胡林翼亦將分軍，以攻安慶矣！吾須先行破之。」部將陳坤書道：「李續賓雖勇，然以英王遇之，力足敵矣。吾懼忠王北行，而安慶危也。」李秀成道：「英王雖足敵李續賓，不過為敵兵前驅：吾懼湖北清兵再至，則英王受制，吾不得不往，續賓一破，安慶即安矣。」說罷將本部分而為二：令古隆賢、陳坤書、莫仕葵、范汝曾各引本部，分屯安慶附近，以壯聲援；即與諸將共引人馬二萬五千人，望巢縣而進，以截李續賓東趨之路，一面打聽軍務。

原來陳玉成亦由六安回軍，並不直入廬州，反沿廬州上流，直到含山界口，以截李續賓，與李秀成一樣意思。因陳王成不料李秀成人馬到得如此神速，恐進了廬州，湖北清兵復出，必腹背受敵；且料李續賓必引兵東指，故不分晝夜走至含山。聽得李秀成大兵已到，遂與商議進兵，並令吳汝孝，帶兵往把舒城要路。吳汝孝道：「前者大軍既經過廬州，而不守廬州，今反令小將回守舒城何也？」陳玉成道：「前因不知忠王兵到，懼無援應；又懼清兵由鄂再至，則腹背受敵矣。今李續賓正困廬州，若知將軍已扼舒城，而吾與忠王又據巢含而進，則李續賓必懼掩擊，將舍廬州而求戰地，是吾計成矣。」吳汝孝得令去後，時廬州守將吳定規，一日三次文書，飛來求救；少頃李秀成亦有書到：力言各將合兵，各用各計，速截李續賓，廬州之圍自解；若徒守廬州，是拙計也。陳玉成道：「所見略同，吾汁亦決矣。」乃傳令進兵，由金牛而進；李秀成卻引兵沿白石山而進。

那白石山只隔金牛二十餘里，兩軍分道而趨；務截李續賓。時續賓正困廬州，唯吳定規竭力死守，以待援應，李續賓更下令道：「吾軍至此，一路沿太湖、潛山、石牌、桐城，勢如砂竹，敵人望風披靡，今獨不能下一廬州，以數萬大兵，為吳定規一人所挫，皆由前則英銳，而今則疲玩耳。諸軍務宜奮力，否則敵人救兵一至，吾兵益受困矣。」曾國華道：「吾軍長驅至此，如強弩之末，難穿魯縞。今深入重地，又經疲戰，適遇敵軍，吾未見其可也！且焉有軍行千里，而敵人不知者乎？吾懼兵將至矣。不如捷報湖北，並請援兵，方為上策。」李續賓聽罷點首。忽探馬飛報：陳玉成已派口王吳汝孝，扼守舒城要道。李續賓聽罷大驚道：「彼扼舒城要道，而阻我援兵來路也；然則敵軍已在前矣。」部將鄒玉堂道：「如此，計不如回軍，較為穩著。」李續賓道：「敵兵必至，然後扼要道，以阻我援兵；今若退後，反為所乘耳。今不能再攻廬州，亦不能退歸後路，唯有撤廬之圍，引軍直指，故緩行程，以養兵力。若遇敵人，拼與一戰而已。」說罷便離去廬州。時吳定規不知李續賓何故撤兵，也不追趕。

且說李續賓離了廬州，約行五十里，正是三河鎮，李續賓傳令紮下大營，打聽得陳玉成已駐軍金牛堡，乃決意先撲陳玉成大營，為先發制人之計。傳令休兵一日，到夜後商議進兵。是夜正大霧迷天，對面不見人。李續賓傳令：五更造飯，黎明出隊。部將趙國棟道：「不如五更進兵，因陳玉成兵眾，聞李秀成兵亦至矣。若與明白交戰，勢必不敵，不如以奇兵破之。料大霧之際，陳玉成必不出兵，我宜擇土人熟知地理者為嚮導，直抄金牛，出其不意以撲陳玉成營寨，必獲全勝。」說罷各部將在座者，一齊鼓掌，皆主五更出隊。李續賓被拗不過，且覺其言有理，乃依計而行。傳令各營：三更造飯，五更進兵，密派土人四五十名作嚮導，乘大霧而進。到時，李續賓令三軍：人銜枚，馬勒口，不想玉成亦因霧重，懼為李續賓所劫，乃謂諸軍道：「我今日兵駐金牛，已為敵人所知。今夜大霧，須防劫掠。」乃傳令大軍起程，欲奪三河鎮。因那時陳玉成，只探得李續賓已離廬州，尚不知李續賓已到三河鎮也。不料陳玉成人馬起行時，與李軍兩不相遇；皖北一帶，又是陳玉成走慣的，故深悉地理，將近天明時，陳玉成人馬已過三河，反抄在李續賓之後，及濃霧散後，陳玉成已過了三河後面。

那李續賓所用嚮導，仍不識地理，竟為霧誤；左轉右折，所行總離三河不遠。當陳王成到了三河，忽見前軍報稱：所過見其無數壁壘，煙竈尚新。陳玉成道：「李續賓曾駐兵於此。核其蹤跡，是東去矣。當從後截擊之。」乃令以後軍為前軍，親率小兒隊為前隊，卷地追回。追至金牛洞，約離李軍後路七八里，即發炮攻擊。李續賓知道陳玉成一軍已折在後路，急令回軍激戰。李軍不知陳玉成誤折在後，以為預先埋伏，無不驚心落膽，諸部將亦各有懼色。李續賓奮然道：「兵法雲『置之死地而後生』，是在諸君奮力否耳？」諸將聞得一齊奮進。唯陳玉成憤於二郎河之敗，欲雪前恥，亦鼓勵三軍，人人猛勇。兩軍正在惡戰間，時李秀成正沿白石山而進，約離三河八里，聽得炮聲震動，知道兩軍已經交戰，乃揮軍趕上接應。時陳玉成見秀成人馬已到，軍心更壯，併力攻擊清兵陣腳，不一時清兵陣腳早已移動。李續賓全軍隊伍已亂，陳玉成乘勢督兵猛撲而進。令軍士大呼道：「李續賓快來納命。」管教：

三雄會戰，頓教名將隕盧江；重壁鏖兵，又見忠王破桐縣。

要知李續賓性命如何？且聽下回分解。

戰桐城忠王卻鮑超　下浦口玉成破勝保

且說陳玉成見李續賓陣腳移動，乘勢攻擊，李軍大亂，玉成率隊直躡李續賓，令軍士皆呼李續賓快來納命！續賓大懼，自料不能透圍，乃再督諸將奮戰：以中軍統領副將彭友勝、參將胡廷槐，雙敵陳玉成。陳玉成令陳國瑞猛撲胡廷槐一軍；自己親攻彭友勝，而以五旗營分左右並進，包裹續賓大營。先是陳國瑞以小兒隊先進，忽槍聲響處，胡廷槐死於馬下，陳玉成乘勢衝進，把鼓友勝一軍隔做兩斷，即令陳國瑞獨搗李續賓，續賓全軍皆亂。正在危急，忽得兩路兵馬殺入，同救李續賓，乃曾國華、鄒玉堂，李續賓心始稍定。不料英工部下五旗營齊至，所遇清兵，如狂風敗葉，殺得呼天叫地，李續賓不能立足，率了曾國華、鄒玉堂及諸將望東而逃。忽見左路人馬，紛紛倒退，原來左路已為先鋒賴文鴻直衝而入。清參將杜延光、游擊趙國棟，雙擋賴文鴻不住。趙國棟早被賴文鴻槍斃，清兵紛竄，杜延光亦為李秀成所敗。那時李秀成沿白石山而來，離三河戰地只有七八里，聽得炮聲震動，乃揮軍迸戰，乘勢攻擊，杜延光不敢戀戰，亦望後而逃。忽道員孫守信、知府董容芳，引兵來救社延光一軍，力阻賴文鴻。不意秀成部將汪安均、汪大成、陳贊明、黃子隆等已分道撲至。杜延光、孫守信、董容芳如何抵敵，乃一齊潰散將來，反與李續賓來路相撞。於是清國各路敗兵，反合做一處。李秀成乃傳令諸軍，合圍而進，與陳玉成共困清兵於中央，不能得脫。部將汪安均問道：「何不此時讓一路，放清兵出走，然後追之；今合圍包困，恐困獸猶鬥，清兵將為續賓效死矣。」李秀成道：「彼全軍俱敗，隊伍盡失，焉能復振？且我眾彼寡，不足懼也。諸君速宜奮力，休教清兵走漏一人也。」三軍得令，一齊奮擊。李續賓四面被圍，無路可脫，乃令部將鄒玉堂、曾國華在前，諸將在後，自己居中；欲奮力透出重圍。奈此令甫下，鄒玉堂先已中槍陣亡，曾國華一軍亦大亂，陳玉成已撲至陣前，清兵互相嘩叫。陳玉成下令降者免死，清軍多有棄槍而降。陳玉成更逼近一步，曾國華知不能得脫，即已自盡。是時李秀成亦從後逼至，與陳玉成越逼越近，清兵皆無心戰鬥，李續賓左衝右突，不得越出半步。看看部下諸將，所存無幾，三軍所存不及萬人，同在核心，李續賓看見三軍呼大叫地，太平人馬，已一層緊一層的殺進來，清兵盡失戰鬥力，或降或死，不計其數，太平人馬更踐屍而進。李續賓見了，慨然淚下，顧謂左右道：「吾受國家重任，且任安徽巡撫，身為主帥，統數萬人馬，以至於此，今使全軍覆滅，皆吾之罪也。吾萬死猶輕，然諸君當以性命為重也。速設法圖生耳！」時王揆一在旁答道：「今全軍已失七八，四面皆敵兵，焉能逃生？吾等亦不忍言降。今唯率眾死鬥，或猶勝於斂手待斃耳！」說罷王揆一與何忠駿，乃身先衝敵而出。李續賓此時仍欲繼後奮戰，不意陳玉成部下皆如銅牆鐵壁，不特撼之不動，且陳玉成部下的小兒隊，已節節挨進；陳國瑞更逞神威，直衝何忠駿。計忠駿部下尚存五百多人，皆被小兒隊一槍一個，如寸草不留。何忠駿先死於亂槍之中。於是王揆一一軍，亦不能前進，李續賓更為危急。忽然後軍嘩潰，原來李秀成已引各路人馬擁至，隔不得一二里。李續賓自知不能逃脫，乃盡將文牘摺件，一概檢起焚了，然後北面再拜，拔劍自盡。按李續賓字布庵，本湘鄉人，為羅澤南弟子。自從軍以來，身經六百餘戰，所向有功。一時湘中清將，無有出其右者，臨事勤慎，遇敵奮勇，與多隆阿、鮑超、塔齊布齊名，今乃死於三河之役，時人有詩讚道：

儒生慷慨策從戎，良將威名皖鄂中。

北面羅山賢子弟，東來江左小英雄。

身經百戰支危局，霧掩三河起惡風。

回看興國州城外，一樣師生死難同。

自李續賓死後，諸部將中被陣亡，或同時自盡，無一生存。所餘殘兵，只有數千，亦盡倒戈投降。計這一場大戰，自李續賓而下，所有死亡者將校：如彭友勝、胡廷槐、鄒玉堂、杜延光、趙國棟、孫守信、曾國華、董容芳、王揆一、何裕、何忠駿等，共四十餘人；大兵三萬餘人，死亡者二萬七千人，降者約萬人，全軍覆滅，無一生還，為歷來戰陣所未有。因被李秀成、陳玉成兩雄會兵，四面包裹，合圍而進，故並無一人逃出也。

當三河敗時，鮑超欲馳在援救，比至舒城，已為吳汝孝所阻，不能通路。李續賓外援既絕，遂遭此大敗。自此訊息報到湖北、江西，官文、曾國藩大驚，各省皆為震動。因李續賓一路人馬，清國倚若長城，一旦殞滅，如何不懼？當即會銜奏知清廷。時咸豐帝好不震悼，立即加恩厚恤，以李續賓照總督倒贈予，謚忠武；並賞銀三千兩，入城治喪，將他入祀照祠；並蔭其子孫，從資鼓勵。原來李續賓平日治兵，所到之處，好掠淫婦女，曾為御史所參。咸豐帝以用人之際，又憐其勇，不加責備。反稱好色乃武夫小節，著毋庸議。李續賓得此一語，便不勝感激，樂為效死，此次遂殞於三河。

今閒話不必細表，且說李秀成、陳玉成，全軍大捷，降清兵萬人，斬二萬餘人，平清兵營壘七千餘座，所得器械糧草無數。李秀成謂陳玉成道：「此戰清兵膽落，關係甚大。吾兩軍固然有功，吳汝孝功亦不淺，若不是他緊扼舒城要道，恐鮑超救兵一至，李續賓未必便死也。」遂錄吳汝孝為頭功。一面商議進兵之法。陳玉成道：「自湖口一戰，曾國藩膽落；三河再戰，李續賓陣亡，吾國自此復振矣。唯皖、鄂一帶，苦於湘軍；天京一帶，又為勝保、德興阿等所擾，隔我天京交通之路；而鮑超一軍又屢伺安慶。今若能西挫鮑超，而東破德興阿，則江、皖安如磐石矣！吾當與忠王分兵，各破一路，未審尊意如何？」李秀成道：「正合吾意。英王欲在何處？可先自擇之！」陳玉成道：「吾軍兩挫於鮑超，然一遇勝保，無有不勝，吾本欲斬鮑超之頭，以雪前敗，只恐軍心尚怯，故欲忠王西行也。」李秀成允諾，遂由陳玉成下浦口，秀成自領人馬西行。又念譚紹洸守安慶，兵力已足，乃令古怪賢、陳坤書兩路，由安慶東趨，相會於桐城。李秀成率大兵望桐城出發。

時清將鮑超一軍，自二郎河戰後，轉戰各路，互有勝負；及李續賓深入廬州，催請救兵，胡林翼特派鮑超往救。奈為太平將吳汝孝所阻，不能透過舒城，遂駐兵桐城一帶，報知胡林翼，欲直下安慶，以分李秀成兵勢。迨聞清兵全覆，李續賓陣亡，知道太平兵勢正銳，未敢遽近。忽接得胡林翼來文，多隆阿已調往攻捻，現胡林翼特出兵潛山，以鮑超聲援，欲同下安慶。突有探馬飛報：秀成之兵馬已過廬州，沿舒城直望們城而來，鮑超聽得秀成兵勢雄壯，心上稍怯，先把軍情報知胡林翼。林翼以鮑超向來用兵，遇敵則進；今忽然以李秀成軍勢浩大來報，是有怯心矣。遂回書鮑超，並道：「吾為巡撫，受朝廷厚恩，理當效死。若諸君則不然。可戰則戰之，不然即先宜退兵，勿過臨險地也。」林翼之意，直欲激起鮑超奮心。故鮑超看了來書，以為胡林翼既宜效死，難道自己不宜效死，便立心奮戰。一面復林翼，自稱誓與李秀成決個勝負。胡林翼聽得大壯其志：欲以兵為鮑超後援。不料李秀成亦慮湖北清兵將出，將為鮑超後應，乃飛令補王莫仕葵，以本部人馬西行，直擊潛山、太湖之間，以為聲援。胡林翼聽得莫仕葵人馬將到，乃懼為所躡，不敢遽進。

是時鮑超進兵，已近桐城，李秀成大軍亦至。部將汪大成進道：「霆軍已至矣，不如先踞桐城，遲則鮑超先入為主矣。」李秀成道：「將軍之言非也！桐城乃囊中物耳，不患不得！吾軍若入桐城，其勢已孤，徒待霆軍之攻擊；彼縱攻之不克，猶可從容而進，而彼先立於不敗之地也。鮑超此來，志在求戰，吾因而破之，又何憂桐城不為我有乎？」說罷諸將嘆服。忽報探馬飛報：「鮑超大軍合約三萬人，已相離二三十里。」隨後又報：「胡林翼一軍不敢前來。」李秀成急令三軍掘土為壘，計分二層：其外就所掘之地，以為長濠；然後傳令三軍，如遇霆軍來攻，且勿急進，宜先併力御之。部下聽得，皆為不平，以為李秀成畏懼鮑超，故皆磨拳擦掌，憤憤不平。秀成皆詐作不聞，只傳令不得違抗。

不移時霆軍已至，秀成又令三軍不得妄動，待看中軍紅旗起時，方始出兵。時霆軍進勢極猛，唯苦於太平人馬重壁相隔，不能攻得要害。那鮑超本是精悍好鬥，乃督兵猛進，欲直撲長濠。奈秀成人馬自內擊出，霆軍死傷頗眾。時太平天國諸將，皆請令越濠而出，秀成不從。並且出示言霆軍壯，陳玉成且為所敗，不宜妄進。待稍有機會，然後乘之。唯諸軍心中不服，又不敢抗李秀成之令，只有奮力抵敵。計自辰至暮，依然不出。鮑超令部下繞攻秀成，晝夜不息。李秀成乃分軍為二隊輪班歇息。鮑超不知李秀成有何計策，只欲推倒李秀成壁壘，欲填濠而進；一面令部將孫開華，領兵先取桐城；復飛報知胡林翼，謂已入桐城，現正壓攻李秀成營前，以為必勝。去後復鼓勵三軍，冒死猛進；奈進勢愈猛，死傷癒多。那李秀成所築營壘，以數十小營，護一大營，勢若迴環；且兩重壁壘，任鮑超如何攻擊，全不著緊。乃至次辰，李秀成得探馬飛報：古隆賢、陳坤書，兩軍將到，李秀成大喜。時霆軍損傷三千餘人，軍力亦倦。李秀成乃飛令古隆賢、陳坤書，直從下游截攻霆軍。隨即中軍把紅旗一舉，太平人馬蓄憤已極，即開壁門，分道而擊：計賴文鴻、汪安均、汪大成、陳贊明、黃子隆，共五路人馬，令蔡元隆、郜永寬，留守大營，兼防後應，以防桐城清兵衝擊。秀成卻與諸將校，共統大軍，為五路後繼，一齊向霆軍殺來。

那時霆軍連攻了一晝夜，兵力已倦；二來太平人馬蓄憤已極，人人憤勇，無不一以當十，霆軍如何抵敵得住？皆望後而退。鮑超大怒，下令退後者斬。卻令部將王慫慶、婁雲慶、熊鐵生等，各率本部猛御，鮑超復引兵當中直進，忽報部將唐仁廉坐下馬，被賴文鴻槍斃，唐仁廉翻身落馬，唐軍中營、左營，先已驚潰，隊伍遂亂。賴文鴻乘勢直搗，唐仁廉支撐不住，先已敗下。同時熊鐵生為太平將黃於隆部下流彈，傷了右臂，負傷不能督戰了。於是唐仁廉、熊鐵生，兩軍先敗。賴文鴻、汪安均、汪大成、陳贊明、黃子隆一齊躡追。鮑超仍欲奮戰，不意唐仁廉、王慫慶、婁雲慶、熊鐵生各路兵馬，反衝動鮑超中軍。李秀成大隊已到，萬槍齊發，鮑軍死傷極眾，乃一同敗走。鮑超傳令先奔潛山駐紮，只望胡林翼應援，不料補王莫仕葵先到，古隆賢、陳坤書亦到，胡林翼已不能駐足，引軍西回，欲改向北路，以應鮑超，誠不料霆軍敗得如此迅速。那莫仕葵、古隆賢、陳坤書等不追胡林翼，反引兵北截鮑超。所以鮑超反倒前後受敵。李秀成見霆軍已敗，復撥軍為二，令賴文鴻、黃子隆、陳贊明為一路，從呂亭驛追下來；秀成自與汪安均、汪大成及諸將為一路，從門鋪追下來，兩路皆取建瓴之勢。下令行軍不能中止，不分晝夜，務令鮑超全軍覆沒方休。太平軍士得令，皆且追且攻，看看將近潛山，鮑超已失軍萬餘人，正在人困馬乏，忽見前路塵頭大起，三路人馬勢若長蛇攔住去路，早發炮向霆軍攻擊。隨據探報稱乃大平將古隆賢、莫仕葵、陳坤書兵馬也。鮑超頓足嘆道：「似此前後受敵，吾其死矣！吾死，諸君又豈能獨生？其各宜奮戰可也！」便令諸將分頭抵禦。究意寡不敵眾，且又潰敗後，軍士皆無心戀戰。時太平人馬已分道壓至，秀成大兵在東北，古隆賢、陳坤書、莫仕葵在東南，諸路夾攻，且攻且進，霆軍不能抵禦。賴文鴻更統本部人馬，直衝清國兵，聲言勿放走鮑超。

時霆軍死傷遍地，太平人馬皆踐屍而進。鮑超知不能抵禦，乃傳令向西而逃。唯太平人馬復隨後追擊。鮑超謂左右道：「此行得生為幸，霆軍能戰之名從此掃地矣。」見三軍紛紛亂竄，部下所存不及萬人；後面人馬又已追至，此時霆軍皆已疲倦，被太平人馬衝入，當者便死，霆軍更為紛亂。鮑超怒軍士投降，已傳令諸將：使轉布軍中，謂昔者霆軍連敗太平人馬，殺傷既多，蓄憤已久，降者必被誅戮；故霆軍無敢言降。經秀成下令招降，亦無應者，故死傷更眾。時鮑超亦不顧及後軍，只由諸將保護而逃，隨後婁雲慶、王衍慶等，亦皆奔到，都稱全車將盡，快些逃命。

正走間，忽見後路一支人馬趕到，乃部將孫開華兵也。因孫開華攻入桐城，聞得霆軍大敗，料知孤守桐城無用，故並棄桐城奔走。鮑超得這一支生力人馬，心上頗安，傳令孫開華斷後而奔：無如無孫開華所部僅二千人，不能當李秀成各路之眾，折去人馬大半，也只好一同奔潰。秀成仍率諸將猛追，縱虎歸山，終為後患也。遂懸重賞：務捉鮑超。鮑超正在危迫之際，又見前路一支人馬已到，遠見塵頭飛滾，乃謂左右道：「來者若是敵軍，吾等豈尚有生路乎？」說猶未已，已得探馬報稱：胡林翼已率李孟群、江忠義兩軍來到，鮑超方才放心，未幾果見胡林翼旗號。時李秀成三軍疲戰，恐不敵胡林翼生力軍，遂傳令勿追。那時鮑超已被李秀成追殺五十餘里，沿路屍橫遍野，血流成河，及得胡林翼救援之後，部下所存不及五千人，計死亡逃竄約有二萬之數。鮑超不覺垂淚道：「吾向不曾與李秀成交鋒，今日遇之，方知其能也。今使軍士塗炭，皆吾之罪也。」說罷力請胡林翼代請議處。胡林翼道：「使君以孤軍深入，致遭失敗，此吾之罪也。勝負兵家常事，但九江一敗，桐城再敗，吾軍損失軍銳，不下十萬人，軍勢大挫。既敵人軍勢復張，關係不小，即君之威名，亦甚可惜也！」鮑超聽罷，搖首而嘆。隨覺腕上微痛，卻已為流彈所傷，但非要害。胡林翼見敵軍已退，霆軍亦疲極，乃令安營，暫行休息。鮑超欲合軍追擊李秀成，胡林翼道：「彼眾倍於我，勝之不易；待公恢復軍勢後，再求一戰，未為晚也。」鮑超乃無言。計霆軍會合各路共二萬餘人，存者數千，尚多焦頭爛額；其餘將校除唐仁廉、熊鐵生被傷之外，凡營官哨弁死傷者四十餘人。這一場大敗，霆軍向來所未見。胡林翼只得令人掩埋各地屍首，自桐城南下轉北而西，五六十里，屍骸遍地，簡直埋不勝埋。

李秀成大獲全勝，即會各路人馬於潛山，范汝曾道：「鮑超為敵軍著名虎將，今全軍覆滅，敵人膽落矣！胡林翼雖到，亦無濟於事，不如乘勝追之。胡軍若破，乘機收復武昌，有何不可？」李秀成道：「語曰『歸兵莫掩，窮寇莫追』，以吾軍連戰兩晝夜，眾將軍力已疲矣，強而用之，徒以取敗。設胡林翼有膽，以生力逼吾，則勝負未可知也。且武昌一地，為滿人所必相爭，守亦不易；今日得之，明日失之，是徒耗兵力耳。」范汝曾道：「然則今日作何行止？」李秀成道：「自吾下九江以來，前後三戰，敵兵大敗，皖、鄂、湘、贛之精銳盡矣；只留都興阿、勝保，猶以馬隊屬步軍，斷吾浦口，隔我天京交通路道，若英王能破之，則吾國可獲數年之安。吾即乘機以謀北伐，不亦可乎？故我今當回軍為英王聲援矣！」遂酌撥人馬駐守潛山、太湖、桐城一帶，以為安慶屏障，即引軍東返，以應陳玉成。

且說陳玉成，自與李秀成分兵，先由巢縣，直抵滁州。忽得探馬來報：清將欽差德興阿一軍，已由浦口趨小店；欽差勝保一軍，亦直趨水口而來，兩路人馬合計四五萬人，中有吉林馬隊萬餘，聲勢極大。陳玉成聽得躊躇未決，部將陳仕章道：「勝保軍勢徒有外觀，不足懼也。吾軍與勝保前後數戰，未嘗少敗；今大敵當前，唯有奮鬥，何待思疑！」陳玉成道：「吾豈懼勝保者耶！但敵軍中於勝保而外，復有德興阿，吾以一敵二，須籌善法耳！某料德興阿、勝保必引兵疾走烏衣，吾不如先據之，然後以主待客，以逸待勞可也！」說罷即督軍直向烏衣出發。

原來勝保再調都統富明阿一軍為助。那富明阿軍中，亦有馬軍五千名，勝保因前次八鬥嶺之戰，步軍多，馬軍少，為陳玉成所敗。此次欲多用馬軍。故與德興阿約，俟富明阿一軍到時，然後同進。遂使陳玉成得先進烏衣。忽聽得侍王李世賢，轉戰贛、浙二省，屢破清軍；今聞忠、英兩王西出，而勝保、德興阿合兵重屯浦口，隔斷天京之路，因恐天京有失，特此北還。一路破寧國府，入繁昌，趨和州，大軍將抵全椒。陳玉成聽得大喜道：「侍王若至，此天助我成功也。」一面鼓勵李世賢，約以分道破敵，並告以駐軍烏衣；又飛令六合守將李昭壽，引兵面西，以截勝保之後。一面鼓勵三軍：敵來即戰。

時玉成部下，自李世賢兵到，軍心已壯；徐又聽得李秀成已大破霆軍於桐城，斬首二萬，陳玉成此時更眉飛色舞，即示令諸軍：「以本軍曾敗於霆軍，而李秀成獨能破之，我軍已形減色。今若更不破勝保，則我軍威名掃地矣！」於是三軍聽得，更為奮勇，恨不得勝保、德興阿早來交戰。

時清將勝保兩軍，已取齊同來。勝保抽出富明阿馬軍五千，以為前部；令富明阿以步軍為各路援應，共兩軍合計馬隊二萬，步隊二萬。聽得陳玉成駐兵烏衣，望烏衣出發。陳玉成令李世賢，兼統九伏洲之眾，準備來攻。一面傳令軍中：待清兵至時，由李世賢先發；卻號令本部，以吳汝孝為左軍，以陳仕章為右軍，以小兒隊為前部，以五旗營為中軍親兵。並下令道：「若清兵至時，先自守禦；及李世賢軍到時，料清兵必移擊李世賢一軍，然後乘之。」諸將得令，皆準備迎敵。是時清兵分兩路並進：右路為勝保，以副都統秙騰阿為前部，以提督李若珠，副將戴文英繼進；左路為德興阿，以總兵陳升為前部，以道員孔繼鑅、宣維祈繼進，皆向烏衣擊來。到時已近日暮，德興阿初欲休兵一夜，然後進戰。勝保道：「陳玉成驍悍好鬥。我軍至此，彼將出而擊我矣！我壁壘未堅，必不能守禦，不如先制之。」德興阿以為然。遠望見陳玉成連營五六十里，旌旗齊整，三軍皆有懼色。勝保調左右道：「兵法在一鼓作氣，今三軍見陳玉成軍容嚴整，似有懼意；若再延時日，兵心更動矣，是宜速戰。」乃約會德興阿，鼓勵兵士前進，直攻陳玉成左右二軍。不料吳汝孝、陳仕章早得玉成之令，先立寨柵，以防衝突，清兵一連進攻兩次，太平人馬不動。

未幾夕陽已下，夜色初升，是日為九月初一日，夜後月色無光。勝保覺玉成向來健鬥，此次獨不出，正以為疑，陳玉成又預囑土人，布散謠言：稱陳玉成孤軍難敵兩路，故候李秀成方敢交戰。勝保半信半疑，一怕陳玉成有別謀；二怕李秀成真到了，更難抵敵，便思退兵。左右皆爭道：「陳玉成非不能戰也。我軍若退時，陳玉成將出而乘我矣！」不想說猶未已，下流聲鼓大震。探馬早飛報導：「太平軍侍王李世賢，已會合九洑洲之眾，前來助戰矣。」勝保大驚道：「此吾軍探事不明之過也。早知李世賢至此，吾斷不同趨烏衣矣。」說罷乃急報德興阿，趁玉成未出時，急行分兵：勝保自拒李世賢，而以德興阿單迎陳玉成，立令分軍。正移兵時，只見陳玉成軍中火把明耀，一齊衝出。令吳汝孝、陳仕章轉攻德興阿，而陳玉成獨擊勝保，這三路人馬，皆如生龍活虎，不辨人馬多少，但見得彈子如雨而下。勝保前部副都統秙騰阿，先已中槍斃命，軍中一時紛亂，玉成乘勝夾擊。那時李世賢亦率大隊擁至，勝保亦不能支。陳玉成傳令每兵一隊，半擊清兵，半擊坐下馬，清兵惶亂之際，皆無心戀戰。勝保令李若珠、戴文英雙戰陳玉成；傳令自拒李世賢一路。不意陳玉成後路，五旗營已分道壓至。李若珠先已受傷，軍中更亂；戴文英一路亦不能支，乃一齊潰退。勝保見西路俱敗，本部又為李世賢所壓，所有馬隊已死傷三分之一，其餘亦向後奔逃，勝保乃傳令暫奔浦口。陳玉成知李世賢必追擊勝保一軍，自己卻分軍一半，追躡勝保；而以半軍助吳汝孝、陳仕章夾擊德興阿。時德興阿，正與吳汝孝等拒戰，猶以吳、陳兩路人馬無多，初時不大畏懼，尚奮勇與吳汝孝、陳仕章相拒。及聞勝保已敗，德興阿大吃一驚：恐勝保一退，自己不能支援，正在籌思無策，忽見陳玉成分軍擁至：已知道勝保已真潰敗。於是全軍皆驚。陳玉成督令吳汝孝、陳仕章猛進，德興阿大敗，傳令將人馬望東而逃。忽流星馬飛報：六合太平守將李昭壽，已引大隊截來。德興阿更魂不附體，亦傳令暫奔浦口。陳玉成乃與吳汝孝、陳仕章一齊追擊。不多時李昭壽人馬亦到，殺得德興阿人馬呼天叫地，沿路屍骸滿目。陳玉成唯率兵直追，將近浦口時，李世賢亦已追至，太平人馬耀武揚威，清兵被壓至浦口，被追至河中溺死者，不計其數。管教：

五路西來，已壓敗兵沉浦口；孤軍東下，又來降將獻蘇城。

要知勝保、德興阿此敗若何？且聽下回分解。

何信義議獻江蘇城　石達開大戰衡州府

話說勝保、德興阿兩路人馬，被陳玉成、李世賢督率諸將一齊追擊，直壓至浦口，那時竟前無去路，後有追兵，勝保欲回軍猛戰，以背水作陣，置之死而後生。不意清兵自潰敗後，人人膽落，已無心戀戰；及聞勝保回戰之令，欲勉強支援，不意前軍只顧逃走，兩不相應。後面陳玉成、李世賢已隨後逼到，槍炮交施，清兵死傷又不計其數。清兵皆互相逃竄。陳玉成、李世賢乘勢衝入，吳汝孝、陳仕章更當先猛進，當者便殺，如入無人之境。勝保倉忙無措，忽見提督李若珠奔到，謂勝保道：「敵將至矣，速作逃計。」乃保護勝保直奔岸邊，掠舟而逃。勝保得了生命，遠望德興阿一軍，七零八落，浦口船支，又不敷用，統計本部溺死浦口者七八千人。岸上的更不能渡，所有岸上的隊伍，皆是滿人，亦不敢言降。是時勝保、德興阿俱逃，岸上未及逃的，已無主將，又盡失戰鬥之力，被李世賢、陳玉成、李昭壽、吳汝孝、陳仕章等殺得呼天叫地。陳玉成更令三軍：向馬隊攻擊。故馬上弁兵，皆無得免，凡殺不盡的，皆捨命衝突，見路則奔，餘外或伏地請降。李世賢見了，意殊不忍，準令降者免死。計太平諸將中，以李昭壽獨為好殺，故清兵所傷癒多。計勝保、德興阿兩軍，共計死傷不下四萬餘人，餘亦悉數投降，死傷將弁數十員。陳玉成、李世賢大獲全勝，得馬二千餘匹，所獲輜重器械，不可勝數。

自此一戰後，南京隔江之信始通，勝保與德興阿剩得殘兵萬人左右，是夜逃回盱眙洪澤湖一帶，以圖恢復軍勢。

英王陳玉成知勝保已狼狽遠逃，乃留李昭壽駐守滁州；即與李世賢掃平來安、六合、天長、儀徵、揚州等處，以固金陵根本。然後以李世賢力顧南岸，以應浙、贛之師。自李世賢去後，陳玉成即入天京面君，具述近來戰狀。洪秀全不勝之喜，一面宴待陳玉成。忽報李秀成自桐城回軍，一路掃平皖省，現已回至天京。洪秀全一併延入。是時忠、英兩王，同會於殿上。洪秀全道：「自清國曾、官、胡三將，會同破我九江；勝保又重屯兩浦，以隔我天京訊息，朕日夜不寧。今幸連番出師，一戰湖口，再戰三河，三戰桐城，四戰浦口，皆令敵人全軍覆滅，既能張我軍威，又得通達隔江訊息，非兩位賢弟之力，斷不至此！」忠、英兩王齊道：「此皆仗天王洪福及將士用命所至。望天王勤政恤民，臣等當馳驅於外，誓恢復國家，以成一統。」洪秀全聽了大喜。正在歡飲之際，忽報江蘇巡撫李鴻章，又興兵來攻，大兵將抵常州。所借洋人槍械，十分精利，今金壇、丹陽等處，已飛來告急。洪秀全聽罷，面色為之一變。並道：「前者李鴻章已迭次來犯，賴周勝坤、周勝富握守，以至金陵不受其困。今李鴻章若起重兵而來，又借有洋人利器，何以御之？」李秀成道：「不勞天王費心，臣等必能使金陵無事。」洪秀全道：「兩位之中，必須一人前往，方能了此大事。不知誰人願當此任？」李秀成道：「皖省一帶，非英王不能鎮懾。英王可回軍皖境，力顧北岸；吾當提一旅之師，再下蘇、常。當臣弟未到天京對，已留意東路，早知前任蘇撫薛煥，已改駐上海，專辦洋務交涉，為借兵借械之事。而以李鴻章實補蘇撫，專事戰爭。臣素知李鴻章不打緊，其部下淮軍，亦非能戰；唯其部下將校數人，如劉銘傳、程學啟皆勇悍能戰，頗為勁敵。且器械精利，若不挫其威，將來為患金陵不淺也。」陳玉成道：「忠王必有成算在胸。李鴻章不難破也。臣願蕩平皖境，以免天王西顧之憂。」洪秀全一一從之。陳玉成次日回軍皖境而去；李秀成即部署人馬，立刻東徵。起程之日，洪秀全親自送行，與李秀成握手，問幾時可以奏凱班師？李秀成道：「往返及戰爭，計期一月可矣。」洪秀全道：「朕當專聽捷音也！」李秀成即拜辭而行。時章王林紹章，正駐軍金陵無事，乃令林紹章領兵同行，共大軍三萬餘人；又令蘇招生、吳定彩二人，統領水師東下，以為聲援；仍令賴文鴻為先鋒，並與各部將督率大軍，望東而下。及大軍既抵丹陽，得探馬報稱李鴻章之兵，有洋兵為前部，現時尚駐常州；又聽得上游揚州一帶，有清兵欲截秀成之後。秀成聽得，乃令丹陽守將周勝坤，將本部人馬屯守城池；秀成盡將大軍屯紮城外。時陳玉成方留部將塗鎮興駐紮金山，即令塗鎮興移兵上駛揚州，先掃清兵，以免後顧；並令塗鎮興立速起程。秀成卻先將常州附近各縣收復，並下令諸將道：「蘇、常兩地，久經我軍克復。自我軍西出，遂復陷於清兵。今我大軍到此，清兵不敢遽進，當先平各縣，以孤常州之勢，然後進戰。常州一破，即順流攻蘇州可也。吾來時對天王言：一月可以往返。今觀之，又須稍費時日矣。」

時清將馮子材正駐守金壇。秀成卻令賴文鴻會同黃子隆、陳贊明先攻金壇；又令蘇招生、吳定彩統水師先據運河，以直下江陰。一面發出告示：謂李鴻章引洋人來打仗，縱將來得回城池，亦必與洋人共分土地等語，於是蘇、常一帶士人，皆攻擊李鴻章，日望秀成戰勝。秀成卻以馬軍千人為前部：此馬軍就是陳玉成戰浦口時所得，令松王陳得風統之；以蔡元隆、郜永寬各統步兵五千人，皆用抬槍，為第二隊，同望常州出發。時賴文鴻等在攻金壇，清將馮子材以眾寡不敵，金壇又不能久守，已棄城而去。李秀成知賴文鴻已得手，即令引兵一同東下。

且說李鴻章自實授蘇撫後，知道太平人馬利害，決意借用洋兵洋械，由前撫薛煥駐居上海，專理交涉。那時借得洋兵三千名，並精利洋槍三千根，由劉銘傳、程學啟分統之；並輔以清兵為左右兩隊先進。李鴻章卻與部將劉松山、錢鼎銘、潘鼎新等，共統大兵為後進，先趨常州。是時洋兵統帶，只由鴻章部下劉、程二將兼統，其所部清兵，皆是淮軍，向來輕視外人，因此與洋兵大生齟齬。李鴻章以華洋同伍，意見不和，故到長洲後不敢遽進。忽報李秀成已引大隊人馬前來，乃即調集洋兵，並檄令三軍奮勇接戰。唯李秀成頒示之後，土人皆以洋兵將來必分掠土地，故無不怨恨洋兵。李秀成見人心可用，已決意急戰。

忽探馬飛報捷音：那塗鎮興，自得李秀成之令後，由金山渡過瓜州，而後出其不意，先破土橋清兵，沿途至紅橋、卜著灣、三岔河各路清營，望風而潰，直過揚州，所得糧草無算。李秀成即令周勝富代塗鎮興駐揚州；即令塗鎮興乘勝下泰興，渡運河，抄出常州之後。那時李秀成部下三軍，皆欲與洋兵見仗。唯秀成知李鴻章部兵與洋兵不知，料不能即進，故亦緩以待之。及見土人反對洋兵，又得塗鎮興乘興助力，且見軍士奮勇求戰，乃大會諸將聽令。並道：「洋人恃其利器，故用彼為前驅；今我前軍改用抬槍，其力實能及遠，準可一戰。」便令陳得風統率馬隊並抬槍隊為前軍，從遠地先擊洋兵；後以蔡元隆、郜永寬為左路；以黃子隆、陳贊明為右軍，如洋兵潰時，即三路同進。又令賴文鴻為各路援應。分撥既定，自己即率各部將，引大兵，一齊出發。尚距常州十餘里，前隊主將陳得風，先發令進擊；清將劉銘傳、程學啟亦率洋兵接戰。奈洋槍雖利，仍不及太平兵抬槍能及於遠，清兵前隊頗有死傷。時洋兵以為被清兵藐視，亦欲奮力一戰。不料常州土人既恨洋兵，又因秀成前下蘇、常，絕無騷擾，深望秀成得勝。故到了夜裡，土人有暗自發槍，向洋兵攻擊的。洋兵初以為中伏，及查知左右皆無伏兵，遂疑為清兵暗截，心中甚憤，先訴劉銘傳。唯劉銘傳以所部並無此事，力慰洋兵；奈洋兵不以為然，以為劉銘傳有意袒助。劉銘傳無心戰鬥。秀成見洋兵戰力頓緩，正不知何故？忽探馬報稱土人開槍攻擊洋兵；秀成知清兵必有變，故即率隊猛進。李鴻章見洋兵不大力戰，亦疑外人之心難測，即令劉松山、潘鼎新引兵接應。唯太平人馬已大隊撲來，清軍前隊洋兵望後便走，清兵大亂。李鴻章知不能戰，方傳令暫退。忽報太平大將塗鎮興，已抄出常州之後；李鴻章所部，已前後受敵，軍心益驚。劉銘傳、程學啟仍率所部清兵，奮勇抵禦洋兵。此時見太平人馬，來勢凶猛，亦回軍再戰。忽然西南角上一支人馬撲到，乃太平大將賴文鴻也。清兵被橫貫一擊，更為紛亂。那時洋槍雖然厲害，唯太平大軍既已合圍，兩軍器械，皆能擊及，洋兵利器，頓失其威。李秀成即令陳得風及左右兩路速進；更令各部將，分道緊逼清兵。

那時清兵一來驚慌，二來零亂，又當不得太平人馬各路之眾，於是大敗。李鴻章欲退時，後面塗鎮興人馬又到，清兵死傷極眾。劉松山見勢不佳，知不能久持，急保李鴻章望東南而逃。李秀成乘勢猛追，并謂左右道：「敵者所持者唯洋人利器耳。有此一敗，敵兵膽落，得此機會，勿令李鴻章逃生也！」各人得令，無不奮勇。

李鴻章此時欲回守蘇州，又為塗鎮興所壓，不能逃過；時副將吳全美，正領水軍駐泊太猢附近，急來相救。無奈後面太平人馬已經逼近，沿途清兵死傷不計其數。李秀成追殺數十里，方始收軍。計李秀成是役斃洋兵四五百人，斃清兵四千餘，得洋槍千餘根，大獲勝捷。

秀成打聽得李鴻章已引兵退回清浦，便率人馬先取蘇州省城；及大軍既抵無錫，蘇州守將守兵皆為震動。以為洋兵有此利器，依然不敵，何況自己，因此皆有俱色。守將何信義，乃與李文炳計議道：「李秀成久稱能兵，向榮、和春、張國梁、胡林翼、曾國藩、鮑超、李續賓等均為所破，所戰則勝，所攻則取；以王有齡因守杭州，外多援兵，內有能將，尚不能堅守；今李撫臺所用洋兵，器械何等精利，亦為所敗，看來李秀成必破我蘇州無疑矣！今復軍心震動，十室九驚，何以戰守？徒死無益，計不如降為上策。」李文炳道：「吾等皆是粵人也。今南京天子亦是粵人，降時必得優待；且李撫臺所持者洋兵耳！洋兵此敗，此後何以禦侮，君子貴於見機，將軍之言是也。」何信義至此，意益決，並以彼兩人之意，告諸部下將校，皆以為然。於是派員在李秀成軍中納款，並請太平人馬進城。

李秀成得蘇州降報，不勝之喜，部將汪安均道：「蘇州未見敵形，守力尚足；忽而言降，恐不足深信也。」李秀成道：「人心思漢，乃常事耳，何疑之有！」汪安均道：「雖則如此，然可讓末將等引隊先進；以忠王為國柱石，勿輕臨險地也。」秀成道：「我為主將，畏險偷安，何以服人？」言罷遂不聽汪安均之言，引兵直進。到時城門大開，城樓之上白旗招展，早有李文炳、何信義引將校在城門迎接。時汪汝均、汪大成仍貼近秀成左右，進城望見李文炳、何信義及其將校，手中皆無軍械，秀成乃謂汪安均道：「我言若何？」說罷即下馬與何信義等想見，並握手道：「將軍能知大義，此功不少也。」何信義等即延之進城。時城內居民多具香花迎接，秀成一一點首酬答，同至撫署暫住，太平人馬亦陸續進城。李秀成乃將人馬一半守城中；一半守城外。時城內清兵約五六萬人，秀成盡行慰撫，收為已用。井傳令軍中：以此次蘇州獻城，功勞極大，不得歧視，於是新舊人馬皆相安如故。共計收得清兵五六萬，新洋槍萬餘，舊洋槍二萬餘，其餘利器無算，並得白銀百餘萬，及糧草稱足。舊時蘇省官員，其願入太平朝為官者，皆位置之；其不願為官者，皆給資斧遺送回籍。一面表送洪天王，以李文炳為輔天侯，何信義為助大侯，蘇城既定，乃出示招民。

唯附城一帶縣落，尚有許多鄉民，不受撫慰；且前者清國官吏，曾扎令各鄉舉辦民團，此時團丁未散，竟有搶到城邊，欲攻殺太平人馬者。秀成急令各兵，只可固守，不宜進擊。謂何信義道：「此蘇城人未知我朝威德耳！吾當親往撫之。」乃帶同部將汪安均、汪大成及隨從數十人，乘了舟只，親往各鄉撫諭。此時各鄉團丁聽得李秀成到來，乃一齊召集往圍李秀成。汪安均見其來勢凶猛，勸秀成逃走，秀成道：「此時走亦難矣！待其至時，吾當以言撫之。」不料和團丁舉矛挺刃，直向秀成；隨往各員，皆為變色，秀成面不改容，即向眾人道：「爾等欲殺餘乎？餘等數十人，並無軍械，爾等不患不能殺餘也；但請允餘得盡其言，然後受死。」各團丁聽得，以為秀成等並無軍械，料不能逃脫，遂將秀成團團圍住。秀成乃道：「吾等帶兵到蘇州，為大義也。爾等須知：中國是何人之中國？蓋被滿洲人滅我，而為之君二百餘年矣，爾等皆中國人，何以愛滿洲之君，而拒中國人自為之君乎？我大王定鼎金陵，並無暴虐政治；即我等帶兵出征，亦不如清兵之騷擾。昔和春、張國梁等，爾等亦稱：『同心殺盡和、張賊』，何以今日便忘之？今清國自知不敵，又借洋兵；縱後來得勝，亦必分土地於洋人，於爾等有何利益？今我朝只欲恢復中國，拯救萬民而已！我言已盡，如爾等欲殺餘，請即殺之，餘斷不逃走也。」該處團丁聽李秀成之言，覺極為有理；又見秀成自斂其手，任人殺戮，更為感動，於是一齊息手，願從招撫。李秀成乘機撫定元和、吳縣、長洲各縣，蘇州遂定。李秀成恐李鴻章再有舉動，即暫住蘇州，井把詳情報知洪秀全：具言暫住蘇州的原因。洪秀全以陳玉成既在安慶，李世賢已在江西，清將勝保、德興阿新敗，料得南京無事，便傳諭李秀成留鎮蘇城。唯塗鎮興、陳得風兩人回軍金陵，以固根本，自是金陵稍覺安靜。

今且再說翼王石達開，自領了精銳五萬人取道安徽，退了曾國藩之後，以湖北為清國重兵所聚，恐不易透過，遂折入江西：先拔南康，大破知府沈葆楨一軍；再取崇義縣，一併下之，由是清兵望風披靡，大軍直過湖南，勢如破竹。湘撫駱秉章大力憂懼，急即加緊馳驛飛報湖北，催取救兵。胡林翼乃即請巡撫李續宜、道員江忠泗、劉長佑回救湖南。時石達開沿途招納，故甫到湘境，即擁眾十萬，聲勢大振，遠近望風畏懼。

時石達開先攻桂陽，計城內駐守清將總兵劉培元、彭定泰各擁眾三千，鎮守桂陽。初時聽得石達開名字，早已害怕；及率兵登陴守禦，瞧見石達開軍容，嚇得面如土色。劉培元乃與彭定泰計議：以為守不能固，戰亦不敵，唯有走為上著。劉、彭二人，乃瞞著部下軍士，乘夜易服先逃。次早石達開引兵攻城，城內守兵不見主將號令，急往察之，則劉、彭二人兩總兵及縣令俱已逃遁，守兵乃開城迎降，石達開盡收其眾；又得槍械五六千，益增聲勢，更乘勢攻陷宜章、興寧諸處，欲改道由湘入鄂，分趨豫章，折入川境。

忽聞湘撫駱秉章，已請得湖北救兵，為李續宜、江忠泗、劉長佑各路來救湘境。石達開道：「吾軍由江西至此，來兵必躡吾之後；吾當引軍上駛，彼必疲於奔命，是救兵雖至，亦不能為我敵矣。」說罷傳令大軍，直走衡州。原來湘撫駱秉章，懼湖南之眾，不能與石達開一戰，又飛催荊州將軍都興阿，發吉林馬隊，親下湖南；同時鄂督官文，又發副都統舒保、副將陳金寶、參將趙福元、蕭翰慶等共數路，或萬人，或數千人，都來與石達開決戰。早有細作報到石達開軍中，達開即分為前後兩路：以一路敵李續宜、劉長佑、江忠泗；以一路敵都興阿、舒保、陳金主、趙福元、蕭翰慶等，籌拔既定，大軍即趨衡州。

時都興阿以上流清兵既眾，料石達開必下趨廣西，乃先令部將餘星沅，在永州駐紮；並在祁陽縣之觀音灘設防，以截達開。即與李續宜分軍為二：所有江忠泗、劉長佑二軍，由李續宜統之；自舒保以下各將由都興阿節制，分道並趨衡州，以截達開。

時石達開既進衡州，城內守兵無多，立即趨散，即據有衡州。並傳令諸將道：「李續宜在敵軍中號為能將，今並統江忠泗、劉長佑之眾，欲致死於我也。孫子有雲：『軍行趨百里者蹶上將』，今李續宜從湖北下駛，間關轉折，以躡吾後，其力疲矣！吾當先破之，則都興阿等亦懼，懼則不能戰矣！」說罷即令左軍緊拒都興阿等；而以右軍先與李續宜交戰，並令依李續宜來路，布伏些少人馬，多備旌旗，屆時舉發，以為疑兵，一面嚴陣待戰。

時李續宜由湖北南下，直至永興，探得石達開已破桂陽，轉向衡州，隨率軍再走耒陽，欲截達開。不料到時，達開已到衡川。道接都興阿分軍擊之之議，李續宜恐達開遠遁，不能一戰，遂趨衡州。約高衡城二十餘里，將近日暮，左右皆諫止，請暫歇一宵，然後進戰。李續宜道：「達開虎也，不宜縱之，明日恐不得一戰矣！以吾軍合都興阿之眾，軍勢不弱，若往返十里，不能一戰，何以見人？」遂不聽左右之言，催軍齊發。再行十里多，夕陽已下，夜色初升，這時正是六月初旬，天氣酷熱，軍行十分疲苦，馬嘶人喘，左右皆欲休息。忽聽鼓聲震動，遠見了左右山林，火把齊明，旌旗飄映，皆石達開旗號。李續宜早吃一驚。所部軍士，以為中伏，更魂不附體；又不知石達開人馬多少。李續宜此時正不知如何處置？忽又聽上路喊聲大震，石達開已遣先鋒賴裕新，引大兵四萬人，橫貫而下。左右兩面，又不知伏兵多少。李續宜即下令準備接戰：令江忠泗在左，劉長佑將人馬擺得勢若長蛇。不意清兵此時心已慌亂，太平人馬又眾，相離不及七八里，即萬槍齊發，向清兵擊來。管教：

衡郡分兵，已見翼王摧大敵；盧州作戰，又聞清兵失元戎。

要知後事，且聽下回分解。

李孟群戰死廬州城　左宗棠報捷浮梁縣

話說李續宜正移陣成列，志在拒戰，忽前路已見太平人馬橫貫而下。那時清兵已疑左右山林，皆石達開伏兵，已無心戀戰，皆有懼色。江忠泗急上前向李續宜說道：「三軍不能戰矣。今加強用之，必不濟事；不如速退，再圖良策。」李續宜道：「吾亦知之，但左右山林，如有伏兵，退亦必敗？若是疑兵，則吾兵尚可一戰。退而必敗，不如戰而求其不敗也。」江忠泗道：「軍有懼色奈何？」李續宜道：「可揚言敵人在山林只布疑兵；來路敵軍又只萬人，則軍心可以不懼，是在鼓其氣而用之耳，言遲則反令軍心疑懼也。君快些督陣，毋再遲疑。」江忠泗聽罷，無言而去，唯有準備交戰。

誰想石軍已將近壓至，遠望石軍不知幾路，皆盡占形勢；只見火光沖天，旌旗掩映，不辨人馬多少。李續宜看罷，毛髮悚然，並謂左右道：「彼誠占得形勢，若吾軍早進一步，則奪之矣。今敵既據高原，有憑高臨下之勢，奈何？」左右皆面面相覷。少時石軍左路已進中央，先鋒賴裕新傳令發擊，彈子如雨而下。李續宜即指揮分頭應敵。奈石軍盡處高原，清兵總擊不著要害，唯石軍一經發擊，清兵大受夷傷，無不望後退卻。李續宜傳令不得退後，乃立斬數人，終不能則止。忽然左右山中鼓聲亦止，都發槍來擊清兵，嘩言大震，不知左右兩路敵人有多少伏兵？李續宜此時不能分軍，勉強拒戰一會，石軍鼓聲頓歇，槍聲亦止，清兵正不知何故？唯見太平人馬並未退後。正在思疑，約一個更次，鼓聲又起，槍聲亂發；約戰一會，又復停止。

初時李續宜不敢追上，及石軍第二次停鼓停槍，遂對諸將道：「敵兵必盡防都興阿，其與我對壘者，必兵數無多，故不敢追下耳。今諸君不必自怯，速宜進擊。」說罷即率諸將督軍前進。三軍得令，勉強進行。誰想石軍鼓聲又動，槍聲又發，先鋒賴裕新已督率各路齊下，勢如惡潮，不下五六萬人，直衝清兵。清兵一來心怯，二來眾寡不敵，三來盡失地勢，故受石軍所擊，不能撐持。但聞石軍槍聲一響，清兵紛紛倒地，望後而走。劉長佑仍恐李續宜堅執不肯退兵，乃飛馬至李續宜之前，急諫道：「若不退兵，三軍盡死矣。」李續宜此時方知太平人馬多眾，唯有傳令退兵。三軍一聞退兵之令，即紛紛潰竄；石軍愈逼愈緊，分十路趕來，槍彈所及，但見火光迸裂，煙硝迷漫，死傷山積。李續宜、劉長佑、江忠泗等，冒煙突火而逃。此時清兵但呼大叫地，又因軍行疲乏，行走俱鈍，石軍如生龍活虎，漸漸追近，賴裕新令軍中大呼降者免死，一面卻向頭戴頂子，坐著駿馬者射擊，故將校死傷亦復不少。右軍統領江忠泗，身被數傷，倒下馬來，當有左右負著帶傷而逃。自江忠泗既被重傷，右軍多已投降，清軍更為惶亂。賴裕新乘勢督兵，直入清陣，各以短刀相鬥，清兵死傷更眾；只有李續宜所領中軍，半已先行逃出；劉長佑亦喪失軍士大半，與李續宜同向耒陽奔來。誰料賴裕新不捨，直追至耒陽縣。李續宜不能駐紮，反向茶陵而遁。計李續宜閱下各路人馬，折去三之二，將校死傷數十人，江中泗更已奄奄一息。李續宜親視其傷，並道：「君曾請退兵，若聽君言，雖敗亦不至如是！今令君重傷，此吾之過也。」江忠泗道：「勝負常事耳！即為將者死於沙場，亦常事耳！唯吾等以數萬之眾，不敗於石達開，只敗於達開之部將，為可恥矣。」說罷即時咯血，李續宜撫慰數語，即令送回原籍養傷。一面報知湘撫駱秉章，請籌良法，以防達開。是時太平將賴裕新大獲全勝，即以半軍駐耒陽，而以半軍回應衡州，向石達開細述勝仗情形。達開道：「李續宜大敗，將何以處之？」諸將聽罷，皆欲乘勝直搗。部將李義道：「我軍以二十萬之眾，一舉而破李續宜，更何懼於都興阿？今宜以大軍急進，沿湘鄉、益陽，以通常德、石門，復轉折而西，以撼川境，誰能御之？此不可失之機會也。」石達開道：「都興阿會合諸將，以數萬之眾，復附之以吉林馬隊，理應與李續宜分道並進；今彼獨固營堅壁，以候我軍，彼必有謀矣。此吾軍賓士數千里，已如強弩之末，若與都興阿交兵，恐勞逸之勢不同也。」賴裕新道：「大王之言是也。自湘鄉、益陽而上，皆為清兵屯駐。吾縱能破都興阿，必須苦戰匝月，始能通入川境；兵有利鈍，軍無常勝，不可不防。且吾軍一經與都興阿交鋒，吾料兩湖督撫，必調兵臨我。我軍雖眾，仍須八面支撐，設有差池，全軍俱覆矣，不可不慎！」石達開道：「知己知彼，百戰百勝，賴將軍所見極是。然今日頓兵於此，又將何策以處之？」賴裕新道：「兵法取易不取難，今清兵重防長江上下，桂、黔一帶，久已空虛，吾等乘機南下，然後折入川境，必無能御我者。」石達開聽了，深以為然，即傳令移兵，先向永州，石達開自為後路，以防都興阿侵襲。乃都興阿並不追趕，只稱已逐達開出境，即與諸將引兵而還，石達開遂直走永州。

時清副將餘星沅，方在永州駐守，本承都興阿命，以兵三千要截石達開。以為石達開由桂陽，反趨衡州府，必不復南下，故全無準備。石達開知其虛實，乃令賴裕新選五千精兵，啣枚疾走，先趨永州，乘虛襲之，並斬餘星沅；覆命兵進襲祁陽之觀音灘，降清兵二千餘人，石達開聲勢更振，桂、黔皆為震動。石達開更無阻礙，直趨桂、黔而去。

且說李續宜敗後，因見都興阿不進兵，大為憤恨。唯見石達開已離湘境，即引殘敗人馬先回湖北，言於胡林翼之前曰：「弟領兵南下，直躡石達開，以至於衡州，縱橫奔走千餘里，軍行疲乏，以至於敗，此誠弟之罪；然石達開之擁眾十餘萬，聲勢既大，吾軍非賓士疲乏，又豈能必勝乎？以眾寡不敵，勞逸主客之不同，而欲求一戰者，以有都興阿大軍為聲援也。都興阿所部及其諸將，馬兵步兵共五六萬人，勢力比吾輩倍之，如合力夾擊，弟未敢即敗。即敗矣，亦未必如是之甚也！乃都興阿由荊門下湘鄉，與弟軍之疲乏既異，竟擁眾數萬，袖觀壁上，任石達開來去自如，不為一助，使弟獨敗。弟誠不足惜，如國家何？」胡林翼聽罷，卻舉酒一杯，以遞於李續宜，並道：「都將軍與國休戚，更甚於賢弟！而賢弟奮勇任事獨過之，此賢弟之所以為賢弟也。願賢弟自勉之可矣！」李續宜聽罷無語。

忽報稱陳玉成大軍復入皖境，由滁州、全椒、含山、巢縣並下無為州，以迄廬州；方下舒城、桐城，直取潛山，勢如破竹，當者披靡。今玉成大兵，將攔入鄂境。胡林翼聽得大驚道：「皖、鄂一帶，使吾等無日安枕矣。陳玉成其人悍銳，其兵健鬥，今復將入鄂，武昌震動，奈何？」說罷，又謂李續宜：「近年未足抗陳玉成者，鮑超也！然自曾軍大敗於湖口，江西空虛，故以霆軍入江西防戰。賢弟又復新敗，軍力未復，將以何人御之？」李續宜道：「李秀成已下蘇城，今在皖省者，只陳玉成一人耳。吾以一能事者，往襲廬州，以要其後，則玉成必退矣。」胡林翼道：「李孟群驍勇善戰，現方駐軍六安，即檄令孟群往襲廬州何如？」李續宜道：「若用李孟群則得之矣。」胡林翼便令李孟群往取廬州，一面以湘軍重防皖、鄂交界之地，以阻陳玉成來路。時陳玉成欲沿潛山、宿松以入鄂省，大將吳汝孝進道：「廬州為安慶上游屏障，乃四戰之地，敵人所必爭。今英玉全軍南下，恐清兵又復北侵，勢將奈何？」陳玉成道：「吾亦慮及此矣！鄂省清國文武，以鮑超、多隆阿為柱石。吾之慫入鄂境，蓋有意也。因清國以失城為大罪，吾軍一到，胡林翼必求援於鮑超，吾欲其來時，以掩擊之，以雪二郎河之恥也。」吳汝孝道：「忠王曾破霆軍。敗一鮑超，究有何用？」正說時，得報胡林翼現調李孟群往攻廬州，而率湘軍重防鄂界。陳玉成道：「果不出吳汝孝所料。孟群在清軍中號為能將，亦當先除之。昔吳定規能卻一李續賓，此次豈不能卻李孟群？若以偏帥截之，以大軍繼進，殺李孟群必矣！」便飛令陳宗勝移軍相助。時陳宗勝正駐廬州，乃令陳宗勝引兵沿巢湖而東，並囑道：「李孟群若敗，必不能西向，即須向東而奔；若以一軍截之，李孟群死無葬地矣。」去後即以大軍北還，以陳仕章為前鋒，同向廬州出發。

且說布政司李孟群，自李續賓死後，已得旨署理巡撫，及接胡林翼之令，即援隊由六安，逕趨廬川。時李孟群軍中有女子李七姑者，名嗣貞，為李奉貞之妹，本貫河南人氏，流寓湖北。姊妹二人，自言能卜吉凶，知休咎，測風雨，觀星象，分毫不爽。原任鄂督楊沛曾聘之不就，自謂時尚未至。及李孟群聞其至，以禮召之。奉貞、嗣貞與其兄恆本，同詣李孟群營中。孟群欲試其術，因奉貞姊妹自稱能布八卦陣，孟群即使布之。乃以石子為陣，置鼠其中，而置貓於外，貓縱橫馳突，終不得進；又反而置貓於中，置鼠於外，貓亦不得出。既而向李孟群道：「此陣入者不能出，出者不能入也。」李孟群奇之，謂左右道：「孔明八陣圖之妙用，今始見之矣！」又與談氣數，奉貞姊妹皆精於易學，聞者莫不奇之。當李孟群駐軍漢陽時，奉貞自處靜室，能庇全軍，但勿見紅黃色，否則不驗。是時攣孟群，奉胡林翼之命，與諸軍共戰李秀成於武昌。孟群軍中萬餘人，皆以為有神女護助，勇氣百倍，不意竟同敗於李秀成之手，於是軍中以為虛妄。李奉貞憤極，率數十人直趨武昌城，孟群止之不聽。及到武昌城外，令士卒先牽馬回營，以示必死，後竟為太平人馬所殺，其兄李恆本、其妹李嗣貞大慟，留請在營效力，以報家仇，李孟群許之。自是李孟群每次出軍，必與李嗣貞相隨，所問吉凶，亦間有應驗。如取羅田、攻霍山、下六合，皆嗣貞先決必勝，已亦果然。李孟群因此器重李嗣貞。且謂奉貞武昌之敗，祇出偶然，而以李氏姊妹之言，為無有不驗也。此次李孟群遂率所部二萬餘人，逕趨廬州，先決勝負於嗣貞。嗣貞卜之，以為必勝；而幕友方玉潤，亦精易學，以為不利。且言道：「吾軍以三萬眾，所過羅田、霍山、六合，皆守兵無多，宜其勝也。此次往取廬州，是直與陳玉成挑戰，彼軍精銳且眾，不可不防。」唯李孟群惑於李嗣貞所言，乃不聽方玉潤之諫，直進廬州，後逕圍府城。

唯城內太平守將吳定規設法死守，李孟群連攻三日不下，心極焦急。忽報陳玉成已引大軍六萬，反旆廬州，風馳電卷，已過桐城，從鬥鋪而進，將抵廬州矣。李孟群聽得面色驟變。忽見方玉潤從外奔入，向孟群道：「公已得陳玉成軍報乎！此李續賓三河覆轍也！玉成殆偽南下，以誘我至此，公宜速籌善法。」李孟群道：「吾欲北趨定遠，東連壽、潁，與勝保合軍，始與陳玉成再戰何如？」方玉潤道：「若此則公或可保全，然吾料陳玉成必躡公後，是導陳玉成北進也。且勝保屢為陳玉成所敗，軍心望風即怯；今又新敗於浦口，元氣未復，即與合軍，又豈能有濟乎？」部將總兵王國才進道：「李續賓之敗，在移軍東走，相失於大霧之中；今陳玉成賓士到此，我主彼客，未必即敗，何事遠遁乎？」李孟群慨言道：「大夫得死於沙場幸矣！今宜深溝固壘，暫避其鋒，鄂撫胡公，必有以援應也！」於是令三軍增築營壘木柵，以圖固守；然後相機應之。時各道軍報如雪片一般，皆以陳玉成回軍廬州，無不震動。

原來陳玉成已是星夜由桐城、鬥鋪而進，行時卻謂吳汝孝：「三河一捷，賴將軍扼守舒城要道，有以致之。今李孟群自恃其勇，將陷李續賓前車，將軍復為我扼守舒城可也！」吳汝孝得令，以本部萬五千人，分扼舒、桐要道，以阻援軍。陳玉成再囑道：「據要守險，堅壁卻敵，我不如將軍。鮑超駐軍瑞昌，若胡林翼聞我還廬州，孟群被困，將調鮑軍渡黃海，以躡吾後，將軍若能拒之十五天，即吾事濟矣。若鮑超改由他路而進，則將軍亦要其後可也。」吳汝孝去後，適左右進酒，陳玉成道：「今無須此，待手縛孟群之後，即與諸軍齊飲矣！」說罷號令速進。探得李孟群駐兵離城二十里，皆深溝高壘，以待外援。陳玉成聽得大笑道：「李孟群將死矣！以三萬之眾，擁主待客，不敢一戰；反自困以待外援，安有此兵法乎？彼所靠湖北援兵耳，廬州去武昌數百里，往來徵調，豈旬日能及乎！孟群必為我擒矣。」說罷即飛令陳宗勝，由東而西，往來伺察，以絕李孟群糧道、水道。陳玉成即以全軍齊進，包裹李孟群全軍。複分數十小隊，向清兵攻擊，漸攻漸進；一面令陳宗勝攔截李孟群糧草。

時孟群糧僅敷十大，若十大援兵不到，則全軍盡絕糧矣。胡林翼亦知，雖得陳玉成回軍，自念鄂省雖安，唯孟群可慮，果調鮑超前往援應，唯往返徵調，路途跋涉，皆已無及。李孟群坐困於重圍，待救不至，糧草又斷，一軍皆驚。李孟群此時已知坐守之誤。督兵衝圍而出，奈軍心已亂，毫不濟事。陳玉成部下，包圍如銅牆鐵壁。經部將王國才、李慶瑞等，幾番衝突，不能得出。陳玉成唯令部下裹困之，節節挨進。圍攻了九日，玉成部將陳仕章，欲越圍進擊。陳玉成道：「我若進擊，何患不勝？唯困之使其就地死，則彼軍無一生還也。今已包圍九日，寧勿忍耐一二天乎！」果然李孟群軍中糧草已盡，運道又不通，孟群祇令節食待援，餘外已無一策。

時清兵皆有饑色，王國才憤然道：「斷不可待死。」次早黎明，即引隊先進，孟群在外奮力殺出。不意王國才先中火被焚，立時斃命，部兵一齊嘩潰，亦不能出。又次日已越十一天，陳玉成見李軍無鬥志，抵抗乏力，自辰至申，逐漸疲緩，大喜道：「彼軍皆饑病矣！」下令次早，即率全軍一齊越圍而進。

三軍得令，無不湧躍，以五旗營分道合擊，諸將一齊繼進，盡焚李孟群木柵，並破壁壘，飛越而入。清兵不能抵禦，皆面有饑色，有坐睡不能起者，紛紛言降，李孟群大怒道：「丈夫不可徒死，當殺敵而後自盡。」不想說猶未了，英王小兒隊長陳國瑞當先趕到，隨後數百擁上，立擒李孟群。計部將李慶瑞等以下將校死者三十餘人，軍士降者大半，餘外盡死於亂軍中，由是孟群全軍覆滅，玉成既獲全勝，即將李孟群押在一處，豐以飲食，親勸其降。孟群罵道：「吾豈降賊乎？」陳玉成大笑道：「汝為中國官耶？抑為滿洲人官耶？汝方助賊不知進退，還罵我為賊耶？」玉成說罷，傳令仍將李孟群看守，使其悛悟。唯李孟群已自誓必死，越五日而自刎，亡年未及五十。

自刎之前一天，作絕命同四首，中有句雲：「生無將略酬時望，死有忠魂答主知。」又有句雲：「家國艱難空涕淚，乾坤維繫祇君親」等語。按李孟群，字鶴人，為河南固始人。以清道光丁未進士，任知縣，由廣西為江忠源調赴安徽，逕二三百戰，積功累至巡撫，嗜勇好鬥，與李續賓齊名，至是乃並歿於玉成之手。自孟群死耗傳至，湖北、江西無不震動。曾國藩為之奏其事：得咸豐帝賜謚武愍，並加飾忠之禮。

時鮑超方奉胡林翼之令，往援孟群，及至潛山，已聞孟群戰死，亦將兵折回。胡林翼不勝嘆息，以陳玉成又斬清國一員良將，並將孟群全軍覆滅，乃會商曾國藩，以累年用兵，李秀成則覆曾軍，破鮑超，敗洋兵，奪蘇州；陳玉成則挫勝保，敗德興阿，斬李續賓，擒李孟群，與昔日既死之王有齡，又斃和春、張國梁，其鋒正銳。不如先平贛省敵軍，然後合軍以共向安慶。曾國藩深以為然。忽得太常寺卿左宗棠由樂平飛報，乞請援兵，兼借糧草。原來侍王李世賢，自會合陳玉成，大破勝保、德興阿之後，已由蕪湖，直破寧國，下續漢，陷徽州，由休寧入祁門，縱橫一切，望風披靡；且趨浮梁，夾擊左宗棠，斷左宗棠糧道。而黃文金又由東鄉回軍，以走樂平，即與李世賢相應，皆志在摧陷左軍，故特來告急。曾國藩得報，乃先令以婺源、浮梁等縣，厘金錢糧，由左宗棠徵收，以備軍餉。左宗棠聽之，不覺怒道：「樂平、婺源、浮梁等縣，悉為太平人馬所陷，所有錢糧厘金，已盡為太平人馬所奪，是今日徒有徵收之名，並無徵收之實，曾國藩將陷我矣。」正說著，忽報黃文金一軍大至，沿景德鎮北進。時左宗棠一路不過萬人，不能抵禦，損失千餘人，望風而潰。左宗棠無奈，先退至浮梁，黃文金從後躡追之；旋則侍王李世賢一軍亦到，左宗棠束手無策。一面令軍士深溝固壘，先圖自守；一面仍飛馬催曾國藩速來援應。於是曾國藩速發各路人馬：張運蘭領本部五千人，曾國荃領吉字營亦四五千人，次如唐義渠、林文察、丁長勝、席寶田、石清吉、周天培所部或三四千，或二三千人等，分道往援左宗棠。以張運蘭、曾國荃、唐義渠，由景德而進；餘俱由饒州府直趨浮梁。

時李世賢知左宗棠救兵將到，乃飛令黃文金力御救兵；己則專力往攻。

左宗棠卻棄去浮梁縣城，屯兵城外原野，並謂左右道：「縣城固無可守，且坐守城中，即自困矣。敵人若敗，何患縣城不復乎！」於是鼓勵軍心迎敵。無如李世賢勢甚大，連經數戰，皆為李世賢所挫，左軍先後損傷二千人。李世賢節節挨進；左宗棠軍力既疲，糧草又斷，不勝焦慮。李世賢督軍包擊，再飛告黃文金，令奮力拒住救兵。並道：「若能再御五日，擒左宗棠必矣。」不料黃文金雖勇力抵禦，無如救兵過多，隨後曾國藩又再調王開化一軍往援，共計景德鎮一路有：張運蘭、曾國荃、王開化、唐義渠、吳坤修；饒州一路有：林文察、丁長勝、席寶田、石清吉、周天培共十路人馬，皆夾擊黃文金。

先是清兵由景德鎮進，黃文金力擋五路，一連二三天不分勝負。時張運蘭扎崖角鎮，隔景德鎮十餘里，軍鋒極銳。黃文金分左路擊之，張運蘭連敗兩陣；唯曾國荃、唐義渠、王開化、吳坤修已紛擁而至，黃文金以右軍極力抵禦，奈一路難當四路之眾，故損傷到二千餘人，退軍十餘里，黃文金謂左右道：「各軍皆易對付，唯張運蘭、曾國荃兩軍，未可輕視。」令堅壁固守，隨報之李秀成，使分兵來援。分發去後，饒州府各路清兵又到，黃文金力不能支，竭力死守。

曾國荃見黃文金未退，乃通告各路：黃文金不退，則左軍必至覆滅；乃約同十路齊進，分三路環攻：黃文金雖有七頭八臂，亦不能抵禦，乃引軍向東北而逃。李世賢先得探馬飛報，知黃文金已敗，乃併力攻左宗棠，欲於清國救兵未到時，先滅左宗棠一軍。唯左宗棠見李世賢忽然猛攻，料知救兵得手，但此時左軍節節潰散，已走至范家村，部下除死傷饑病，只剩五千餘人，左宗棠乃號令三軍：得飛報，曾軍各道救兵，已大破黃文金於景德鎮，諸軍宜奮力；若能持一天，我們都有命了。三軍得令，一齊奮力。李世賢包攻左軍，忽見左軍突然奮勇，已是奇異；堅持南路，又塵頭大起，紛報曾國藩十路救兵都到，李世賢料知不敵，乃解圍而去。左宗棠乘勢迫之，遂轉敗為勝。管教：

十道援軍，竟助孤軍成戰績；一人愛士，反延偽士佐元戎。

要知後事如何？且聽下回分解。

雷正琯密札訪錢江　楊輔清匿兵破慶瑞

話說李世賢解圍而去，左宗棠乘勢追趕，追殺到二十里而回。而張運蘭、曾國荃、唐義渠、王開化、吳坤修、林文察、丁長勝、石清吉、席寶田、周天培共十路援兵，已一齊趕到浮梁。知左宗棠回軍，即會見左宗棠，曾國荃道：「李世賢已這去乎！何君回軍之速也？」左宗棠道：「敵將似知將軍等救兵將到，解圍先遁，吾始從後擊之。連追二十里，懼孤軍深入，故以折回，若將軍等早到半日，則李世賢全軍俱覆矣！」曾國荃道：「左公若能誘致世賢，則十路援兵擒世賢必矣！今以十路援兵，奔逐數百里，使李世賢得全軍而退，誠為天下笑也。」張運蘭道：「早知如此，吾等十人當分為二：以五路趨浮梁，以救左軍，以五路直躡黃文金，猶勝於此。今黃文金必回擾浙江；即李世賢軍力未衰，亦回擾皖南，則寧國、祁門一帶，又將多事矣。」說罷諸將齊出。席寶田、張運蘭道：「左公此舉，借吾等援軍聲勢，以敗敵人，而將獨引為己功也！」於是張運蘭、曾國荃等，以戰狀報知曾國藩，且以婺源、樂平、浮梁等縣糧草缺乏，先後引軍回屯饒州府、景德鎮、新淦章樹鎮一帶，以聽曾國藩後命。

唯左宗棠自退去李世賢之後，自以為得此一捷，出於意外；適郭意誠時在曾國藩幕府，左宗棠乃致意郭意誠，自以乞糧於曾軍，國藩只予以樂平、浮梁、婺源三縣錢糧厘金，得諸灰燼之餘，縱有徵收之名，而無徵收之實，以此抱恨於國藩；又自以數千饑病之卒，意外得一勝，頗為自得。郭意誠告諸曾國藩，國藩心頗不懌。以接張運蘭、曾國荃、席寶田等報，亦以左宗棠自貪小功，致縱大敵，更不悅左宗棠。而曾、左交惡，已始於此矣。

且說太平天國軍師錢江自遁跡後，已無有蹤跡。當胡林翼第一次收復武昌，所得洪秀全文卷，即錢江《興王策》，前曾呈諸洪秀全者，亦為胡林翼所得。讀其《興王策》十餘條，無不嘆錢江為奇才，而苦不知其所在。時雷正琯在湖北，為團練大臣，覽錢江《興王策》，擊節不置，抄錄一遍，日為之朗誦，自是深慕錢江其人。時謂左右道：「錢江天下才也！其初輔洪秀全，誠為可惜；若得而用之，天下不足平矣。」時幕友王延慶進道：「觀錢江懷抱大才，不遇於世；又欲急就功名，以展其驥足，如范增欲依項羽以成名無異也。彼既離洪秀全而去，必知洪秀全不足與有為，然後舍之；今彼匿跡銷聲，不過懼罹罪耳。方今海禁未通，彼逃將安往？若密訪之，必得其人也。」雷正琯深以為然，乃密令人訪察之，終無所得。後以捻黨日熾，清廷以袁甲三為欽差，駐兵河中，袁甲三奏以雷正琯總辦糧臺，雷正琯遂移軍河上。唯酷愛錢江之心，依然不息。左右皆諫道：「錢江本輔洪輔洪秀全，位力軍師，且棄之而去，如神龍見首不見尾，公安得而用之？」雷正琯不以為然，並道：「彼若非急於功名，必不輕就洪秀全；彼之去，必知洪秀全不足有為，而後去之也。天下安有急於功名者而不可以聘用乎？故吾患不得錢江，不患錢江不為我用。以彼方懼罪，吾若赦之，而復加以功名，何患其不就？吾若得錢江而用之，絕大功名不難致也！」由是欲訪錢江之念，其心益堅。

時委人四出，以訪錢江；所委之人，且豐其薪水，務欲得之。而被委者，又恐無以報命，故造謠言：今日言蹤跡在何處，明日言蹤跡在何處，鬧過不了。左右皆道：「若如此訪之，是反令錢江疑懼也！雖有蹤跡，且將避之不遑，又安得能之？不如先出一示，勸人勿作捻黨；并言如有懷才不售者，許其來見；縱前有罪者，亦宣告赦而用之，則人不致驚疑，而訪才亦易也。」雷正琯從之。自出此示後，便有許多一知半解之徒，躍躍欲動。時有一人作道裝，漫遊河上，亦時往來於城市中，且好吟詩，每遇叢林古剎，則以粉筆留題，皆署名閒散道人。每題詩必有自負氣，且涉及時務，時人多奇之。有環繞攀談者，彼則指天畫地，旁若無人。由是悠悠之口，皆嘆為奇才。時雷正琯所發偵探，亦留意及之，嘗向他問道：「以君大才，何不為世用？」那道人答道：「吾不能再用於世矣！果能用我者，其在雷正琯乎？」各人益奇之，以告雷正琯。那雷正琯聽得，亦以為異，密令人抄其詩詞一看，有雜感詩數首，雷正琯讀之。詩道：

獨倚青萍陋把憂，談兵紙上豈空謀。誰催良將資強敵，欲鑄神奸首故侯。機已失時唯扼腕，寸無用處且埋頭。東風何事吹桃李？爭與梅花妒似仇。

飄零無復見江鄉，滿眼旌旗襯夕陽。芳草有情依岸綠，殘花無語對人黃。漢家崛起傳三傑，晉祚潛移哭八王。卻憶故園金粉地，蒼茫荊棘滿南荒。

地棘天荊寄此身，生還萬里轉傷神。鄉關路隔家何在？兄弟音疏身自親。擱蝨曾談天下事，臥龍原是草廬人。西山爽氣秋高處，縱目蒼涼感路塵。

草野猶懷救國志，而今往事哭秋風。桓劉有意爭雄長，韓嶽終難立戰功。滄海風濤沉草檄，關山霜雪轉飛蓬。匆匆過眼皆陳跡，往日雄心付水中。

桑麻雞天下人家，誰識秋情感歲華？夜氣暗藏三尺劍，邊愁冷入半籬花。雲開雁路天中見，木脫鴉聲日暮嘩。幾度登樓王粲恨，依劉心事落清笳。

一年一度一中秋，月照天街色更幽。大象有星原北拱，人情如水竟東流。賈生痛哭非無策，屈子行吟儘是憂。寥落湖海增馬齒，等閒又白少年頭。

山中黃葉已蕭森，招隱頻年負客心。北海酒樽誰款客？南華經卷獨追尋。乾坤象緯時時見，江海波濤處處深。莫怪東鄰老杜甫，挑燈昨夜發狂吟。

餘生猶幸寄書庵，自顧深知已不堪。蘆雁歸音回塞北，蓴鱸鄉思到江南。雖無馬角三更夢，已有豬肝一片貪。且染秋毫溼濃露，手編野史作清談。

雷正琯見之，卻道：「此人必懷才未售，但是否為錢江，姑不必計。就其語氣，亦像一二，姑且請見之，看其才略如何，然後計較。」於是奉委各員皆注意該道人。次日復遇之，為邀至雷正琯行臺之內，雷正琯以禮相接，相與談論時務。那人口若懸河，對答如流，雷正琯許為奇才。並道：「觀君詩詞，似從前曾建許多事業，想君當時必在洪軍任事。吾固傾城以待足下，足下幸勿隱諱。」那道人聽了，卻笑道：「公既知之，何待多言！」雷正琯大喜，待以殊禮，每事必詢之而後行。唯那道人建言論事，則滔滔不竭；臨事畫策，卻不中大肯。時雷正琯方辦糧臺，而捻黨勢熾，各路大兵頓聚陝、晉，各處糧運每慮不繼，那道人一籌不展。雷正琯至是疑之，以其言有餘而行不足，知為該道人所欺，自言道：「此非錢江，吾卻誤矣！」後來遂借事藉口以殺之，以殺錢江報聞，此是後話，不必細表。

且說太平大將前軍主將輔王楊輔清，自得洪秀全立為主將，以江、鄂一帶，有李秀成、陳玉成等，可以支援大局。唯清軍糧道，當時實靠閩、粵，若不先破福建，並下廣州，終無以斷清兵糧道，乃函商李秀成，願以大軍下閩、浙。時李秀成自撫定蘇州之後，連與洋兵交戰，直下清浦，復破洋兵，得洋槍二千餘支，乃回軍蘇州。適清兵馮子材等，有復攻常州之說。秀成乃再回常州府，撫定各路，使由南京直至蘇州，皆無梗阻。乃甫到常州，即接楊輔清來文：力陳由浙入閩之利。秀成亦念欲顧東南，須阻斷清軍糧道，方足使東南穩固，庶可以北伐也。遂贊成楊輔清之議，改令李世賢重顧浙江，兼應贛省，令黃文金顧贛，而以魏超成助之；並令陳宗勝重顧皖、贛之間，即準令楊輔清南下。

那楊輔清既接李秀成迴文，亦以入閩為是，唯秀成迴文之意，仍注意北伐，故並囑楊輔清道：「伐閩以斷敵軍糧道，自是要策。但鄙意仍重北伐，若既下福州之後，即留將駐守，宜速回軍，以固天京根本可也。」楊輔清道：「豪傑之士，所見略同，吾意決矣。」乃即報之洪秀全，將發兵而南。

廣西一帶，有陳金剛起事，欲附太平天國，乃致函於楊輔清道達意見。

楊輔清道：「此人正合用著也！」原來陳金剛部下，亦擁眾萬人，有部將江志、侯臣、戴鄭金等，頗稱敢戰，故縱橫於廣東之肇慶、羅定、以迄廣西，清兵屢疲於奔命。楊輔清因此以為陳金剛可用，並對左右道：「兩江清兵之糧，仰給於廣東、福建；兩湖清兵之糧，仰給於貴州、廣西。今吾下閩省，以斷清兵於兩江運道；即以陳金剛牽制廣西，亦足斷清兵於兩湖運道，並足為翼王聲援也。」乃奏知洪秀全，以王爵封陳金剛；並封江志、侯臣、戴鄭金為列侯，令其分攻桂省去後，楊輔清摒擋各事，發兵六萬，由寧國南下，先後陷徽州、淳安等處，復破嚴州、金華，所向披靡，遠近震動，直趨處州。時清廷以慶瑞為知兵，飛調慶瑞為閩浙總督，以拒楊輔清。那慶瑞探得楊輔清軍勢浩大，恐不能抵敵；乃六百里加緊求救於曾國藩。那時曾國藩自分兵十道，攻退黃文金、李世賢後，軍勢復振。及接慶瑞告急之報，即派總兵朱品隆、江長貴，各領兵七千人，分道往援慶瑞。此時慶瑞部下士卒二萬人，連著旗兵共有二萬餘人，由福州過單陽，直抵溫州，移向處州出發。沿途聽得楊輔清領大軍六萬，將由浙南下，乃謂左右道：「楊輔清在洪秀全軍中，號為能將，自李秀成、陳玉成而下，彼即與李世賢齊名。其部下又能征慣戰，且數倍於我。彼若先得處州，將乘勢南下，那溫州地方瀕海，我軍水勢未備，難為犄角。不如先踞處州，方為上策。」隨率人馬趨處州；再一面催曾國藩發援應。

將抵處州，探得楊輔清本部，離處州城只有三四十里，瑞慶欲候曾國藩救兵到時，然後出戰，是夜在城樓上從高北望，見楊輔清本部旌旗齊整，刁斗森嚴，不覺駭然。謂左右道：「楊輔清人馬何其眾也！想不出明日來攻城矣！」次早傳令軍中，嚴密守禦，不想自晚至暮，並不見楊輔清來攻城，慶瑞心中大疑。自忖道：「楊輔清南下，應在急戰；不來攻城，其中必有別謀。」正在疑慮，忽探馬飛報：楊輔清現派兵四處查察小路，大營向西路，不知何意？慶瑞拍案道：「楊輔清軍中必無六萬人馬，不過虛張聲勢耳！吾方以大兵先扼處州，波即不敢越處州而過矣。今計曾國藩救兵非旬日可到，若被楊輔清借越小道，直達閩境，沿途號召，後患方長。今不可不戰。待今夜再看情景如何，即準備戰事可也。」及到夜分，果見楊輔清大營已移向西邊，且計其燈火，亦不如前夜之眾。慶瑞益決，言曰：「吾兒為楊輔清所賺。今觀之，乃知其不攻處州，自有原因耳。」遂下令明日五更造飯，平明起兵。時楊輔清自知人馬多眾，慶瑞必不敢遽出，將緊守城池，以待援兵。是終難人閩，乃獨不攻城，唯尋覓小路，故作偷渡狀，並將大兵分道，向山林埋伏，減少旌旗以誘慶瑞。徐探得慶瑞軍中半守城裡，半守城外，忽然並將城內各軍，亦大多移出，營中頗有舉動，楊輔清道：「慶瑞將出兵矣！」便傳令軍中：如慶瑞兵到時，以偽敗誘致之；若見中軍大紅旗高舉，便是慶瑞中計，各路伏兵可一齊殺出。復飛令魏超成，由贛甫攔人閩境，以擾慶瑞之後。分拔既定，亦於五更造飯，專候清兵。

不多時慶瑞已統大兵齊至，遠望見楊輔清旗無多，益輕視之，促軍直前，約離不得十里，清兵一齊發槍，向太平人馬攻擊。楊輔清亦督兵接戰。慶瑞點數楊輔清軍中，約不及二萬人，遂於馬軍在前，步軍在後，竭力猛戰。自辰至午，楊輔清勢似不敵，慶瑞左右指揮，並令如敵軍一敗，即猛力前進。說猶未了，已見楊輔清引軍退，且戰且退。慶瑞督兵追之。

原來西北一路，頗多山林，且林木叢雜，地亦崎嶇，時楊輔清方率兵而走，後路人馬，且約有千人，向清兵投降。慶瑞更無思疑，以馬軍直躡楊輔清之後，約追二十里，地益難進，左右皆諫道：「此處地勢頗不便用兵，楊輔清恐非真敗也。」慶瑞道：「此地我不宜用兵，豈敵人獨宜用兵乎？彼軍且有降者，詐敗必不如是也！」說罷仍主急追。忽聽得四處鼓聲大震，四至八達，山林之內，皆現出楊輔清旗號。慶瑞見了魂不附體，又懼軍心惶亂，乃故意謂左右道：「八公山草木，恐非真兵也。楊輔清故作此以矮我耳。三軍不要畏俱，只管向前，今夜定要斬楊輔清之首矣！」但慶瑞雖如此說，唯說時已手忙腳亂，左右皆為變色。雖慶瑞之言，亦只唯諾相應。時浙江參將張其光，方以本部隸於慶瑞軍中，慶瑞用為中後軍統領。張其光忽從後路策馬而至，謂慶瑞道：「楊酋伏兵已現矣，新降之兵不下千人，尚恐非真降也！若為內應，吾軍亂矣！宜早作區處。」慶瑞道：「此言亦是。但軍中方俱中伏，吾唯設法穩住軍心；若這殺降兵，軍心亦俱，必不可也。但窯防之可矣。」張其光退後，慶瑞方寸已亂，漫無主裁。繼思地勢既險，退亦難艱，不如直進。乃傳令從速進兵。但號令雖下，入馬不前，慶瑞大怒，前鋒副都統穆騰阿立殺數人，軍士始勉強前進。忽然上游鼓聲大震，塵頭飛滾，楊輔清已率兵殺來。太平軍前鋒成大吉，率兵當先，直衝清軍。慶瑞即令穆騰阿引馬隊接戰。楊輔清將大紅旗一舉，復下令道：「慶瑞已中我計矣！當盡殲清兵，休令放走一人也。」太平兵得令，一齊奮勇，左右八道，伏兵亦盡行殺出。

旗幟掩映，皆向清兵殺來，大呼不要走了慶瑞，清兵無不膽落。但見子彈如雨，硝煙蔽大，清兵大受損傷。後路新降之兵，又譁然自亂。張其光傳令先殺降兵，奈清兵此時已互相逃竄，前路馬隊又望後而逃，自相踐踏，清兵死傷不計其數。楊輔清大兵已漫山遍野而下。穆騰阿知不是路，率馬隊飛人中軍，保著慶瑞望後而走了。管教：

一計成功，已見處州成血海；兩軍會戰，又教廣信起風雲。

要知後事如何？且聽下回分解。

話說楊輔清已困慶瑞，是時伏兵齊出，四方八面，皆是太平人馬。相高或十里、八里，分道環攻，清兵皆呼大叫地。穆騰阿保著慶瑞，正望南而走，慶瑞傳令以後軍為前軍，極力越圍。此時清兵只顧逃竄，再無抵禦之力。楊輔清人馬分數路攻擊，地方又崎嶇，幾逃無可逃，於是清兵大半願降。穆騰阿與慶片不能顧得許多，唯策馬落荒而走。時又近夜，軍中輜重盡失，所有槍械拋棄原野，楊輔清大獲勝仗。是時清兵已屍横遍野，血流成河。汁慶瑞所領二萬餘人，已死傷萬餘，降者數千人，都是焦頭爛額，衣甲不完的各自逃命。楊輸清一面撫輯降兵，一面分道追趕慶瑞。

那慶瑞此時只有穆騰阿率引馬隊擁護而進，餘外步兵又留存無幾，心中又羞又憤。忽聽得後面喊聲又近，料知太平人馬又復趕來，時已入夜，不辨方向，正不知向何處逃走。慶瑞心慌，不覺嘆道：「吾死於此矣！」言猶未已，已聞槍聲響處，彈子紛紛打來。慶瑞手忙腳亂，早跌在馬下，正在危急，忽得一支人馬擁至，乃張其光兵也。慶瑞此時心中稍安，遂由張其光在前，穆騰阿在後，保著同走。並傳令先奔處州府城。再走數十里，覺追兵已遠，慶瑞方暫定了魂魄，取道將奔至處州城時，見居民紛紛逃走，慶瑞驚道：「敵兵已得處州乎！」張其光道：「吾軍敗時，為敵軍所壓，故越山繞道，以救大人；若處州訊息，概未可知也。」慶瑞好生驚疑。

時已抵處州城外。但見城門緊閉，城上旌旗整齊，慶瑞覓土人問之，原來處州府城，已為楊輔清人馬所奪。蓋楊輔清另分一隊人馬，伺慶瑞離城後，已間道先襲城池。慶瑞聽得這點訊息，又不知城內所存守兵，逃往何處？正自驚疑不定，忽然城上鼓聲震地，似殺將來，慶瑞大驚，急取敗殘人馬，望南再走。亦不敢逃回溫州，只率人馬，向雲和龍泉而逃。楊輔清大捷之後，笑謂左右道：「吾此計只能瞞慶瑞耳！吾以大軍南下，苟非兵力充足，豈敢遽下閩境？乃慶瑞不以為疑，其愚一也；軍行最忌險道，若見地勢掩映，敵情未悉，必不可窮追，乃慶瑞獨不知之，其愚二也；彼若以大兵阻處州要道，以待曾軍後援，吾兵斷不易至此，今彼不出所計，是吾軍得天助耳。慶瑞既敗，處州已得，即曾軍至，無能為矣。」說罷，傳令分軍為三：以一駐處州城內；一守處州城外；而分一路收取溫州。待溫州既定，然後會同人閩。一面飛報魏超成，告以破了慶瑞，拔了處州，便一同南向，折入南境。

時魏超成已由貴溪直趨弋陽，部下大兵二萬餘人，所過披靡，時接楊輔清文報，知道楊軍大捷，遂悉銳進攻。是時清國總兵王健元，副將袁民，各率兵五千，與魏超成抗戰。奈魏超成乘勝之成，不能抵敵，清都司賴正修，引部下千餘人，先降了魏超成。於是清兵盡潰。魏超成道：「吾軍須速入閩境，與輔王相應。今清兵若敗，必退保弋陽，以阻吾去路，又須大費時日矣。」遂分大軍為兩路：直躡清兵之後，以攻弋陽。果然清將王健元、袁民，欲退守弋陽縣。唯太平人馬已隨後追至，清兵不能立足，魏超成乘勢取了弋陽。清兵遺下器械糧草無算，皆為魏超成所得，魏軍大振。總兵工健元，副將袁民，即隨保廣信府。先是王健元、袁良駐守貴溪，自所得魏超成大軍已經南下，已恐眾寡不敵，即催曾國藩發兵來救。時曾國藩先得慶瑞催救文書，已令朱品隆、江長貴兩總兵，先帶大兵赴敵。隨後又接得王健元、袁艮告急書，遂更調蕭啟江帶兵五千，往救弋陽一帶。明知蕭啟江以五千之眾，不是魏超成敵手，唯探得李世賢、黃文金兩路大兵，又將入贛，故曾軍亦不敢移動。蕭啟江承派之後，即對曾國藩道：「聞魏超成大軍將近三萬人，號稱五萬。今以五千人馬當之，恐難取勝。且王健元、袁艮兩軍，又久不經戰事，若不能得其助力，是同與俱敗矣。」曾國藩躊躇半晌，乃道：「敵軍極狡，吾若多調人馬赴援，恐本處兵力單薄，李世賢、黃文金又乘虛攻我矣。今唯有一計：令朱品隆、江長貴便宜行事；若處州未失，能戳楊輔清，則移軍而東，以助將軍；若處州既失，楊輔清聲勢更盛，則朱品隆、江長貴在浙，亦屬無用，即可移助將軍矣。江西乃吾治地。設城池失守，干係非輕，吾亦當重顧根本也。今更拔張運蘭領勁兵南下，以之助君，君亦可以放心也。但贛南危急，君當先行，吾即令張運蘭隨後至矣！」蕭啟江乃率軍光行。曾國藩隨令張運蘭起兵援應。

唯是時張運蘭方扎景德鎮，聽得曾國藩有令，遂亦抽調人馬六千人起行。共計蕭啟江、張運蘭兩路，約萬餘人；朱品隆、江長貴兩路，亦有萬餘。合四路人馬，亦近三萬，以此援應贛南，曾國藩亦覺心安。奈朱品隆、江長貴先往處州，不想領軍趕至衢州府，已得處州失守，慶瑞大敗之信，江長貴道：「慶瑞久於用兵，既已求援，白應待援兵到時，然後開戰；今彼如此，其敗也宜矣！」朱品隆道：「事已如此，吾等往亦無用。」正說著已得曾國藩追到文書，遂移軍回助贛南。江長貴道：「魏超成志在入閩，與楊輔清相應。由贛入閩之路，必經廣信府，吾料王健元等，必不能保守貴溪。吾等不如先赴廣信府為愈矣。朱品隆甚聽其計，乃率軍望廣信出發。

早有訊息報到魏超成軍中，魏超成乃與部諸將計議道：「曾軍南來，其勢必銳；且合四路之眾，不易擋之。請問諸君計將安出？」翰王項大英；時為前部總先鋒，即進道：「彼分四路而下，以為破我必矣！然朱品隆、江長貴兩軍，賓士往返，縱橫跋涉，其力疲矣！因而破之，勢如反掌。今請分軍為二：以一軍壓廣信府，以防王健元與袁民衝出；出一軍拒蕭啟江。某願以本部人馬，為將軍破朱品隆、江長貴，待朱、江二軍既破之後，如此如此，則蕭啟江亦為吾所敗矣。」魏超成一一從之。先令降將賴正修用汁，一面聽候項大英訊息，然後行事。

時蕭啟江不知江長貴即能回軍，以為朱、江兩將與楊輔清相持，必費時日。自料孤軍難抗魏超成，故一心待張運蘭到時，方好求戰。不意張運蘭再離景德鎮，即已染病，行程頓滯。蕭啟江又專待張運蘭，因此觀望不前，反至朱品隆、江長貴先到。那朱品隆以為魏超成之勇，不及楊輔清，而合張運蘭、蕭啟江之眾，實足以破魏超成而有餘，遂奮勇赴敵。並謂江長貴道：「吾等奉派援浙，徒勞無功；今此行乃予吾二人以立功機會也，萬不宜落後，以惹人笑也。」江長貴亦為然。乃星馳電播，由衢州回江山縣，人江西玉山，直望廣信北路攔截出發。時翰王項大英，知王健元、袁良如驚弓之鳥，退守廣信，必不敢出。乃以人馬五千，壓住廣信來路，親率勁旅萬人，由弋陽起程，往迎朱品隆、江長貴。曹過了興安北境，約十餘里，已知道朱、江二軍將到，遂直趨廣信北路，攔截朱、江二軍。將人馬分為五路：每路二千人，單候迎接。

安營甫定，清將朱品隆、江長貴已到，已見太平人馬在前，朱品隆大驚道：「豈魏超成已得廣信乎？何以駐兵於此！遂驚疑不定。唯遠望見太平人馬無多，又不是魏超成旗號，江長貴道：「如魏超成已得廣信，必將速入福建，以應楊輔清；何暇與我交戰。今魏超成必為蕭啟江、張運蘭所來，特兵於此以疑我耳。今宜速進，勿令敵軍得以退去也！」於是朱、江兩軍齊發，忽然炮聲震動，太平人馬，各路已一齊出現。

原來太平將項大英所領的兵馬，偃旗息鼓，清兵只見其中軍齊發，故以為兵馬無多，此時忽見項大英有五路人馬，心中已怯。且遠行疲乏，不便戰鬥，無如太平人馬養精蓄銳，紛向清兵擊來，清兵如何抵敵？還虧朱品隆、江長貴，平日久經戰陣，仍能死力支援；無如軍士疲倦，終難抵禦。太平人馬已紛撲進，清兵只望後而退。項大英率齊五路，一同追擊，清兵死傷五六千人，戈甲拋棄遍野，降者亦二三千人，三停人馬，失去二停，朱品隆、江長貴，引敗殘人馬，退三十里屯紮。一面打聽蕭啟江、張運蘭訊息，再作行止。

原來張運蘭既因病阻，誤了行程，及朱品隆、江長貴既敗之後，蕭啟江始至貴溪。魏超成早依項大英之策，用計令降將都司賴正修，致函蕭啟江。那函中大意，卻道：「王健元、袁艮等，並未力戰，即退保廣信。」又道：「自己所部千人，為敵將魏超成所困，致力所擒。今日投降，本非真心，遂請蕭啟江帶兵來戰，願為內應」等語。此函寫妥之後，即遣心腹哨弁，投至蕭啟江處。

原來賴正修，曾隸蕭啟江部下，平日深為蕭啟江所信；且與蕭啟江有同鄉之誼。故蕭啟江得信之後，初猶半信半疑，繼思賴正修為同鄉，又是舊部，未必相欺。且彼言王健元、袁艮之無用，亦系實情。乃回覆賴正修：請其設法內應。魏超成謂賴正修道：「若由足下設法，以誘致蕭啟江，吾恐蕭啟江不免生疑。不如請由蕭啟江定計，使令足下遵守，然後吾等因其計而用之，較為妥善也。」賴正修乃再飛函蕭啟江，並稱自己無才，所恃者，皆得之部下千人，皆可信任耳。且此間敵將非王即公侯，吾自降後，尚無何職位；即偕降之於人，亦未有宣告月餉若干，故舊部下人心依然憤恨。弟故決其可用。尊處不論授以何計，無不可遵命矣！蕭啟江接函後，心中更安。幕客王席珍進道：「吾所難者兩軍相拒，而賴正修書信來往，如是其易，須防之耳。」蕭啟江道：「彼降兵尚在部下，用人自易。且賴君多是湘人，其仍欲歸吾者情也，又何疑乎？」遂不聽王席珍之言。即密覆賴正修，約以是夜進戰，著賴正修舉火為號，乘機掩殺，俾裡應外合，以破魏超成。計議已定，即密地打點出兵，並謂左右道：「自來用兵以詐降賺敵，往往有之。唯賴正修之降敵，非其本心；且為吾同鄉，其部下亦皆有鄉情，此其可信者也！況非由彼定計以賺吾，乃使吾定計以使之遵守，尤不必多疑，破敵必矣。」

隨派人密告廣信府城內，使王健元留袁艮守城，引兵出城相助。

不知魏超成早料蕭啟江，必令城內清兵殺出相應，乃分派小隊四處巡察，以搜截蕭啟江交通訊息。果然由軍士拿到一人，在身上搜得文書，是蕭啟江著王健元由城內衝出相應的。魏超成大喜道：「果不出吾所料也！」乃將原函毀了，立刻摹仿蕭啟江印信，另擬一函，先一精細心腹軍士，穿了那清兵號衣，投函於王健元。直至城下，聲稱蕭啟江有機密函到。時城上守將見他只有一人到來，乃開城迎人，直呈函於王健元。王健元折開一看，那函大意：卻稱今夜即破魏超成，唯探得敵將翰王攻大英將繞東偷度崇安，直取福建之建陽，宜即引大兵南出，以扼崇安要道等語。王健元細看印信不錯，但然不疑。遂留少數人馬守城，餘外盡提大兵出發於崇安要道。

魏超成打聽得城內清兵已經移動，乃一面令翰王項大英移得勝之兵，以三分之二，逕襲廣信府城；

餘外則扼阻朱品隆、江長貴來路。去後，即密令諸將準備迎戰。並謂左右道：「若敵將張運蘭已到，則吾軍勝負尚未可知。今蕭啟江欲以孤軍僥倖一戰，不敗何待！」說罷，即令諸軍但旗息鼓，以待敵軍。清將蕭啟江所部分為三路：人銜枚，馬勒口，一字兒逾山挨嶺而進，即趨魏超成大營。遠望見魏軍營中燈火燭天，唯不見太平人馬的動靜，左右皆有些疑惑。蕭啟江道：「不入虎穴，安得虎子！」即率軍撲近魏營，立傳令放槍攻擊。魏軍故作驚惶之狀。蕭啟江以為得手，下令軍中，須望見魏軍後軍火光，方得前進。說猶未了，已見魏軍後面突然火起，魏軍復似更為驚擾，啟江大喜，即令三軍一齊追入，魏軍即望後而走，且人無多。蕭啟江此時有些疑惑，自念此處，若為魏超成大營，其人馬必不止此數；此時始不欲遽進，又不肯遽爾退回。正躊躇間，忽見前鋒統領胡廷幹馳至，報導都司賴正修已有軍士來報，說稱縱火之後，方欲殺出相應，今已為魏超成所圍，請速往援救。蕭啟江聽得，乃令諸軍急進。忽然省悟道：「吾中計矣！」左右問其故？蕭啟江道：「敵軍如真敗，豈能再圍賴正修？且深夜擾攘，兩軍倉皇，賴正修豈能使人到來求救那？」說罷即令退兵。唯前軍已進如潮湧，止之不得。忽然聽得魏軍連放號炮，只見四面八方，皆是魏超成人馬，蜂擁殺來，萬槍齊發，彈子如雨點而下。蕭啟江見此情景，乃嘆道：「吾用兵多年，今乃為人所弄，悔不聽王席珍之言，吾有何面目見人！」乃欲拔劍自刎，左右急為挽救，並道：「勝敗兵家常事。大丈夫當留身，以為國用也。」正在紛亂間，忽部將易艮幹奔至，大呼道：「敵近矣，速作逃計。」說著，即擁蕭啟江先逃。未幾胡廷幹亦奔到，乃共保蕭啟江急奔，回望後路，不覺嘆道：「為吾一人失機，以至陷此數千人，皆吾罪也。」正說著前面敵軍已攔住去路。易艮幹道：「敵人料我必走貴溪，故以重兵阻此要道。今當望南殺出，再作區處。」於是望南而下，又折了些人馬，方得殺出重圍。蕭啟江謂左右道：「剩此敗殘人馬，縱出得重圍，亦難立足！不如先走廣信府城，以待援兵。」時只剩數百敗殘人馬，繞道奔至廣信府城。不料城上旌旗齊整，儘是魏超成旗號。蕭啟江大驚道：「吾才調王健元，使由城內殺出相應，今不特不見殺出，城池反已失守耶？」說罷急即調轉敗殘人馬先行，暫居鉛山。那鉛山本去崇安不遠，至時始知王健元，已往守崇安。詢悉原委，始知派人送書於王健元，中途亦為魏超成所截，遂改轉函中語意，賺出王健元，並襲了府城。後得城內逃出的清兵報告：原來袁艮已死於城中。蕭啟江嘆道：「此行損兵折將，失城喪地，復有何面目回見曾國藩乎！」說時不覺垂淚。當即揮書到曾國藩處，報稱失敗情形，並自引咎請開差，暫行回籍。卻可次日張運蘭兵已到，便交張運蘭料理軍務；朱品隆、江長貴，亦引敗兵回見曾國藩。適湘撫駱秉章，自奉得總督四川之命，久未成行，此時以石達開將行入川，不得不往，乃打算起程，特向曾國藩借用人員，俾一同入川，助理軍務。那曾國藩就令蕭啟江回湘，由駱秉章差遣；並令蕭啟江所存人馬，及王健元部下並交張運蘭統帶。又令張運蘭檢視贛南情形，再定行止。

唯是魏超成既下廣信府，聽得張運蘭已到，自念須從速入閩，以應楊輔清，故不欲再與張運蘭交戰。唯盡取廣信府所有輜重器械，即飛報楊輔清，盡統大軍，棄了廣信同向福建出發。那張運蘭見魏超成已入閩境，自己只奉令來援贛南，並非奉令要往福建，且聽得魏超礬軍勢甚大，亦不宜追趕，只得報稱收復廣信，即引軍回至曾國藩處繳令。

那曾國藩卻謂諸將道：「江、浙兩省，全賴閩、粵。今楊輔清、魏超成連破我軍，直進福建，於我糧道根本，最為阻礙，將以何策處之？」幕友郭意誠道：「兩年以來，自湖口一敗，三河再敗，直至桐城浦口之戰，皆大挫軍威；今又警報及於福建，若福建亦危，則糧道絕矣！以洪秀全久踞金陵，西擁東西梁山之固，以連安慶；東並常、蘇之富，以通海道。我軍處處受制，東南大局危矣！以某愚見，若與之求戰，即徒得一勝，亦無濟於事。觀昔日供秀全不能分兵人閩者，以京陵被向榮、和春、張國梁所擾也！今彼金陵穩固，不特可以分兵南在，且可以移兵保軍勢復振，且新到吉林馬隊，並為一軍，可以戰矣。不如會商勝保，使下窺金陵，吾亦相機而進可也。」說罷即備文書，加緊告知勝保。

時勝保正駐鳳陽。自浦口一敗，軍勢盡挫，隨即再招人馬，復由吉林調到馬隊五千名，因此軍力又復一振。正擬下趨安慶，以雪從前屢敗之恥，忽接得曾國藩文書，要攻金陵。自恃年來用兵，迭為敵人所敗，與昔年李秀成破向榮、王有齡、張國梁相似，若不動搖洪氏根本，必難復振。是進攻金陵，亦是一策。但敵將陳玉成，方縱橫皖省；而李世賢等又在贛浙牽制，曾國藩若不顧全皖、鄂一帶，又恐陳玉成更為得勢。原來湖北巡撫胡林翼，那時正丁母憂，清廷準假百日，使胡林翼治喪；而鮑超又值告假養病。因此湖北一路，只恃官文督率各將主持。那陳玉成以湖北無人，已大有再取武昌之勢。故勝保一接曾國藩文書，頗費躊躇，乃與諸將計議。部將提督李曙堂道：「陳玉成駐軍皖南，常欲面撼武昌；今不敢遵進者，以吾太軍在此，懼拊其背也。若我移軍東趨金陵，彼必乘機人鄂，恐金陵未必即破，而武昌已陷矣。」部將戴天英道：「陳玉成家小盡在安慶，故彼深顧安慶，我若攻金陵，玉成必不驟離安慶。而李秀成又東下蘇州，與李鴻章相持，我此時若窺金陵，或可得志。若以湖北一路為優，可即回覆曾國藩，使鮑超速起，力疾視師，屯湖北以圖進取，以陳玉成平日本忌鮑超，如是即足以牽制陳玉成，湖北可以無事也。且曾國藩雖被李世賢牽制，然曾軍部下諸將，能戰者不少，亦可分軍渡皖，為鮑超聲援，此又何慮乎？」勝保道：「此策極是，吾當從之。」時又聽得陳玉成結合捻黨苗沛霖，將會皖北；勝保乃調多隆阿一軍，直人汴省，以攻捻黨，並防陳玉成分軍北上。一面知會德興阿，並各路共攻金陵。適德興阿駐軍椎南，乃定議德興阿，由天長並繞六合而下；勝保卻由定遠繞滁州入江浦而來，皆向江寧出發。

且說太平天將李昭壽，自會合陳玉成，在浦口破了勝保、德興阿之後，陳玉成卻改令地官副丞相周勝業，代守六合；而以李昭壽移守滁州。原來李昭專人極驍勇，無戰不勝；唯是性情凶暴，最嗜殺戮。且自以屢有大功，每凌辱同僚，故同僚多恨之，絕少與之往來。當其領守六合以後，兩敗德興阿，又與陳玉成共破勝保；後守住滁州，亦屢挫清兵，復先後分援全椒、烏衣、小店、東西梁山，清兵皆不敢犯，故天京無西顧之憂。自以屢立大功，欲得封王位，並為主將，洪秀全乃商之陳玉成。陳玉成以其性情驕蹇，恐他兵權過重，難以節制，稍裁抑之，李昭壽每立戰功，只有厚其賞賜，未嘗進爵加權，李昭壽心頗懷恨；但念李秀成待之極厚，不忍違背，心中不免含恨，且時出怨言。除李秀成、陳玉成之外，罕有能調動之者。先後如譚紹洸、賴文鴻曾言於李秀成：皆稱昭壽賦性凶險，小用之，則不為我用；大用之，又恐難制，宜以罪誅之，免為後患。唯秀成終憐其勇，故極意籠絡之。

那一日適接松王陳得風，自天京發來軍報，以地官丞相羅大綱身故，特調李昭壽往鎮揚州；著李昭壽擇員代守滁州一路。李昭壽見之大怒道：「陳得風何人？俺李某豈肯為彼所調遣那！」左右皆諫道：「陳得風身居王位，坐鎮天京，居中策調外將，固所宜也。」李昭壽道：「此皆天王用人不明耳！國家分茅胙土設爵位以待有功；我李昭壽汗馬功勞，豈在陳得風下乎？今置英雄於無用之地，使懦夫豎子，皆得而調遣之，辱莫大焉。當吾守六合對，若以城降德興阿，則當日金陵，不知竟歸誰手！吾亦不至寥落至此矣。」言時怒形於色。乃回書陳得風：力稱不能移動，反調陳得風往鎮揚州。

陳得風得書亦大怒，竟不往鎮揚州，一面奏知洪秀全，又報知忠、英二王，皆稱李昭壽將反，不受調遣，宜設法防範。洪秀全以李秀成遠在蘇州，乃急令陳玉成處置昭壽。陳玉成道：「昭壽悍將也！若果降敵，為息不淺矣！」乃急令李昭壽移軍小池驛，揚言用以阻曾國藩北渡。李昭壽得令，本不敢抗陳玉成，唯其部將朱志元，私向李昭壽說道：「陳玉成此次調公，必非好意，大約得陳得風之言，防將軍北竄，故調至小池驛，使易制將軍。前日復陳得風之書，實為取禍之本也，將軍危矣！」李昭壽聽得，不勝惶惑，乃道：「吾亦不甘於此，只不忍負忠王耳！今號令交迫，將禍及其身，吾欲北投勝保如何？」朱志元道：「若此則將軍自可保全。然輕往必為勝所辱，吾當為將軍圖之。」原來朱志元，亦砍降清國，以圖富貴，只恨無路可通。至是乃密報勝保，願勸李昭壽來降，並以滁州相獻。

勝保素知李昭壽之勇，聽得大喜，乃密復朱志元：許以重賞。並道：「昭壽猛將也！若允來降，吾事濟矣。吾當以提鎮之間位置之，絕不相負。朱志元乃回報昭壽道：「吾已得勝保歡迎將軍矣！將軍若自降他，必不見重；今勝保自求將軍歸降，優待將軍必矣。」李昭壽乃深感朱志元，且道：「非君則吾危矣！」遂具書即呈勝保，使督兵來滁，願以滁州奉獻。勝保得書大喜道：「昭壽若來，則敵人失一良村，而吾軍多一猛將矣。此機會不可失也！」遂引兵望棟州出發。昭壽接見勝保，立談之下，想見恨晚。勝保專招保奏昭壽為記名提督。從此李昭壽便變了大清頭品大員了，人心思漢，天意佑清，那也是無可奈何的事。

太平天國，自金田起義到金陵定鼎，兵非不眾，將非不多，無奈老天不佑，憑你一等好本領，總達不到北伐的目的：第一誤了在東王；第二誤了在安、福兩王。總之一句，洪天王仁慈有餘，剛斷不足；

今歲不伐，明年不徵，坐使清廷購械籌響，遣將派兵，把天京一困再困，弄到接未，覆國亡宗，煙消霧散。蕩蕩乾坤，依舊是大清世界，豈不可痛！那種痛史，在下也不忍逐細描摹，只得忍痛含淚，略述幾句罷了。諸君欲知其詳，自有那專講清朝事情的清史演義在。

閒言少敘，卻說李昭壽降情之後，警報傳到金陵，天王大驚，急召陳玉成問計。玉成道：「昭壽反戈，必為天國大患；忠工北伐之計，怕不能行了。」天王嘆息道：「此孤之罪也！」從此天國聲勢，一天弱似一天；各地風雲，一日緊是一日。翼王石達開，在四川為駱秉章所窘，弄倒個全軍覆沒。清將左宗棠，力攻杭州；李鴻章力攻蘇、常一帶；曾國藩的兄弟曾國荃，力攻金陵。天王聽了安、福兩玉的活，把李秀成吊住在京，不肯放他離開一步。李秀成所畫之策，都不聽用，在圍城裡每日只做那唱讚美詩，禱告叩拜上帝這幾樁事情，軍國大事，一概不聞不問。秀成幾回哭諫，天王總打著天話：「我自有天父、天帝、天兄，耶穌派遣天兵十萬，前來救我。」秀成白著急，奈何他不得！圍城裡糧食將絕，秀成奏告天王，天王但然道：「那有何妨！天父上帝，方賜我天糧百萬，我的軍民不會餓的。」孝經退賊，符咒卻兵，真是從古到今從沒有過的事。在天王肚子裡邊很明白，不過藉著天說，安安各人心的，無非自喝薑湯自暖肚罷了。這日接到說蘇州失守，譚紹恍殉難，天王知大事已去，無可挽回，遂背著人，悄悄眼了點子毒藥，嗚呼哀哉，就此千秋萬古！天王薨後沒有幾時，南京城就被曾國荃攻破，忠王李秀成等是閘中這虎，池內之龍，都被清兵活生生捉去，結果了性命，天國就此亡掉。曾國藩、左宗棠、曾國荃、李鴻章等，一個個封侯拜相，耀武揚威，做了清朝的中興良佐，再造元勛，把已絕的胡運，又延續了三五十年壽命。後人題詩憑弔，摘之於下。

其一道：

哀哀同種血痕鮮，人自功成國可憐。莫向金陵閒眺望，舊時明月冷如煙。

其二道：

楚歌聲裡霸圖空，血染胡天爛熳紅。煮豆燃萁誰管得？莫將成敗論英雄。

其三道：

故國已無周正朔，陽秋猶記魯元年。傷心怕看秦淮月，剩水殘山總可憐。

其四道：

民眾齊呼漢天子，歐人爭說自由軍。倘教北伐探巢穴，此是當年不世勛。

洪秀全與天國風雲，錦繡江山血染紅：

英雄豪傑縱橫謀，一統江山夢幾重

作　　者：黃世仲

發 行 人：黃振庭

出 版 者：複刻文化事業有限公司

發 行 者：複刻文化事業有限公司

E-mail：sonbookservice@gmail.com

粉 絲 頁：https://www.facebook.com/sonbookss/

網　　址：https://sonbook.net/

地　　址：台北市中正區重慶南路一段六十一號八樓 815 室

Rm. 815, 8F., No.61, Sec. 1, Chongqing S. Rd., Zhongzheng Dist., Taipei City 100, Taiwan

電　　話：(02)2370-3310

傳　　真：(02)2388-1990

印　　刷：京峯數位服務有限公司

律師顧問：廣華律師事務所 張珮琦律師

定　　價：375 元

發行日期：2023 年 12 月第一版

◎本書以 POD 印製

國家圖書館出版品預行編目資料

洪秀全與天國風雲，錦繡江山血染紅：英雄豪傑縱橫謀，一統江山夢幾重 / 黃世仲 著 . -- 第一版 . -- 臺北市：複刻文化事業有限公司, 2023.12

面；　公分

POD 版

ISBN 978-626-7403-76-1(平裝)

857.457　112020589

電子書購買

臉書

爽讀 APP